당신을
원하는
나에게

당신을 원하는 나에게

1판 1쇄 찍음 2021년 9월 7일
1판 1쇄 펴냄 2021년 9월 14일

지은이 | 이윤정
펴낸이 | 정 필
펴낸곳 | (주)뿔미디어

기획 · 편집 | 심은지, 배지은
표지 디자인 | 우 물

출판등록 | 2002년 9월 11일 (제1081-1-132호)
주소 | 경기도 부천시 소향로17, 303(두성프라자)
전화 | 032)651-6513 팩스 | 032)651-6094
E-mail | dahyangs@naver.com
블로그 | http://blog.naver.com/dahyangs
비북스 | http://b-books.co.kr

값 9,000원

ISBN 979-11-6713-542-1 04810
ISBN 979-11-6713-540-7 04810 (세트)

※파본은 구입하신 서점에서 교환하여 드립니다.

당신을 원하는 나에게

2

이윤정 장편 소설

HYANG ROMANCE STORY

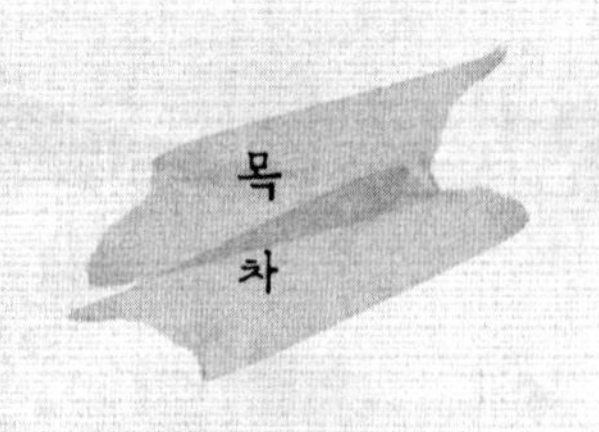

목차

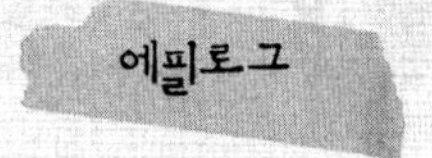
에필로그

13.

최선이라는 것처럼

꿈에 나타나는 사람은 언제나 아버지였다. 태욱이 기억하는 일곱 살 때의 그 모습 그대로, 지금의 태욱처럼 젊고 눈빛이 또렷했다. 항상 행복하게 웃고 있었다. 스스로 목숨을 놓았다는 게 믿기 힘들 만큼 태욱에게 찾아오는 아버지는 미워할 수조차 없도록 그를 따뜻하게 안아 주었다.

위로를 받았을까. 그 꿈으로라도 죄책감을 덜었나. 태욱은 꿈에 아버지가 나타난 날이면 어떤 일이든 잘 풀렸다. 미신이라 해도 믿게 될 만큼 꿈의 힘을 무시할 수 없었다. 그런 아버지가 어느 순간부터 꿈에 나타나지 않았다. 꿈을 꾸지 않은 채 잠자는 시간들이 많아졌다. 어머니가 좋아할 일이었다. 언제나 그가 제대로 잠들길 바라셨으니까. 그렇다고 어머니가 꿈에 나온 적은 없었다.

꿈에서 어머니가 울고 계셨다. 태욱은 번쩍 눈을 뜨고 일어나 앉았다. 손은 식은땀으로 축축하게 젖어 있었다. 고개를 들자 공간이 눈에 들어왔다. 그의 오피스텔 침실이었고, 사위는 아직 어두웠다. 새벽 어스름 사이로 해가 뜨기 직전이라는 걸 창문으로 확인하고 몸을 일으켰다.

윗도리를 찾아 걸치고 협탁 위에 놓인 핸드폰을 들었다. 부재중 전화 6통. 모두 고모 은림에게서 걸려 온 것이었다. 태욱은 화면을 클릭해 전화가 들어온 시간을 체크했다. 새벽 3시부터 10분 간격이었다. 그가 잠든 게 2시쯤이었으니 진동 소리를 듣지 못한 것 같았다.

꿈에 어머니가 나타난 것과 은림의 전화가 연관이 있는 걸까. 태욱은 얼굴을 쓸어 올리며 통화 버튼을 눌렀다. 은림은 전화를 받지 않았다. 외로움에 자주 술을 먹고 그에게 전화를 거는 사람이니 놀랄 일도 아니었다.

태욱은 꿈을 꾸느라 땀으로 흠뻑 젖은 몸을 씻기 위해 욕실로 향했다. 돌아서 걷는 순간, 다시 진동음이 울렸다. 화면을 확인한 태욱은 가만히 그것을 내려다봤다.

본가 주차장에 차를 세우고 계단을 걸어 올라가자 언제나처럼 박 비서가 그를 마중 나와 있었다. 그러나 표정은 평소와 달랐다. 그를 안타까워하듯 바라보는 눈빛이 어린 시절을 떠올리게 해 마음에 들지 않았다. 그는 희태를 무시하듯 지나쳐 빠르게 본가 안으로 들어섰다.

거실에선 은림이 초조한 얼굴로 그를 기다리고 있었다. 그가 나타난들 뭐가 달라질까. 태욱은 이곳으로 차를 몰고 오는 내내 체념하듯 쓴웃음을 지었다.

화가 나지도, 슬프지도 않았다. 반드시 모두가 잠든 새벽이어야만 한다는 듯, 어둠 속에서 도망이라도 치는 것처럼 짐을 싸는 어머니를 이해하는 건 애초부터 불가능했다. 먼저 떠나보낸 아들의 여자를 꼭 쫓아내야만 하는 고집스러운 늙은 노인도 진절머리가 날 뿐이었다.

"태욱아."

은림은 이곳에서 잠든 듯 로브 가운을 걸친 차림이었다. 화장기 없는 얼굴은 겁을 집어먹은 듯 창백한 상태였다. 은림에게 어머니가 어떤 사람인지 태욱도 잘 알고 있었다.

정애가 아니었다면 은림이 이 정도도 버티지 못했다는 걸 안다. 그래서 늘 불안해했고, 그런 감정을 태욱에게 숨기지 못했다. 어머니 정애한테 일이 생기면 네가 꼭 나서야 한다고. 마치 살려 달라는 애원처럼 그를 붙잡고 주사를 부릴 때면 그런 불안함마저 사라진 자신이 쓸쓸해져 오히려 은림이 부럽기도 했다.

"어디…… 계세요?"

태욱은 담담하게 물었다. 은림은 고개를 들어 위층에 자리한 정애의 방을 가리켰다. 자신은 들어가 말리는 것조차 할 수가 없다는 것처럼 그녀는 떨리는 손을 맞잡고 있었다.

손필성의 피를 받고 태어난 여자가 어찌 이리 나약할 수 있을까. 태욱은 언젠가 은림을 보며 생각한 적이 있었다. 그러나 어느 순간부터 받아들여지기도 했다. 필성이 낳은 자식들 모두 제대로 삶을 이어 가지 못한 채 그의 그림자 속에서 허우적댔다.

누구의 잘못이다, 계산하는 것은 무의미했다. 세상에 태어나는 건 자신이 선택할 수 있는 게 아니었기에. 태욱 역시 그랬고, 그와 은림이 다르다고 할 순 없었다.

그저 강한 모습으로 나를 더욱 감추고 방어할 뿐이었다. 강함에 대한 기준이 모호해진 것은 태욱이 서영을 만나 깨달은 여러 감정 중 하나이기도 했다.

어머니의 방 앞에 서고, 문을 두드렸다. 곧 대답이 들려오고 태욱은 조용히 문을 열고 들어섰다. 그가 올 것을 예상한 것처럼 정애는 밝은 얼굴로 태욱을 기다리고 있었다.

창밖이 보이는 테라스 옆이 그녀의 지정석이었다. 작은 콘솔 의자에 앉아 있는 정애의 차림이 평소와는 달랐다. 마치 이 집에 처음 들어왔을 때 입었던 옷을 그대로 입은 것처럼 그녀의 모습은 낡고 초라해 보였다.

그녀의 발치에 작은 가방이 단출하게 놓여 있는 걸 보자 태욱은 더 이상 어떤 말도 꺼낼 수 없다는 것을 깨달았다. 그는 천천히 다가가 가방을 집어 들었다.

“태욱아…….”

어머니의 부름에 그는 짧게 대답했다.

“가세요. 태워 드릴게요.”

그곳이 어디든, 그것까지는 그가 하도록 해 달라는 부탁이기도 했다.

언제부턴가 두 사람은 서로에게 묻지 않았고, 답하는 것을 잊었다. 드러내 놓고 마음을 표현하면 결국 상처를 건드려 두 사람 모두 힘들어할 것이 뻔했기에. 모르는 척하는 것이 정답은 아닐지라도 지금을 살아 내는 방법은 그것뿐이었다.

내가 얼마나 아픈지를 셈하는 대신 모두가 같은 시간을 견딘다는 마음으로 받아들였다. 정말 시간이 지나자 아픔의 흔적은 엷어지기도 했다. 영원히 사라질 수 없다는 것을 알기에 그 정도로 만족할 수 있었다.

태욱은 꿈에서나마 아버지를 만났고, 정애는 염불을 외며 마음을 다스렸다. 이대로가 최선인 줄 알고 살아왔다. 그 아슬아슬한 평화가 언제든 깨질 수 있다는 것을 알았기 때문일까. 두 사람은 어떤 해명도 원망도 하지 않았다.

정애는 아들을 따라 방을 벗어났다. 몇십 년을 살았던 공간이지만 돌아볼 미련 같은 건 없었다. 오히려 기분이 홀가분했다. 다만 태욱이 가방을 든 채 내려오는 걸 보고 놀라 달려오는 은림이 마음에 걸릴 뿐이었다. 허나 그것 역시 처음 이 집에 들어왔을 때부터 받아들여야 할 숙명이었다.

"언니! 정말 이럴 거예요? 강태욱, 너까지 왜 이래!"

은림은 태욱을 바라보며 화를 냈다. 떠나려는 사람을 어떻게든 붙잡아 앉히려고 불렀더니 오히려 더 나서고 있었다. 눈시울이 붉어진 그녀는 어린아이가 된 것처럼 정애의 가방을 태욱에게서 빼앗아 갔다. 눈물이 그 가방 위로 뚝뚝, 서럽게 떨어져 내렸다.

"언니는…… 아버지랑 약속한 것만 중요해요? 그래요. 좋아요. 이해해요. 인주 오빠가 받아야 할 몫, 태욱이 앞으로 남기고 이 녀석 손씨 만들어 주고 싶은 맘 충분히 안다고요. 근데 언니가 왜 떠나요? 왜 다 버리고 떠나는 게 그 조건으로 붙냐고요!"

모든 게 진절머리가 난 은림이 이번엔 태욱을 노려봤다.

"네가 원하는 게 이거야? 네 엄마한테 이러라고 시켰어? 그렇게, 저 영감 자리가 갖고 싶어? 그래, 너도 똑같아! 아버지랑 다 한통속이야!"

은림은 다시 가방을 태욱에게 던지듯 건네며 집 안쪽으로 사라져 버렸다. 이리 큰 소란을 피웠으니 집안일을 돌보는 사람들이 분명 그들의 이야기를 들었을 것이다. 그 소식은 곧장 어디로든 흘러가겠지. 철민에게까지 들어간다면 한바탕 큰 전쟁이 치러질지도 몰랐다.

태욱은 그저 표정 없는 얼굴로 가방을 다시 잡아 들고선 현관을 빠져나왔다. 정원 가운데 두 사람을 기다리듯 서 있던 희태가 얼른 뛰어와 가방을 받아 가려 하자, 태욱은 거부하지 않고 건네주었다.

"타세요."

주차장에 당도하자 희태는 이미 뒷좌석 문을 열고 그 앞에 대기하고 있었다. 태욱이 정애에게 눈짓으로 안내하고 운전석에 올랐다. 정애는 문을 붙잡은 채 서 있는 희태 앞에서 잠깐 멈춰 섰다. 그동안 고마웠다는 말을 건네자 희태는 고개를 숙인 뒤 아니라고 짧게 대답했다.

차에 오른 정애가 문을 닫은 후에도 그는 뒤돌아서지 않았다. 차를 출발시킨 태욱이 백미러를 바라보자 그 속에 비춰진 남자의 눈가가 붉게 물들어 있었다. 그래도 어머니가 떠나는 길, 두 사람은 울어 준 것 같아 태욱은 고마운 마음이 들기도 했다. 이런 복잡한 감정을 뭐라고 설명할 수 있을까. '꼭…… 설명해야 할까요?' 되물을 것만 같은 서영의 얼굴이 떠올랐다. 태욱은 잠깐이라도 가슴으로 숨을 쉴 수 있었다.

어머니가 지내려는 곳은 가야산 자락에 있는 작은 절이었다. 비구니들의 수행처라 조용하고 편안하게 지낼 수 있다는 말을 끝으로 대화는 또 끊어졌다. 정애는 차가 고속도로로 들어선 이후부터 잠에 빠져들었다.

어젯밤 어머니는 고모 은림을 불러 잠도 잊은 채 도란도란 이야기꽃을 피웠을 것이다. 그 끝의 고백이 떠남이라는 것을 은림은 몰랐을 테고. 누가 나쁜가. 그것을 따지는 게 무의미하다는 것을 태욱은 아버지를 잃은 이후 저절로 깨닫게 되었다.

지금 그가 처한 상황 역시 마찬가지였다. 서영을 지키기 위해선 다른 누군가의 목줄을 쥐어야 하는 운명이었고, 어쩌면 싸움은 끝나지 않을지도 몰랐다. 어머니는 모든 것을 제자리로 되돌리기 위해 본인이 가져야 할 것을 전부 내려놓았다. 자신이 낳은 아들까지도.

어쩌면 은림의 말처럼 지금의 태욱이 이런 정애를 만들었을지도 몰랐다. 아버지가 놓았던 것을 가지기 위해서 그가 미친 말처럼 달리고 있을 때 정애는 무슨 생각을 했을까.

그녀는 그저 자신이 사랑한 두 남자를 위해서 살아왔을 뿐인데. 그것이 마치 죄인 것처럼 가장 고통받고 물러나게 된 것은 그녀가 되었다.

"……도착했어요."

새벽을 달리자 아침이 찾아왔고, 산 아래 풍경처럼 자리한 암자가 나타났다. 태욱이 깨우기 전에 정애는 일어나 있었다. 고생했다며 그의 어깨를 두드려 주고선 가방을 들고 차에서 내렸다. 태욱은 따라 내려 그녀가 쥐고 있는 가방을 다시 가져갔다.

차가 오르지 못하는 입구까지만. 그렇게 둘은 약속이나 한 것처럼 절로 향하는 흙길을 걸었다. 자연의 고요함만이 두 사람을 쓰다듬고 위로해 주었다. 곧 불상이 가까이 보이는 곳까지 도착한 둘은 마주 섰고, 태욱이 가방을 내밀었다.

"건강히…… 지내세요."

아들의 말에 정애가 웃으며 고개를 끄덕였다. 그는 그것이면 됐다며 돌아섰다.

정애는 절 안으로 들어가지 못한 채 아들의 뒷모습을 바라보고 서 있었다. 태욱은 돌아보지 않은 채 천천히 올라온 흙길을 내려갔다. 그게 지금 그가 할 수 있는 최선이라는 것처럼.

○ ◆ ○

"어디가 아프세요?"

약사의 질문에 서영은 말문이 막혔다. 다짜고짜 이곳으로 들어왔지만 머릿속의 회로가 막힌 것만 같았다. 약은 그녀가 먹어야 될 것처럼 가슴이 자꾸만 내려앉듯 먹먹해졌다.

"그냥…… 감기랑, 몸살…… 아, 체했을 때 먹는 것도요. 피로회복제도 있으면 주세요."

두서없이 쏟아 낸 말에 약사는 고개를 갸웃거렸다. 본인이 먹을 것이 아니냐는 질문에 서영은 고개를 끄덕였다. 그럼 이해한다며 약사는 상비약을 이것저것 챙겨 넣어 주었다.

태욱에게서 걸려 온 전화를 확인할 때만 해도 서영의 입가에선 미소가 사라지지 않았었다. 아침에 급한 일이 있어 통화를 할 수 없다는 그의 문자를 받은 이후로 걱정이 될 수밖에 없었다. 출근을 하고, 오전 업무를 마무리하는 동안에도 서영은 계속 핸드폰만 내려다봤다.

태욱은 공식적으로 외근 상태였다. 얼마나 바쁘기에 전화조차 못 하는 걸까. 조금은 서운한 마음이 들기도 했다. 그러나 곧 그가 밥 먹는 시간조차 아껴 가며 업무를 보는 책임감 강한 팀장이라는 사실을 인지했다. 서영은 자신 또한 정신을 차리고 할 일에 집중해야 한다고 반성했다. 그렇게 태욱의 생각을 잊고 일에 빠져 있을 즈음, 그에게서 전화가 걸려 왔다.

퇴근 시간이라 사람들이 우르르 사무실을 빠져나가고 있었다. 서영은 핸드폰을 들고 뛰어나가듯 비상구 계단 쪽으로 향했다. 차오르는 숨을 다스리고 통화 버튼을 눌렀다. 곧장 태욱의 목소리가 들릴 줄 알았는데 아무 말이 없었다. 서영이 그의 이름을 부르자 태욱은 목이 잠긴 듯 갈라진 목소리로 말을 꺼냈다.

'나…… 아픈 것 같아.'

심장이 저 아래에 떨어져 내리는 건 당연했다. 어디가, 얼마나 아픈지도 묻지 않은 채 서영은 그가 있는 곳만 물었다. 오피스텔이라는 말에 알았다고 대답하고 전화를 끊었다.

그다음부터는 기억이 조각이었다. 가방에 핸드폰 넣고 무작정 뛰어나가다 그 오피스텔이 어디에 있는지 몰라 지선을 찾았고, 지선은 훈재에게 물어 주소를 알려 주었다. 고맙다는 말도 하지 못한 채 서영은 회사 앞에서 택시를 잡아탔다.

퇴근길이라 도로는 막혔고, 그녀의 마음도 막막해졌다. 그녀가 태욱을 지켜본 5년 동안 그는 단 한 번도 병가를 쓴 적이 없었다. 평일, 주말

구분 없이 일만 하던 사람이었다. 어떻게 그럴 수 있느냐고, 모두들 그가 인간이 아닐지도 모른다며 심각하게 의심하기도 했었다. 서영도 마찬가지였다. 저렇게 무리를 하면 언젠가 크게 아플 텐데. 책상에 서류 더미를 쌓아 둔 채 하루 종일 미간을 찌푸리고 앉아 있는 태욱을 보면서 그녀는 늘 마음이 조마조마했었다.

하지만 강태욱은 어느 누구보다 강했고, 끝내 자신이 원하는 것을 이뤄 냈으며, 아픈 게 무엇인지 모르는 사람처럼 살았다. 강한 사람은 뭔가 다르긴 다르구나. 서영은 태욱을 볼 때면 그런 생각이 들었다.

그런 남자가 아프다는데, 왜 그녀의 목이 자꾸 메는 걸까. 아플 수도 있지. 유난스러운 걱정을 가라앉히려 노력했다. 그동안 그도 인간이었다는 사실을 깨달은 일이 얼마나 많았는가. 그녀 앞에서만큼은 나사를 푼 채 해맑게 웃었고, 심장이 누구보다 쿵쿵쿵 세차게 뛰었으며, 그녀를 안고 있으면서도 보고 싶다며 바보 같은 말을 읊조리지 않았던가.

서영은 심각하게 생각하지 않으려 마음을 다잡았다. 약국에서 약을 챙겨 나온 후 곧장 그의 오피스텔로 향했다. 경비가 생각보다 까다로워 엘리베이터를 타는 일까지 쉽지 않았지만 어쨌든 그의 집 앞에 섰다.

벨을 눌러 놓고 숨을 골랐다. 왜 이제껏 이곳에 올 생각조차 못 했는지 후회가 들기도 했다. 늘 그가 와 줬고, 그를 기다렸다. 그게 최선인 줄만 알았다. 하지만 사랑이라는 건 일방적일 때 그 효력을 다해 버린다고 했다. 서영은 문이 열리길 기다리는 그 짧은 순간에도 그를 더 사랑하지 못해 미안해져 버렸다.

철컥. 문 열리는 소리와 함께 태욱이 보였다.

"어서 와……."

창백한 얼굴을 하고도 그가 웃었다. 지금 웃음이 나오는 걸까. 서영은 벌컥 문을 열고 안으로 들어섰다. 그는 넥타이도 제대로 풀지 못한 슈트 차림이었다. 옷을 갈아입지도 못하고 기절하듯 잠들었던 걸까. 헝클어진 그의 머리카락을 보자 또 한 번 울컥, 하고 심장이 요동쳤다.

"아프면 병원을……."

가자는 말을 하기도 전에 서영은 그의 품에 안겼다.

"화내지…… 마."

그가 그녀를 더욱 꽉 안으며 애원하듯 부탁했다. 안고 있는 몸에서도 뜨거운 열기가 느껴졌다. 서영은 끝내 눈가에 눈물이 맺히고 말았다. 미안해요. 내가 잘못했어. 그렇게 이유도 모른 채 그에게 사과하듯 끌어안은 태욱의 몸을 쓰다듬었다.

두 사람은 서로를 끌어안은 채 한참을 현관 앞에 서 있었다. 서영은 신발조차 벗지 못했지만 그에게서 몸을 뗄 수가 없었다. 지금이라도 병원에 데려가는 게 이성적이었지만 그러자고 말하면 태욱을 놓아야만 할 것 같아 모른 척하고 만다.

그를 더 꽉 안으려다 손에 쥐고 있던 봉지를 떨어뜨렸다. 요란한 소리에 태욱이 아래를 바라봤다. 몸을 숙여 약 봉투를 집어 든 그가 안에 든 내용물을 보고 작은 웃음을 터뜨렸다.

"뭘…… 이렇게 많이 샀어?"

"어디가 아픈지 몰라서. 물어본다는 게, 혹시 잘까 봐. 암튼, 열은 나는 것 같으니까 해열제 먹어요. 아, 밥은? 아무것도 안 먹은 거면 뭐라도 먹어야 해요. 빈속에 약 먹으면……."

다시 약 봉투가 바닥에 떨어지고 태욱이 서영을 안았다.

"내 약, 여기 있잖아."

태욱이 낯간지러운 말을 꺼냈다. 서영은 어이가 없어 웃어 버렸다. 아무래도 크게 아픈 건 아닌 것 같아 다행이란 생각이 들었다. 그저, 그것에 감사했다. 서영은 다시 태욱의 심장 소리를 들었다. 쿵쿵쿵. 여전히 세차게 울렸다.

해열제를 먹자 열은 금방 내렸다. 서영은 자신의 이마와 태욱의 이마에 번갈아 손을 대 보며 온도를 체크했다. 태욱은 그런 서영을 올려다보며 가만히 웃기만 했다. 그래도 몸이 아픈 건 맞는지 얼른 누우라고 말하자 그는 곧장 침대에 자리를 잡았고, 그녀가 금방 만든 흰죽을 한 그릇 비운 뒤 약을 먹고 잠들었다.

서영은 잠든 태욱의 곁을 지켰다. 그녀가 아플 때 어머니가 해 줬던 것처럼 얼음물에 담근 수건을 가져와 그의 이마를 닦았다. 태욱은 약에 취해 잠들어 있으면서도 꿈을 꾸는지 여러 번 심각하게 표정이 변했다.

누군가 꿈속에서 그를 괴롭히는 것일까. 서영은 그 사람이 누구인지 모르지만 무턱대고 미웠다.

그가 철인처럼 잠이 없었던 이유를 이제야 할 것 같기도 했다. 그녀도 그날의 꿈을 꾸면 며칠은 침대에 눕지도 못했다. 잠드는 것만큼 무서운 것이 없었다. 다행히 홀로 납골당을 다녀오고 나면 한동안은 괴로운 꿈을 꾸지 않았다.

생각해 보니 태욱을 좋아하고 나서부터는 단 한 번도 악몽을 꾼 적이 없었다. 그걸 왜 이제야 깨달았을까. 서영은 감사한 마음에 그의 이마를 닦고 또 닦아 냈다. 미지근해져 버린 수건을 다시 차가운 물에 적셔 오기 위해 자리에서 일어나는 순간 태욱이 그녀의 손을 붙잡았다.

"그만해도 괜찮아."

그는 언제부턴가 눈을 뜨고 서영을 바라보고 있었다. 아직 잠에 취한 눈이 감겼다 다시 떠지기를 반복했다. 서영은 일부러 그에게 말을 걸지 않았다. 방금 전까지 하던 대로 태욱의 열을 내리기 위해서만 애썼다. 태욱은 평소보다 힘이 빠진 눈빛으로 서영을 올려다볼 뿐이었다.

"그럼 이제 밥 먹어요. 혹시 모르니까 약 하나 더……."

기어이 일어선 서영을 침대로 끌어들인 건 태욱이었다. 떨어지고 싶지 않다는 것처럼 그는 자신의 품에 서영을 꽉 끌어안았다. 태욱의 표정을 볼 수 없는 상태로 몸이 붙잡힌 서영은 포기하듯 그와 손가락을 얽어 손을 잡았다. 열은 내렸으니 이 정도의 휴식은 누려도 될 것 같았다.

"꿈…… 자주 꿔요?"

서영이 조심스럽게 입을 열었다. 그녀의 목덜미에 얼굴을 묻은 채 태욱이 작게 '응'이라 대답했다. 서영은 안쓰러움을 어쩌지 못하고 그의 커다란 손만 쓸어 낼 뿐이었다.

"나도…… 그랬어요. 근데 팀장님 좋아하고 나서부턴 꿈을 꾸지 않게 됐어요. 되게 신기하죠?"

일부러 목소리를 높여 밝게 말하는 서영이 고마워 태욱의 입가엔 미소가 머금어졌다.

"나도 너 만나고…… 잘 자잖아."

"근데 왜 아파요?"

"……."

그가 아픈 게 꼭 서영 자신 때문인 것 같은지 묻는 목소리에 울음기가 묻어났다. 태욱은 서영의 몸을 더 당겨 와 안았다. 그녀의 몸에서 나는 옅은 체취가 막혀 있던 가슴을 뚫어 주며 숨을 크게 쉴 수 있도록 만들어 주었다.

"어머니가 절에 들어가셨어."

태욱은 덤덤하게 상황을 전했다.

"응? 아, 자주 가시네요. 오늘 거기 데려다드린 거예요?"

"이제…… 안 내려오실 거야."

그의 말에 서영의 움직임이 굳어지듯 멈추었다. 무슨 뜻일까. 자신이 생각하는 것이 맞을까. 뭐라 물어야 할지 몰라 서영은 잠깐 동안 머리가 멍해지는 것 같았다. 그리고 얼른 몸을 돌려 태욱을 바라봤다. 그의 얼굴엔 어떤 감정도 담겨 있지 않았다.

"팀장님."

"모르겠어. 뭘 어떻게 해야 하는지. 나는…… 어쩌면, 내가 원하는 걸 갖는 것도, 지키는 방법도 모르는 게 아닐까…… 그 생각을 했어."

서영이 아니라며 고개를 흔들고는 태욱의 뺨을 쓸었다.

"팀장님…… 잘못 아니에요. 그건, 확실해요."

덮어놓고 그의 편을 들어 주는 서영의 말에 태욱은 웃음이 났다. 어쩌면 지금 가장 필요한 위로일지도 몰랐다. 그는 따뜻해진 마음으로 그녀를 안으며 머리를 쓸어 주었다.

"그래. 괜찮을 거야."

그가 주문처럼 말했다. 무슨 마음일지 그녀가 가장 잘 알았다. 소중한 사람을 지키고 싶었지만 그러지 못했다는 죄책감이 지금 그를 괴롭히는 중일 테다.

몸을 돌려 태욱을 마주 안고 눈을 감자 그날의 일이 어제처럼 생생하게 떠올랐다. 운동회가 있던 날이었다. 동생도 같이 가겠다며 떼를 부렸다. 서영은 온전히 부모님을 독차지하고픈 욕심에 못마땅한 마음을 감추지 못했다. 늘 양보하기만 했었기에 그날따라 감정이 터져 버린 것이다. 결국 어머니가 나서서 해결점을 찾은 게 현장 학습이었다. 그날은 동생이

가야 할 날이 아니었다. 다른 반 아이들 틈에서도 해맑게 웃으며 차에 오르던 모습이 아직도 생생했다. 그리고 동생은 영영 되돌아오지 못했다.

"윤서영."

태욱이 부르는 소리에 눈을 떴다. 울었던 걸까. 그의 표정이 좋지 않았다. 서영은 평소처럼 애써 웃으려 했다. 그러자 태욱의 얼굴은 더 심각하게 가라앉았다.

"울어도 돼."

그의 말에도 서영은 괜찮다며 웃었다. 소중한 사람을 아프게 하지 않는 일. 그것에 관한 거라면 이미 그녀는 모든 걸 터득한 도인이나 다름없었다. 그 어떤 것에도 욕심부리지 않았다. 그저 살아 있음을 감사하며 살았다. 서영이 눈물을 닦고 자리에서 일어났고, 태욱은 더 이상 그녀를 붙잡지 않았다.

기어이 주방으로 들어선 그녀는 그를 위한 죽을 만들기 시작했다. 태욱은 누워 있던 몸을 일으켜 앉았다. 울리는 머리를 붙잡고 침대에서 내려와 서재 쪽으로 걸음을 옮겼다. 책상 위에는 여러 서류들이 뒤엉킨 채 놓여 있었다. 그는 그 속에서 하나를 찾아 들었다.

터널 사고에 대한 진실. 그것을 알아낼 의무가 그에게 있었으나 쉽게 마주할 수가 없었다. 아마도 그 서류 안에 실무 책임자로서 필체를 남긴 한 사람 때문일 것이다. 당시의 상황을 말해 주듯 증거물은 사건이 일어난 이후 다시 조작한 흔적들로 혼란스럽게 덧씌워져 있었다. 그가 추적

해 간 실무 자료 속에 남겨진 이름들은 모두 큰아버지인 인국을 가리켰으나 최종 결정자로 남은 이름은 손인주, 태욱의 아버지였다.

그리고 어떤 사건 하나가 그를 주목하게 만들었다. 터널 공사가 진행될 당시 벌어졌던 인사 사고였다. 그 처리 과정이 지나치게 일방적이었다. 회사의 입장도 이해는 되었지만 유가족의 입을 막은 저급한 행동들이 사고 이후의 뒷마무리를 더 찜찜하게 만들어 놓았다.

그 모든 걸 책임지고 결정한 사람이 아버지 인주라는 것에 태욱은 실망하지 않을 수 없었다. 그는 서류를 내려놓고 사진 한 장을 들어 올렸다. 공사 현장에서 실무자들과 함께 있는 아버지의 모습이었다. 활짝 웃는 그는 분명 태욱이 그리워한 사람이 맞았다. 이 선한 웃음 뒤에 도대체 어떤 진실이 숨겨져 있는 걸까.

공사 현장의 사고, 아버지의 자살, 그리고 5년 뒤 벌어진 터널 사고까지. 과거에 숨겨진 진실이 서서히 그의 숨을 조르는 것만 같았다. 멈췄던 두통이 또다시 몰려왔다.

그때 서영이 그를 찾는 목소리가 들렸다. 태욱은 조용히 서류들을 정리해 서랍 안에 넣은 뒤 서재를 빠져나갔다.

○ ◆ ○

담배를 입에 문 철민이 별장 아래를 내려다보며 라이터를 켰다. 아직

해가 뜨지 않은 새벽이었다. 여자와 몸을 섞고 나면 제대로 잠들지 못하는 편이었다. 욕망은 그저 해소해야 하는 욕구로 선을 그어 두어야 한다는 강박증 때문일지도 몰랐다.

그는 곧장 샤워를 마치고 테라스로 직행했다. 잠시 뒤돌아 침대 쪽을 확인하자 유린이 가슴골을 드러내 놓은 채 기절하듯 잠들어 있었다. 이렇게 되길 바랐던 것이 아닌가. 어쩐지 가지고 나자 시시해져 버린 기분에 철민은 담배 맛이 더욱 쓰게 느껴졌다.

타고난 끼를 가진 여자였다. 잠자리에서 남자가 원하는 것이 무엇인지 잘 알고, 제 욕망에도 충실하며, 감추는 기색 따윈 없었다. 그런 시원함이 마음에 들어 몇 번 더 식사 자리를 만들었다. 시작은 태욱을 자극하기 위함이었지만 손 회장의 꿍꿍이를 읽고 난 후론 그가 가져도 나쁘지 않다는 결론이었다.

여자 역시 마다하지 않았다. 그녀 또한 누가 됐든 유신에 줄을 댈 수만 있으면 되는 상황이었다. 강태욱 대신 손철민이라면 집안에선 더욱 반기지 않겠는가. 어젯밤 여자가 비명 같은 신음을 질러 대며 그의 귓가에 속삭인 말들이 아직도 머릿속에 박혀 있었다.

'강태욱을 이겨요. 그럼 날 가지게 해 줄게요.'

하. 다시 생각해도 어이가 없어 비릿한 웃음이 흘렀다. 가지게 해 준다니. 제 집안의, 아버지란 작자가 눈속임으로 펼쳐 놓은 사업이 어떤 꼴로 돌아가는지조차 모르는 철부지 주제에. 원래부터 주제 파악을 못

하는 여자라는 건 알았지만 어젯밤의 도발로 인해 남아 있던 마음까지도 모조리 사라져 버렸다.

철민은 다시 고개를 돌려 별장 밖을 바라봤다. 나무 하나 없이 황량한 사막 같은 경치는 그가 원한 것이다. 외딴섬에 홀로 있는 집처럼 주변에서 들리는 소음 따윈 없었다. 그래서 여자가 필요할 때, 따라붙는 눈들을 피해 밀회를 즐기는 장소로는 제격이었다.

어머니는 그의 사생활이 깨끗하길 병적으로 바랐다. 자신이 이루지 못한 것을 자식의 삶을 통해 대리 만족 하려는 이기심에 장단을 맞출 정도로 효심이 지극하지 않았다. 끝까지 그와 아버지를 놓지 않았다는 점에선 감사함을 가졌지만, 그뿐이었다. 그렇다고 해서 그녀의 잘못이 사라지는 것은 아니었다. 본인인 저지른 실수는 평생을 따라붙어야 하는 것이 맞았고, 아버지가 미쳐 버린 건 그에 대한 당연한 대가일지도 몰랐다. 용서로 죄가 씻긴다. 그것만큼 우스운 말이 없었다. 그렇다고 원죄가 사라지는 게 아니다. 상처는 이미 남겨져 버렸다. 그걸 없애는 건 불가능했다.

손 회장의 자리에 앉는 순간, 철민은 그를 옥죄었던 관계들을 전부 내려놓을 작정이었다. 핏줄은 허울뿐이란 걸 이미 깨달았다. 아직도 필성의 앞에 무릎 꿇었던 자신이 떠올라 수치감을 참을 수 없었다. 왜 그래야 하는가. 그는 그저 태어났을 뿐인데. 그에겐 부모를 결정할 권한이 없었는데, 왜 자식이라고 해서 모든 걸 받아들여야 한단 말인가.

꼭두각시처럼 부모를 따랐던 시간들이 지나고, 유신의 후계자로 키워지면서 필성만 바라봤다. 모두들 그를 핏줄이란 배경만 가졌을 뿐 제대로 칼조차 휘두르지 못하는 나약한 후계자로 평가했다. 그 비교점을 만든 것이 강태욱이겠지. 모두들 역전극을 좋아하는 법이니까.

철민은 쓴웃음을 지으며 담배를 재떨이에 비벼 껐다. 창가를 지나 공간의 중앙에 자리한 테이블로 다가갔다. 여러 가지 업무 보고서들이 뒤섞여 있는 가운데 색깔이 다른 서류 봉투를 하나 찾았다. 댕강 잘려 나간 이음새를 풀고 안의 내용물을 꺼냈다. 초고 상태인 기사 전문을 눈으로 읽어 내려갔다. 예상했던 것보다 더 흡족하게 뽑혔다. 신이 있다면 그에게도 기회를 주겠지.

"뭐…… 봐요?"

언제 일어났는지 유린이 다가와 그의 등을 다정하게 끌어안았다. 아무것도 걸치지 않은 굴곡진 몸이 샤워 가운 너머로 고스란히 느껴졌다. 그는 유린에게 보라며 초고 기사를 넘겨주었다.

"아……. 이거구나."

그녀의 입술이 철민의 목덜미에 닿았다.

"오, 멋진데요? 아주 재밌겠어."

귓가에 웃음소리가 퍼졌다. 철민은 다시 몸이 반응하는 걸 느꼈다. 일부러 잠재울 필요는 없었다. 그는 돌아서 유린을 끌어안았다. 깊게 입술을 빨자 유린이 고양이 같은 신음 소리를 내며 그를 밀쳐 냈다. 담배 냄새. 혀를 빼낸 그녀의 표정이 보기 좋게 일그러졌다.

철민은 개의치 않고 그녀를 조금씩 뒤로 밀어 침대 위에 쓰러지도록 만들었다. 채워지지 않는 정복욕이 생긴 건 언제부터였을까. 아마도 또렷한 독기를 품고 그를 노려보던 한 녀석을 만난 이후부터일지도 몰랐다. 거지처럼 그가 가진 걸 하나씩 탐내던 겁 없는 호랑이 새끼.

여자를 보며 행복하게 웃는 사진 속 태욱의 모습이 아직도 잊히지 않았다. 녀석도 느껴 볼 필요가 있었다. 원하는 것을 가지려면 어떠한 인내가 필요한지. 이제 강태욱의 모래시계가 뒤집어져야 할 시점이었다.

○ ◆ ○

대문이 열리면 계단부터 보였다. 일곱 살의 어느 날, 그가 바라본 손씨 일가의 집은 그저 높고 닿을 수 없는 성 같았다. 그의 키보다도 더 높고 그의 나이보다 더 많은 숫자의 층계를 하나하나 밟아 올라가면 운동장만 한 정원이 나왔다. 그 주변은 갖가지 나무들로 풍성하게 둘러싸여 있었고, 바닥엔 문양을 낸 것 같은 고른 크기의 디딤돌이 박혀 있었다.

어린 태욱은 아버지가 이런 곳에서 나고 자랐다는 것에 뿌듯함을 느끼기도 했다. 하지만 정작 그곳엔 아버지가 없었다. 그 사실이 어떤 설움으로 다가올지 처음엔 알지 못했다. 아버지가 자살한 것이 그의 원죄가 되고 그 아버지를 가졌던 어머니는 스스로 죄인이 되어 고개 한번 제대로 들지 못하고 살았다.

그런 시간들이 상처를 늘렸다. 복수를 낳아 버렸고, 이를 악다문 채 하루하루 버티다 보니 현재에 이르렀다. 어머니가 그 모든 걸 아무 감정 없이 내려놓고 떠날 수 있는 대단한 사람이라는 걸 이런 식으로 깨달을 줄은 몰랐다.

새벽녘 도둑고양이처럼 본가에 들어온 태욱은 곧장 별채로 향했다. 박 비서가 일어나 마당을 살피는 시간이 되기도 전이었다. 아무도 모르게 이 집 안에서 가장 일찍 일어나 아침 해를 기다리는 양반을 만나야 했다. 문을 두드리자 곧장 대답이 들려왔다.

"들어와."

박 비서가 아침 문안 인사를 하러 왔다고 생각했는지 태욱을 발견한 필성의 눈빛이 잠깐 흔들렸다.

"네가…… 새벽부터 무슨 일이냐?"

단 한 번도 이 시간에 찾아온 적이 없는 녀석이었다. 제 어미의 결정이 그리 큰 흔들림이었을까. 필성은 잠시 생각했지만 결론은 '아니다' 였다. 그랬다면 정애가 절로 향하기 전 그의 앞에 달려와 모든 걸 되돌리라고 소리쳐야 했다. 하지만 강태욱은 이미 예상이라도 한 것처럼, 이렇게 되기를 기다린 것처럼, 모든 걸 아주 덤덤하게 받아들였다.

그렇다면 이유는 하나였다. 여자일 테고, 자신이 파 놓은 무덤에 제 발로 들어가는 짓을 벌이겠다는 체념이었다. 필성은 웃음이 흘렀다. 어찌 이리도 제 아비와 닮았는가. 다르게 살기 위해 발버둥을 치더니, 그가 그렇게 만들어 주겠다고 날개까지 달아 주었는데, 생각지도 않았던 돌부리 하나에 주저앉아 그리도 원망하고 독을 품던 할아비 앞에 항복하듯 무릎을 꿇었다. 태욱은 그것에 조금도 주저함이 없었다.

철민의 조아림에는 전혀 미동조차 없었던 필성의 속이 태욱의 백기에는 잡은 물고기를 놓친 것처럼 허해지고 말았다. 이렇게 되길 원한 줄 알았는데 전혀 기쁘지 않았다. 이젠 그도 자신이 원하는 것이 무엇이었는지 헷갈리기 시작했다.

"쇼인 거 아셨잖습니까. 제가, 제 지위로 그 사람 이용했습니다. 우리, 이…… 더러운 자리싸움에 피해 볼 이유가 없는 사람입니다. 손 이사든, 지유린이든, 어느 누구든, 지금 이 시간 이후로 들쑤시는 일, 없도록 해 주십시오. 그것만 지켜 주시면…… 뭐든지 하겠습니다."

필성은 이제 쓴웃음조차 나오지 않았다.

"뭐든지? 뭘 시킬 줄 알고?"

태욱의 입은 그저 다물어져 있을 뿐이었다.

"여우같이 내 뒤통수만 쳐 대던 놈이 왜 갑자기 곰이 되었어?"

"……"

"여자를 만나 보니, 드라마 주인공이라도 되고 싶은 게야?"

필성의 비아냥거림에 태욱의 입가가 쓰게 내려앉았다. 만약 친구 훈재가 이 모습을 봤다면 영화라도 찍느냐며 놀려 댔을 것이다. 하지만 이러지 않고선 도저히 답이 나오지 않았다. 그렇게 잘 돌아가던 머릿속이 서영의 상처를 알고부터는 그대로 멈춘 것만 같았다. 어떤 것도 계산이 되지 않았고, 계산하고 싶지도 않았다.

"제가 이럴 놈이 아닌데, 이런 모습을 보여서 놀라신 거 압니다. 저도 몰랐습니다. 제가 이럴 수 있는 놈인 줄……."

태욱이 마른 얼굴을 두 손으로 쓸어 내며 허공을 향해 웃었다.

"아버지 피가 어디 가겠냐고 입버릇처럼 말하고 다닌 결과가 이렇네요. 후회할 날이 오겠죠. 와도 어쩔 수 없습니다. 어머니 절에 보내 드리고 내려오는 길에도 그 여자 생각만 했습니다. 이미 불효자식인데 어쩌겠습니까."

손자를 보는 필성의 눈이 붉게 타올랐다. 답이 이리도 쉽게 나오면 어쩌느냐 말이다.

"그런 네 어미가 어떤 결정을 했는지 네 눈으로 똑똑히 봤을 거 아니야?"

또다시 바보 같은 인생을 되풀이할 것이냐는 노여운 물음이었다. 필성이 걸어와 손자와 시선을 맞췄다. 태욱은 필성을 정면으로 바라봤다. 가까이에서 마주한 노인은 그가 생각했던 것보다 더 단단한 눈을 가졌다.

"그렇게 어머니를 보낸 것도 할아버지의 힘이겠죠. 30년 가까이 되는 세월을 옆에 두고 부린 사람을 아주 쉽게 정리하셨지 않습니까? ……제가 이길 수 없는 싸움입니다."

태욱은 단념하듯 시선을 내렸다. 오히려 애원하는 사람은 필성이 되어 버린 것만 같았다. 녀석의 말대로 30년이 다 되어 가는 시간 동안 다르다는 것을 증명해 왔던 손자였다. 그도 모르게 마음속으로 철민보다 앞서길 바랐던 것일까.

"그래. 네가 원하는 걸 들어주마."

필성이 미련을 버리듯 몸을 일으켰다.

"그럼 대가를 치러야 할 것이야."

책상으로 걸어간 그는 서류 여러 개를 꺼내 태욱의 발치로 던졌다. 그 안에 무엇이 들어 있든 태욱이 군말 없이 해내리란 걸 알았다. 강태욱이니까. 필성은 서류를 집어 들고 방을 빠져나가는 손자를 바라보지 않았다. 어느새 등 뒤의 창밖으로 해가 떠오르고 있었다.

14.

사랑을 모르지

소문은 빠른 속도로 퍼져 나갔다. 태욱을 이젠 '강 팀장'이 아닌 '손 팀장'으로 불러야 한다는 내용이었는데, 그가 어마어마한 유신의 주식을 증여받았다는 게 밝혀지며 그 소문이 사실이란 걸 증명해 주었다.

어떤 이는 당연하게 예상했던 것이 아니냐며 자연스레 받아들였고, 손철민 이사에게 줄을 섰던 사람들은 하루아침에 사기라도 당한 것처럼 창백해진 얼굴로 태욱을 피해 돌아다녔다.

태욱의 이야기는 탕비실, 구내식당, 흡연실, 어느 곳 할 것 없이 사람들이 모여 있는 곳에선 핫이슈가 되어 입에 오르내렸다. 하지만 정작 당사자는 여느 때와 다름없이 집무실에서 업무를 볼 뿐이었다. 유신의 유력한 후계자로 떠오른 그가 회장 자리에 앉는다 해도 여전히 이 모습일 것만 같았다. 사람들은 그런 흔들림 없는 태욱의 모습을 보며, 그가 유신을 이끄는 게 가장 안전하고 믿을 수 있다는 데 동의하듯 의견을 모으기 시작했다.

이런 목소리가 커질수록 손철민 이사의 인기는 자연스럽게 떨어질 수밖에 없었다. 그가 급작스레 잡힌 외국 출장 일정으로 자리를 비우고 있다는 것도 여론 몰이에 한몫을 했다. 그를 출장 보낸 사람은 손필성 회장이었다. 어쩌면 철민은 후계자의 싸움에서 한발 물러나 버린 게 아니냐는 추측이 나돌 수밖에 없는 상황이었다.

"다들 남 일이라고 아주 소설을 쓰는구나."

지선은 쯧쯧 혀를 차며 서영과 함께 회사 근처 커피 전문점을 빠져나왔다. 에어컨 존을 잠시만 벗어나도 헉, 하고 숨이 막히는 폭염이 며칠째 이어지고 있었다. 올해는 이상기온으로 여름이 예전보다 그다지 덥지 않을 것이라는 기상청의 예보는 보기 좋게 어긋났다.

미래를 예측하는 일이 모두 그렇지 않을까. 아이스커피를 손에 든 채 서영은 생각했다. 태욱이 하루아침에 '손태욱'이 되었고, 자고 일어나면 회장 자리에 앉아 있어도 이상하지 않을 소설이나 다름없는 이야기가 현실이 되어 가고 있었다.

그리고 당연하게도 서영이 그의 얼굴을 마주할 시간은 줄어들었다. 그녀가 생각해도 버텨 낼 수 없는 업무량이었다. 현재 맡고 있는 팀장 업무와 후계자 수업을 병행하는 건 태욱이기에 가능한 것일지도 몰랐다.

녹초가 된 몸으로, 핏발이 선 눈을 한 채 그는 그녀의 집으로 걸어 들어와 서영을 안았다. 그것만이 지금을 버틸 수 있게 하는 약이라는 것처럼 끝없이 몸을 탐하고 쓰러지듯 그녀의 곁에서 잠들었다. 그의 알 수 없는 불안을 읽었지만 그녀는 묻지 못했다. 사랑은 두려움을 아주 많이 동반한 감정이란 걸 요즘에서야 깨닫는 중이었다.

"모르는 사람들이 하는 헛소리는 귀담아듣지 말고."

지선이 서영의 눈치를 살피며 어깨를 두드렸다. 태욱의 상황이 급변할수록 덩달아 흔들릴 수밖에 없는 게 서영의 자리였다. 두 사람이 연인 관계인 것을 안 몇몇 여직원들이 아부성 멘트를 꺼내는 척하며 곧 닥칠 서영의 앞날을 제멋대로 걱정하기도 했다.

그들이 무슨 말을 하던 서영은 웃어넘겼지만 지선은 신경이 쓰일 수밖에 없었다. 남편인 훈재를 닦달해 들은 뒷이야기가 있으니 더 그럴지도 몰랐다. 누구든, 서영이 좋다면 그만이었지만, 요즘 들어 태욱을 볼 때면 그가 가진 삶의 무게가 주변인들을 버겁게 한다는 생각도 들었다.

훈재에게 전해 들은 바로 태욱의 어머니는 그를 위해 모든 것을 내려놓은 뒤 가야산 어느 절로 몸을 숨겼다고 했다. 어머니를 보내 놓고도 태욱은 자신의 자리를 지켰다. 그녀가 볼 땐 흔들림조차 없었다.

서영을 만나면서 조금은 사람 냄새가 난다는 느낌을 받기도 했으나 강태욱은 강태욱이었다. 아니, 이제 손태욱이 된 그는 목표를 향해서만 달려가는, 그녀 주변의 평범한 사람들과는 다른 부류라는 것을 더욱 확연하게 느끼는 중이었다.

"전…… 잠깐, 나무 아래서 마시다가 갈게요. 대리님 먼저 들어가세요."

서영의 말에 지선이 뜨거운 햇볕을 올려다봤다.

"이 더운데?"

"괜찮아요, 전."

서영이 짧게 웃었다. 혼자 있고 싶어 하는 것 같아 지선은 더 이상 말을 꺼내지 않고 고개를 끄덕여 주었다. 지금 마음이 젤 복잡한 사람은 그녀일 것이다. 태욱의 변화로 유신의 모든 사람들이 흔들리고 있는데 그녀가 아무렇지 않다면 그것 또한 이상한 일일지도 몰랐다.

지선이 더위를 피해 재빠른 걸음으로 회사 안으로 들어가는 것을 보고 서영은 작은 공원으로 가 의자에 자리를 잡고 앉았다. 나무가 해를 가려 주긴 했지만 더운 날씨 탓에 땀이 이마를 타고 흘러내렸다.

주머니를 뒤져 손수건을 꺼냈다. 출장을 다녀온 태욱이 커플 손수건이라며 선물로 준 것이었다. 서영은 그때가 떠올라 저절로 웃음이 났다. 툭, 선물 봉투를 무심하게 내밀던 남자. 여자 선물은 처음이라 뭘 골라야 할지 몰라 종업원의 조언을 들었다는 덧붙임. 손수건을 볼 때마다 서로를 생각하자는 달콤한 말.

그래. 그것이면 되었다. 태욱은 여전히 그였다. 서영은 모든 잡생각을 지우며 고개를 들었다. 그때 주머니에서 진동이 울렸고, 화면을 확인한 그녀는 통화 버튼을 누르지 못한 채 가만히 그것을 내려다봤다.

○ ◆ ○

점심시간, 신사업 팀은 한산했다. 하지만 보는 눈이 아예 없는 건 아니었다. 이젠 그런 것조차 신경 쓰지 않는다는 것처럼 태욱은 필성의 전담 변호사인 윤창수와 집무실 테이블에 마주 앉아 있었다.

아침부터 지사들을 돌며 현재의 운영 상태를 파악하느라 점심은 건너뛰었다. 그런데도 배고픔조차 느껴지지 않았다. 필성의 계획표대로 움직이려면 무엇보다 시간을 아껴야 했다. 태욱은 쓴 속을 달래기 위해 연거푸 생수를 들이켰다.

“식사는 제때 하십니까?”

아버지뻘인 창수가 딱한 얼굴로 물었다. 태욱은 가벼운 질문에 답할 여유조차 없는 사람처럼 그가 가져온 서류부터 확인했다.

이럴 줄은 알았지만 눈으로 직접 확인하자 허탈한 웃음만 흘러나왔다. 큰아버지 인국이 제대로 장남 노릇을 못 하게 된 데에는 그의 아버지가 큰 영향을 주었다는 걸 알았다. 또한 그 덕분에 태욱의 노력이 필성의 눈에 든 것일지도 몰랐다.

인국이 회장이 되었더라면 철민에게 온전히 넘어갈 자리였다. 탐낼 생각조차 하지 않았을지도 모른다. 그렇게 어디선가 불쑥 나타난 호랑이 새끼가 배신이라는 칼날로 온 집안을 뒤집어엎어야 이 전쟁이 끝날 것이라 생각한 필성의 의도에 또 한 번 섬뜩함을 느껴야 하는 건 어쩔 수가 없었다.

죽은 동생의 자식, 그러니까 조카인 자신이 큰아버지의 비리를 만천하에 공개해 죗값을 치르게 만드는 스토리. 이슈가 될 것은 확실했고, 그가 회장 자리에 올라서게 할 가장 유의미한 밑거름이 될 것이다.

그러나 한편으론 태욱이 어떤 인간으로 비칠지 뻔했다. 권력을 얻기 위해선 천륜도 저버리는 배신자. 사촌 형 철민의 등에 칼을 꽂고 회장 자리를 차지한다면 그에게 진정 자격이 있는가, 하는 꼬리표가 따라붙겠지. 어떤 말들이 나돌아도 상관없었다. 어차피 태욱에겐 선택권이 없었다.

"기사는 언제 나갑니까?"

자료를 내려놓은 태욱이 창수를 바라봤다.

"내일 아침이면 퍼지도록 작업했습니다. 곧바로 검찰 조사가 들어갈 거고, 증거들은 확실하니 빠르게 처리되겠죠. 손인국 사장도…… 부인하지는 않을 겁니다."

태욱이 등장한 이후부터 인국은 이런 상황을 예견했을까. 그는 늘 먼발치에서 동생의 아들을 바라보기만 했다. 직접적인 미움은 없었지만 그렇다고 다정히 보듬어 주지도 않았다. 술에 취해 있을 땐 꼭 살아 돌아온 아버지를 보기라도 한 것처럼 귀신을 마주한 얼굴을 보이기도 했다. 그가 무너지듯 주저앉아 흐느껴 울기까지 하면 태욱은 그날 꼭 아버지 꿈을 꾸었다. 비록 꿈속일지라도 아버지가 괜찮다며 안아 주면 태욱은 잠에서 깰 수 있었다.

"그리고……."

창수가 다른 말을 덧붙이려던 순간, 집무실 문이 벌컥 열렸다. 예상은 했던 인물이나 지금 이 순간은 아니었다. 태욱은 블라인드 밖을 내다보았다. 어느새 점심을 먹고 사무실로 돌아온 직원들이 꽤 많았다. 그리고 그를 걱정하듯 바라보는 서영과 눈이 마주쳤다. 그는 이 공간에 들어와 처음으로 리모컨을 눌러 블라인드를 가림으로 바꿨다.

"무슨 일이시죠?"

태욱이 날카롭게 철민을 올려다봤다.

"하. 무슨 일? 너 같은 새끼는……."

철민이 평소의 여유 따윈 잊은 채 달아오른 얼굴로 이를 갈며 태욱의 곁으로 다가왔다. 그러다 조용히 서류 파일을 들고 일어서는 창수를 발견하고 실성한 듯 웃음을 터뜨렸다.

"결국 은혜를 원수로 갚는 놈한테 붙으셨네요. 이것도 회장님에 대한 충성입니까? 아니면, 이 잔인한 새끼한테 붙어야 본인은 당하지 않을 것 같으셨어요? 이햐아, 정말 강태욱이 무서워서 살겠나. 아, 이젠 손태욱인가."

"수고하셨습니다. 연락드리겠습니다."

태욱은 철민의 조롱 따윈 개의치 않고 창수에게 마무리 인사를 건넸다. 창수는 그저 두 사람에게 깍듯이 고개를 숙이고는 집무실을 빠져나갔다. 공간 안에는 이제 둘뿐이었다. 태욱이 시선을 들어 철민을 정면으로 바라봤다.

"그러길래…… 왜 가만히 있는 사람을 들쑤십니까?"

태욱의 표정이 서늘하게 가라앉았다. 철민의 모든 걸 꿰뚫어 보듯 직설적이면서도, 사나운 칼날을 가까스로 감춘 눈빛이었다.

철민은 그저 하하, 웃음밖에 나오지 않았다. 여우 같은 새끼. 영리하게도 그보다 한발 앞서는 데는 도가 튼 놈이었다. 모두 다 준비되어 있었다. 날이 밝으면 그가 이길 싸움이었다. 그 짧은 기다림을 파고들어 뒤통수를 때리듯 그의 심장을 정확하게 찔렀다.

"그래. 네가 하고 싶은 만큼 마음대로 휘둘러. 영감이 널 선택했다면 내가 진 싸움이지. 지금이라도 네 앞에 무릎 꿇으면 작은 자리 하나 정도는 남겨 줄 생각이 있어? 아, 이것도…… 허락이 떨어져야 하는가?"

철민이 돌아가는 판을 모두 알고 비웃었다.

"그렇게 손발이 잘린 채로 살아. 그게 나보다 나은 인생인지 지켜보자고."

돌아 나가려던 철민은 문을 붙잡고 잊은 말이 있다는 듯 태욱을 바라봤다.

"그리고…… 영감을 너무 믿지 마. 이건 진짜 충고야."

문이 열리고 닫혔다. 태욱은 무거운 눈을 감았다. 소파에 몸을 기대자 이번엔 그에게서 실성한 웃음이 튀어나왔다.

○ ◆ ○

서영이 은림을 만나기로 한 장소는 아트센터 1층 카페였다. 그녀에게 전화가 걸려 왔을 땐 누구인지도 모른 채 통화 버튼을 눌렀다. 홍보 일의 특성상 모르는 번호로 업무 전화가 걸려 올 때도 있었기에 어떤 번호든 거르지 않고 받는 편이었다.

— 저번에 인사했었는데, 태욱이 고모예요.

은림의 말에 서영은 잠시 그의 본가에서 마주친 그녀를 떠올렸다. 술에 취한 채 비틀거리던 걸음걸이. 불안한 눈동자. 그러면서도 선한 웃음이 서영으로 하여금 그녀를 마음대로 동정하게 만들었다.

전화 통화는 길지 않았다. 내일 아침 스케줄을 함께해 줄 수 있느냐고 은림이 물었다. 무리한 부탁인 줄 알고, 거절해도 좋다며, 미워하지 않을 거라고 그녀가 농담처럼 말했다. 서영은 생각해 보겠다 말하고 전화를 끊었다. 일을 쉬는 주말이라 무리한 일정은 아니었다. 태욱과 시간을 보내고 싶었지만 그럴 수 없다는 걸 그녀가 더 잘 알고 있었다.

곧 마음의 결정을 했고, 다음 날인 오늘 아트센터로 찾아왔다. 로비의 카페에 들어서고 은림에게 간단히 문자를 보냈다. 곧 답장이 날아왔고,

은림이 카페 안으로 들어왔다.

"빨리 왔네요."

다시 본 은림은 그때와는 전혀 다른 사람 같았다. 센터 관장이란 직책에 걸맞게 지적인 정장 차림이 그녀만의 세련된 분위기를 만들었다. 길게 흩날리던 머리카락은 단정하게 올백으로 말아 올려진 상태로, 작고 이지적인 그녀의 얼굴을 더욱 돋보이게 했다.

"우린 오늘도 근무라 복장이 좀 그렇죠?"

아트센터는 주말이 더 바쁜 곳이었다. 서영은 이해한다며 고개를 흔들었다. 그녀도 평상시 주말 옷차림은 아니었다. 깔끔한 블라우스와 슬랙스로 예의를 갖춰 입었다.

은림을 보자 생각했던 것만큼 만남이 부담되진 않았다. 그녀도 어느 정도는 사람을 보는 눈이 있었다. 태욱의 고모가 지유린처럼 그녀를 대할 리 없다는 것 정도는 그녀를 처음 만난 순간 알았다.

다만, 서영을 보며 짓던 슬픈 웃음이 아직도 잊히지 않았다. 무슨 생각을 했던 것일까. 태욱에게 여자가 생겨 고모로서 기뻤던 걸까. 어쩌면 술기운 때문에 감성에 젖어 들었던 것일지도 몰랐다.

"그럼, 갈까요?"

"아, 네."

커피 두 잔을 시켜 받아 든 은림이 길을 안내했다. 서영은 그저 은림의 뒤를 따라갔다. 그녀는 남들보다 걸음이 빨랐다. 태욱도 그런 편인데, 이것은 집안의 내력인가.

그녀는 상황에 맞지 않는 엉뚱한 생각을 하며 주차장으로 들어섰고, 고가의 스포츠카 앞에 멈춰 선 은림을 바라봤다. 그녀는 마치 에스코트를 하는 것처럼 서영이 탈 수 있게 조수석 문을 열어 주었다.

"타요."

"아, 감사합니다."

커피까지 받아 든 서영은 은림의 옆자리에 자리를 잡았다. 내비에 목적지를 입력한 은림은 그제야 서영에게 눈을 맞춘 후 다시 한번 의사를 물었다.

"지금이라도 부담되면 거절해도 괜찮아요. 가는 길에 서영 씨 집 앞에 세워 줄게요. 그냥…… 서영 씨를 데려가면 언니가 좋아할 것 같다는 생각을 했어요. 내 멋대로."

은림이 미안한 웃음을 보였다. 서영은 고민할 수가 없었다. 은림의 마음도 알았고, 꼭 한 번은 그의 어머니를 만나 보고 싶기도 했다. 서영이 같이 가겠다는 뜻으로 안전벨트를 매자 은림은 어린아이처럼 좋아하며 웃었다. 서영도 따라 웃게 되는 웃음이었다. 곧 주차장을 빠져나간 은림의 차는 빠른 속도로 서울을 벗어나 고속도로로 올라섰다.

가야산 어느 절로 향하는 길에서 서영은 태욱의 어머니가 은림에게 어떤 존재였는지 듣게 될 줄은 몰랐다. 은림은 몇십 년을 알아 온 사람처럼 친근하게 태욱 모자의 사연을 서영에게 찬찬히 들려주었다. 정작 태욱 본인에게도 듣지 못한 사연이었다.

어쩌면 쉽지 않을지도 몰랐다. 그건 서영도 이해하는 부분이었다. 언젠가 동생의 이야기를 해야 한다면 그건, 아주 시간이 많이 지난 후가 될 것이다.

상처란 것이 그랬다. 시간이 흐른다고 해서 쉽게 꺼내지지 않았다. 아직 다 아물지 않은 거겠지. 어쩌면 평생이 지나도 그 아픔 그대로 남아 있을지 모르겠다. 그걸 끄집어내어 아무 일도 아닌 것처럼 말할 자신이 서영에겐 없었다. 태욱도 그런 마음일 테다.

"나는…… 태욱이처럼, 모든 걸 다 끌어안고 아무 일 없는 것처럼 살 순 없더라고요. 그렇게 태어난 거겠죠. 태욱이는 나랑 다른 성격인 거고. 그렇다고 내가 약하고, 태욱이가 마냥 강하다고는 할 수 없다 생각해요."

차가 뻥 뚫린 도로를 쉼 없이 달리는 동안 이야기는 다른 방향으로 깊어졌다. 은림은 다시 어느 날을 떠올리듯 잠시 말이 없었다. 서영은 그저 그녀의 말을 들어 주기만 했다.

자신이 해 줄 말은 없었다. 태욱의 상처를 알아 버렸다고 해서 그를 치유할 수 있을까. 그것은 오히려 오만일 수 있었다. 그는 그녀가 아니었고, 그녀는 그가 아니었기에.

"언니가 절로 들어가겠다고 한 날, 태욱이를 불러서 그놈 탓을 했어요. 다 네 녀석이 회장 자리 앉기 위해서 꾸민 짓이라고."

은림 입장에서는 그런 생각을 할 수 있었고, 그녀는 그런 감정을 감추지 않는 사람이니 태욱에게 드러냈을 것이다. 반대로 태욱은 그 모진 오해에도 어떤 변명도 없이 지금을 살아 내고 있을 것이고.

그가 진짜 회장 자리를 원하는 것이라 해도 어느 누구도 말릴 자격은 없었다. 유신건설을 위해서 자신의 몸을 바쳐 일할 사람은 태욱일지도 몰랐다. 그가 지금까지 그걸 증명했고, 앞으로도 보여 줄 가능성이 제일 컸다.

"……나도 알아요. 언니 혼자 결정했다는 거. 아버지가…… 그런 조건으로 처음부터 언니를 받아들인 거겠죠. 그저 30년 같이 산 세월에 미련을 가지는 건 나뿐일 테고."

잠시 쉬어 가기 위해 휴게소로 들어선 은림은 차를 세우고 서영을 바라봤다.

"그래도…… 나는, 내 욕심에, 태욱이가 제 엄마를 지켰으면 했어요. 아무리 새언니 혼자 결정한 일이라고 해도, 아버지 앞에 달려가서 말이라도 한 번, 어떻게 된 일이냐고 따지기라도 했으면…… 그 녀석이, 이만큼 밉지 않았을 거예요."

그날, 태욱은 서영이 그를 알게 된 이후 처음으로 아팠다. 어머니에게 가진 죄책감을 어떤 식으로 해결해야 할지 몰랐다. 그도 알지 못하는 것이다. 어느 것이 더 어머니를 위한 일인지.

은림의 말처럼 그의 할아버지를 찾아가 빌었다면 달라졌을까. 그렇게 말없이 모든 결정을 끝낸 어머니에 대한 원망은 없었을까. 서영은 태욱의 복잡한 얼굴만이 그려질 뿐이었다.

"어쩌면 지금 태욱이 곁에 서영 씨가 있으니 언니가 편하게 떠났을 수도 있어요. 그래서 내가 언니랑 서영 씨를 만나게 해 주고 싶은 걸지도 몰라요. 뭐, 이것도 내 오지랖이지만."

은림이 멋쩍게 웃었다. 그저 술에 취해 건넨 무례한 고백으로 시작된 그들의 연극 놀이가 이렇게 주변인들에게까지 큰 믿음으로 다가가게 될 줄은 몰랐다. 서영이 처음부터 염려하던 부분이었다. 그의 할아버지와 가족을 속이기 위해 시작한 가벼운 만남이었고, 그의 어머니까지 마주할 자신은 없었다.

지금은 어떨까. 그 만남이 진짜 사랑으로 변하고 서로에게 위로가 됨은 확실한가. 태욱은 몰라도 서영은 그랬다. 그로 인해 사랑을 알게 되었고, 그의 상처가 그녀의 일처럼 아팠다.

"내 뻘소린 여기까지. 우리, 잠깐 쉬었다 가요."

은림이 먼저 차에서 내려 큰 기지개를 켰다. 서영도 따라 내려 바깥 공기를 마셨다. 여름이 절정이었지만 주변이 산으로 둘러싸여 있어 시원한 자연 바람이 기분을 상쾌하게 만들어 주는 것 같기도 했다.

은림은 곧장 화장실부터 가야겠다며 휴게소 안쪽으로 뛰어갔고, 서영은 그녀를 위해 간단한 간식거리를 사기 위해 매점 쪽으로 발걸음을 재촉했다.

이것저것 주워 담고 사다 보니 봉지가 두 손 가득이었다. 어쩔 수 없는 자신의 식탐을 탓하고 돌아 나오려는데 코너 한쪽의 호두과자가 눈에 들어왔다. 꼭 천안이 아니라도 어느 휴게소에서나 흔하게 마주할 수 있는 음식이었는데. 서영에게선 소리 없는 웃음이 샜다. 그리고 태욱이 보고 싶었고, 그의 목소리가 듣고 싶었다.

두 손에 든 봉지를 내려놓고 서영은 핸드폰을 꺼내 태욱의 번호를 찾았다. 망설이긴 했지만 주말이라는 걸 핑계 삼아 통화 버튼을 눌렀다. 신호음이 세 번도 가기 전에 그의 목소리가 들려왔다.

— 언제 나 찾나 싶었는데.

"아, 내 전화 기다렸어요?"

서영이 미안한 웃음을 흘렸다. 하루의 루틴이 되어 버린 모닝콜 이후 그가 바쁠까 봐 일부러 전화를 걸지 않았다. 그게 어쩌면 태욱에겐 서운한 행동일 수 있겠다는 생각이 들었다.

— 주말인데 왜 일만 하냐고, 잔소리도 좀 하고 그래. 그래야 내가…… 여길 벗어나지.

그저 웃음만 났다. 그의 목소리를 듣는 것만으로도 서영은 행복했다.

— 어디야?

"아, 여기……."

서영은 생각 없이 대답하려다 곧 은림과 약속했던 말이 떠올랐다. 오늘의 여행은 태욱에게 비밀로 해 달라는 것이었다. 괜히 나선다고 잔소리를 들을 게 뻔하다는 거였다. 그리고 아직 두 사람이 화해를 한 것이 아니니 이해를 해 달라고 했다. 서영은 꼭 그의 친누나처럼 태욱을 대하는 은림이 고마워 그저 고개를 끄덕여 주었다.

"아주 좋은 곳."

서영의 대답에 태욱의 웃음이 넘어왔다.

— 거길 혼자 갔단 말이지?

"대신, 팀장님 생각 많이 하는 중이에요. 지금도 생각나서 내가 먼저 전화했잖아. 전화는 자주 못 해도 하루 종일 당신 생각만 한다는 거 알아주세요."

— 당신……이란 말 좋네.

태욱이 다정하게 읊조렸다.

"알았어요. 앞으로 많이 해 줄게요. 그럼, 일해요."

방해하지 않기 위해 서영은 얼른 전화를 끊었다. 혹시나 은림이 자신을 기다리고 있을지도 몰랐다. 얼른 간식 봉투를 집어 들고 차가 세워진 곳으로 향했다.

멀리 차 밖에 서서 전화 통화를 하는 은림이 보였다. 업무 전화일까 봐 서영은 걸음걸이를 늦췄다. 점점 다가갈수록 은림의 얼굴이 또렷이 보였다. 그녀의 표정은 좋지 않았다. 곧 그녀에게서 화가 섞인 말들이 쏟아져 나왔다.

"그러니까, 이걸, 태욱이가 다 터뜨렸단 소리야?"

은림의 입에서 태욱의 이름이 나오자 서영은 당황스러웠다. 곧 그녀의 핸드폰에도 문자들이 쏟아져 들어왔다. 난리가 난 곳은 사내 채팅방이었다. 빠르게 넘어가는 말들 사이에 첨부된 기사 링크를 누르자 '손인국 사장, 공금 횡령, 팀장 고발'이란 기사 제목이 눈에 들어왔다.

"여기서 서영 씨 이름이 왜 나와? ……뭐? 동생 사고라는 게……."

은림은 자신의 귀로 듣고도 말이 이해되지 않아 돌아섰다. 그다음 철민의 이야기는 제대로 들리지 않았다. 그녀보다 먼저 모든 걸 눈치챈 서영의 무거운 눈빛만 마주할 뿐이었다.

고급 빌라 앞에 차가 세워지고, 거칠게 문이 열리고 닫혔다. 뒤이어 계단을 밟고 올라오는 거친 구둣발 소리가 울리더니 현관문이 벌컥 열렸다. 은림은 그와 동시에 자리에서 일어났다. 태욱은 현관에 멈춰 선 채 그녀를 바라보기만 했다. 그의 두 눈 속엔 원망이 가득했다. 녀석을 만나고 단 한 번도 마주한 적 없는 생생한 아픔이 담긴 무거운 눈동자였다. 그만큼 마음을 주었다는 것이겠지.

은림은 가슴이 또 한 번 아래로 꺼졌다. 무슨 말이라도 꺼내려 입을 열었지만 태욱은 그 시간조차 주지 않았다. 저벅저벅 거실 안으로 들어와 소파에 누워 있는 서영의 상태를 확인했다.

'저…… 술 좀 사 주세요.'

정애에게는 가지 못했다. 두 사람은 다시 서울로 올라왔고, 은림은 서영에게 자신이 들은 진실을 털어놓아야 했다. 그럴 수밖에 없었다. 바보가 되고 싶지 않다는 그녀의 말이 예전의 자신을 떠올리게 했다.

당사자는 모른 채 흘러가는 이야기. 서영의 상처가 태욱 가족들 입에 오르내렸다는 사실을 뒤늦게 알게 된다면 그땐 되돌릴 수 없는 일이 생길지도 모른다. 은림은 철민에게 들은 내용을 그대로 전했다. 태욱이 서영의 동생 사건을 무기로 이용하려는 손 회장과 거래를 했고, 그로 인해 큰아버지인 인국을 제 손으로 고발하게 되었다고. 하지만, 결국 여자 하나 때문에 집안을 말아먹는 놈이 될 것이라는 철민의 말까지는 차마 전할 수 없었다.

서영은 말없이 창밖만 바라봤다. 그녀는 어떤 마음일까. 은림도 가늠할 수 없어 충고조차 힘들었다. 서울로 올라오는 내내 서영은 그 어떤 말도 꺼내지 않았다.

그리고 그녀의 집에 다다랐을 때 뜻밖의 부탁이 흘러나왔다. 은림은 서영을 홀로 두는 것보다는 자신이 데리고 있는 게 낫다는 생각이 들었다. 그렇게 자신의 빌라로 데려와 술친구를 해 주었다. 오늘은 이렇게 잊는 게 맞을 수도 있었다. 시간이 지나면 복잡했던 머리가 단순해질 것이고, 감정에 휩쓸려 자신을 상처 내는 일도 하지 않을 테니까.

하지만 술이 들어갈수록 서영은 아프게 웃기만 했고, 결국 술기운을 이기지 못해 쓰러지고 말았다. 그녀의 가방에선 수차례 전화가 울렸다. 직감적으로 태욱에게서 걸려 온 전화라는 걸 눈치챈 은림은 울리는 벨

소리를 더 이상 모른 척할 수가 없었다. 그녀는 서영의 핸드폰으로 걸려 온 전화를 받았고, 태욱이 곧장 이곳으로 달려왔다.

"태욱아."

태욱은 조심스러운 손길로 서영을 일으켜 자신의 등 뒤에 업었다. 은림은 어떻게든 상황을 설명해 줘야 한다는 생각이 들었다. 그것이 그녀의 죄책감을 덜기 위한 것일지라도.

"어디까지 얘기했어요?"

서영을 업고 선 태욱이 은림을 올려다봤다. 그의 눈빛이 그녀를 찌를 듯 날카로웠다.

"너는, 도대체 어쩔 생각이야? 끝까지 서영 씨만 모르게 할 순 없어."

은림의 말에 태욱이 잠시 헛웃음을 터뜨렸다.

"안다고 뭐가 달라지는데? 이 사람을, 어머니한테 보여 준다고 뭐가 바뀔 것 같아요? 그거…… 알아요? 고모도, 어머니랑 비슷하다는 거. 다들 멋대로 행동하고, 결정해 놓고, 문제가 생기면 내 핑계를 대면서 날 들러리 만들지. 결국 내 힘으론 아무것도 하지 못하게."

"강태욱."

"그래요. 내가 강태욱인들, 손태욱인들 뭐가 그렇게 중요해. 어차피 꼬여 버린 인생 이렇게 꼬인 채로 살다가 갈 거예요. 근데, 이 여자는 무슨 죄야."

태욱이 한탄하며 고개를 숙였다.

"내가 그냥, 나를…… 날, 자꾸 불쌍한 눈으로 쳐다보길래 이용했어. 바보같이 착해서는 나한테 이용당하면서도 나를 위로해. 내가 자꾸 기대고 싶게 만들어. 그래서, 지키려고 하는 거예요. 그 방법이 뭐가 됐든, 이 여자는 상처 주고 싶지 않아요."

그는 다시 냉정한 얼굴이 되어 자리에서 일어섰다. 그러곤 서영을 업은 채 은림의 집을 빠져나갔다.

은림은 스르르 무너지듯 그 자리에 주저앉았다. 녀석이 태어날 때부터 가진 삶의 무게를 모르지 않았다. 부모까지 배신하며 선택한 여자. 그리고 그 여자와의 사이에서 낳은 아들. 그 녀석에겐 그저 태어난 죄밖에 없었으나 아비를 잃어야 했고, 배신자의 자식이라며 낙인이 찍혀야 했다.

얼마나 억울할까. 그 마음을 알았기에 은림은 철민보다 태욱에게 더 애착이 생겼고, 그가 필성과의 싸움에서 이기길 바랐다.

그를 쥐고 흔들려는 필성의 손아귀에서 벗어나 제 손으로 모든 걸 해내고 이루길. 그를 온전히 행복해지게 만들어 줄 사랑까지도.

하지만 은림은 서영의 울음 같은 웃음이 잊히지 않았다. 정애에게서 보던 모습이었다. 그녀가 오빠 인주를 사랑하지 않았다면. 그토록 아파할 일도, 매일 신에게 기도드릴 일도, 하나뿐인 아들을 떠나는 일도 일어나지 않았을 것이라고.

○◆○

태욱은 서영을 업고 빌라의 5층 계단을 올랐다. 어느새 두 사람이 당연하게 공유한 비밀번호를 누르고 원룸 안으로 들어섰다. 그의 등에 축 늘어진 채 술기운을 이기지 못하고 버거운 한숨을 내쉬는 여자가 안쓰러워 눈 밑이 자꾸만 뜨거워졌다.

얼른 그녀를 침대 위에 눕힌 후 답답하게 몸을 조이는 옷부터 벗겨 주었다. 그제야 서영은 조금 살 것 같은 표정을 지었다. 태욱은 자신의 넥타이도 길게 늘어뜨려 풀어 버렸다. 차올랐던 숨이 조금 안정되자 머릿속이 다시 복잡하게 얽혀 들었다.

아이처럼 맑은 얼굴로 잠든 서영을 내려다보자 죄책감이 더욱 커졌다. 처음부터 이리될 줄 몰랐나. 그녀를 이용했으니, 당연히 그 대가를 치러야 했다. 그것이 그가 태어나면서 가지게 된 짐이었고, 그가 유신의 울타리 안으로 들어온 순간 씌워진 굴레였다.

태욱은 잠든 서영의 뺨을 어루만졌다. 그녀의 상처가 가슴속에 얼마만큼의 깊이로 자리 잡고 있는지 알 수 없었다. 어쩌면 그는 두려웠을지도 모르겠다. 그것들을 이유로 그를 내려놓을까 봐.

이제는 상상조차 할 수 없는 일이었다. 어머니를 절로 들여보내고도 아무 일 없었던 것처럼 일을 하고 밥을 먹고 잠을 잤다. 자신을 낳아 준 부모에 대한 원망과 연민도 마음속에서 쉽게 접고 지워 버렸는데 이 여자가 그의 존재를, 운명을 탓하며 곁에서 사라지는 건 용납할 수가 없었다.

끔찍한 지옥이었다. 이게 사랑이라는 것인가. 그렇다면 그는 어찌해야 하는가. 그의 주변에 있던 사람들은 결국 모두 그를 떠나갔다. 미련도 없었다. 지키는 방법 따윈 모른 채 살았다. 그런 존재가 그에겐 없을 것이라 자만하고 감정의 허세를 부리기만 했다.

"……우윽."

갑작스레 입을 틀어막고 일어난 서영이 욕실로 직행했다. 놀란 태욱이 따라붙었지만 문은 차갑게 닫혔고, 잠겨 버렸다. 그가 문을 두드릴 새도 없이 서영이 욕실에서 속을 게워 내는 소리가 들렸다. 태욱은 안쓰러운 마음을 어쩌지 못하고 그저 문 앞에 정승처럼 서 있었다.

곧 물을 내리는 소리가 들렸으나 욕실 문은 열리지 않았다. 태욱은 더 이상 가만히 있을 수가 없었다. 쾅쾅쾅. 그는 문을 두드렸다.

"윤서영. 괜찮아?"

"……."

역시나 대답은 없었다. 혹시 안에서 쓰러지기도 한 것이면 큰일이었다. 다시 한번 그녀의 이름을 세차게 불렀지만 여전히 묵묵부답이었다. 더 이상은 기다릴 수 없어 비상 키를 찾기 위해 돌아서려는데 벌컥 문이 열렸다. 서영이 붉게 부은 눈을 한 채 그를 올려다봤다.

"왜…… 그랬어요?"

"……."

그렇게 묻는다면 뭐라고 대답할까. 너를 사랑하기 때문이라고 말하면 너는 믿어 줄까. 이 모든 게 설명될 수 있을까. 태욱은 입을 열어 보았지만 그 어떤 변명도 나오지 않았다. 울음을 참아 내는 얼굴로 돌아서는 서영을 보며 그는 어쭙잖은 이유를 갖다 붙인다.

"너 때문 아니야. 날 위해서 그런 거야."

"……."

"회장이 되려고 이용한 거야. 네가 죄책감 가질 필요 없어."

어떻게 해야 그녀의 아픔을 조금이라도 줄여 줄 수 있을지 계산조차 되지 않았다. 태욱은 자신이 뭐라고 말하는지도 모른 채 그저 서영이 아프지 않기를 원했다.

그녀가 어떤 마음을 가지게 될지 그도 알았으나, 온전히 지키겠다는 핑계로 모든 걸 숨겼다. 그저 아무것도 모른 채 곁에만 있어 주길 바랐다. 그런 결정으로 인해 넘치는 미안함은 그녀를 끌어안고 짐승처럼 욕망을 탐하며 지워 내려 했다.

그가 성을 바꾸고, 후계자 수업을 하며, 큰아버지를 고발할 때도 그녀는 흔들리지 않길 욕심부렸다. 그녀의 감정과 생각 같은 건 중요하지 않았다. 오만하고 이기적인 사랑이었다. 그것은 끝까지 그녀의 눈가를 붉게 만들었다.

"당신은…… 정말, 내가…… 그 말을 믿었으면 해요?"

고통을 토해 내듯 서영이 되물었다. 그런 그녀를 안아 주려 태욱이 다가섰지만 서영은 냉정하게 뒤로 물러서며 더 다가오지 못하게 했다. 그러곤 울음을 참아 내는 목소리로 차분하게 말을 이었다.

"가세요. 지금은, 혼자 있고 싶어요. 머리가…… 복잡해요."

서영은 다시 욕실 문을 닫았다. 그 앞에 선 태욱이 사라지지 않는다면 그녀는 내일 아침이 될 때까지도 문을 열지 않겠지. 좁은 공간 안에서 자신의 화를 표현하는 방법이 그게 전부인 여자였다.

태욱은 조용히 돌아서 서영의 집을 빠져나왔다. 차에 올라탄 후 위쪽을 올려다보자 5층은 여전히 어두웠다. 그는 핸들을 붙잡은 두 손 위로 머리를 내렸다. 잊고 있던 두통이 몰려왔다. 머리를 조우는 고통보다 가슴을 쥐는 아픔이 더 크다는 것을, 그는 뒤늦게 알아 버렸다.

○ ◆ ○

갑작스러운 서영의 휴가는 3일에서 2주로 길어졌다. 핸드폰은 꺼져 있는 상태였으며, 원룸 빌라의 5층에선 그날 이후 불빛이 흘러나온 적이 없었다. 그녀가 잠시 본가로 내려갔다는 것을 지선이 안타까운 눈빛으로 그에게 전해 주었다.

태욱은 두통약이 없으면 잠들지 못했고, 꿈속에서 언제나처럼 아버지를 만났다. 그러나 아버지는 평소처럼 웃지 않았다. 그를 걱정하듯 표정이 어두웠다. 태욱은 괜찮다며 웃어 주었다. 하지만 잠에서 깨면 멍하니 앉아 있는 때가 많았다. 몸은 기계적으로 움직일 뿐이었다.

큰아버지 인국의 수사는 속도를 붙여 진행되었다. 철민의 외국 지사 발령과 동시에 태욱의 상무이사 승진이 결정되었다. 회사를 쥐락펴락하는 어린놈에게 불쾌함을 표시하는 늙은 임원진들 사이에서 묵묵히 밥을 밀어 넣었다. 필성이 호출하면 새벽이라도 달려갔고, 어머니는 잘 계시니 걱정 말라는 은림의 문자를 받았다.

직원들이 모두 퇴근한 사무실의 한 곳만 내려다보다 끝내 집무실의 블라인드를 내렸다. 종종 서영의 자리를 지나치지 못하고 가만히 그 앞에 서 있을 때가 있었다. 그가 선물로 사 준 손수건이 책상 위에 버려진 듯 올려져 있는 걸 애써 모른 척했다.

인천 바다를 보고 온 날엔 두통약도 듣지 않았다. 그래도 다녀와야만 했다. 돌아오는 길엔 꼭 휴게소에 들러 호두과자를 샀고, 식탁 위에 던져두었다. 어느 날 식탁 위에 가득 쌓인 호두과자를 보며 미친놈처럼 웃었다. 반병신이 되어 가고 있음을 깨달았을 때, 오피스텔의 초인종이 울리는 소리가 들렸다.

두통 때문에 머리를 제대로 들 수가 없었지만 걸어 나갔다. 문을 열자 서영이 서 있었다. 태욱은 그녀를 잡아 끌어안았다. 서영이 밀어 냈지만 그는 허락할 수 없었다.

"잠깐만. ……살려 줘."

그가 애원했다.

"두통약은 먹었어요?"

다정한 물음이었다.

"……괜찮아."

가까스로 입꼬리를 올려 웃어 주자 그녀는 가만히 고개를 끄덕였다. 달라질 것 없는 일상이었다. 2주가 흘렀지만 그대로였다.

예전처럼, 서로를 보고 웃을 수 있을 것이라 믿었다. 너는 모든 걸 받아 주었으니. 네 마음을 볼모로 이 전쟁에 이용당하게 만들고, 네가 가슴속 깊이 묻어 두었던 상처를 온갖 사람들 입에 오르내리도록 했으나, 그 모든 걸 사랑으로 덮어 버리려 하는 놈을 이렇게 찾아와 마주하고 있었으니까.

"생각은…… 많이 못 했어요. 아니, 안 하고 싶었어요."

그녀가 천천히 입을 열었다. 태욱은 그저 서영을 눈에 담는 것만으로도 숨통이 트이는 것 같아 그녀를 바라만 보고 있을 뿐이었다. 먼저 오피스텔의 넓은 테이블에 자리를 잡고 앉은 건 서영이었다. 그녀를 바라보기 위해선 당연히 마주 앉아야만 했다. 유난히 큰 테이블이 오늘따라 너무 야속하게 느껴졌다.

"처음엔 무슨 생각을 어떻게 해야 하는지도 모르겠더라고요. 내가, 원래 이렇잖아요. 허술하고, 잘 당하고, 잘 속고. 그러다가, 또 좋은 게 좋은 거다. 웃기만 하고."

그런 자신을 어쩔 수 없었다는 듯 그녀가 입가에 웃음을 머금었다. 그녀는 웃고 있는데 태욱은 가슴이 찢기듯 아팠다. 결국 이런 상황에서도 그녀는 착하게 웃는 사람이었다. 개밥을 꾸역꾸역 밀어 넣으며 복수의 독기를 품는 그와는 달랐다.

"나는…… 그때부터 그랬어요. 내 동생…… 보내고 나서요. 사실은, 내가 욕심부리지 않았으면 일어나지 않았을 일이에요. 그게, 그러다 보니, 사는 동안 철칙이 됐어요. 지금을 감사하며 살자. 물 흐르듯이. 뭐든 원해서도 안 되고, 가져서도 안 된다고 생각했어요."

"……."

"근데, 처음이었어요. 팀장님은."

서영은 터지려는 울음을 가까스로 참아 냈다.

"원하는 사람. 가지고 싶은 사람. 그래서…… 술 먹고, 그런 거예요."

이제 와 말할 수 있다는 것처럼 그녀는 그때를 떠올리듯 하얗게 웃었다. 평생 그 무엇도 원하지 않고 살아온 여자가 처음으로 가지고 싶다고 욕심을 부린 게 그였다. 태욱은 그녀의 눈빛을 오해했고, 그녀의 감정을 가벼이 여겼다. 서영이 쌓아 온 마음이 얼마나 클지 가늠조차 할 수 없었다.

"내가 퇴사하려던 이유…… 사실은……."

"알아."

태욱이 그녀의 말을 막으며 대답했다. 서영은 그럴 줄 알았다는 듯 쓴

웃음을 지었다.

"팀장님이 유신그룹 손자인 거 알았을 때 그만해야지 생각했어요. 근데 어차피 잠시 연극을 하다가 목표를 이루면 그만두기로 한 사이였잖아요. 이렇게 될 줄 몰랐던 거 아니에요. 차라리 잘됐어요."

태욱은 표정 없이 서영을 가만히 바라볼 뿐이었다.

"여기서 끝내는 게 맞아요. 서로를 위해서."

누구를 위한 것이란 말인가. 태욱은 서영의 결론이 우스웠다. 그리고 허무했다. 뻔뻔하게 그 '끝'을 얘기한 이도 그였으며, 어떤 확신도 주지 않은 채 모든 걸 감추려고만 했던 남자도 태욱이었으나 지금은 모른 척 해야만 한다.

"많은 거 안 원해. 그냥 옆에만 있어."

그가 더 듣지 않겠다는 것처럼 자리에서 일어났다.

"팀장님."

"아직 나를 원하잖아. 그거면 된 거 아닌가?"

태욱은 오히려 화를 내 보았다. 뭐가 그렇게 복잡해. 무슨 이유든 그게 뭐가 중요해. 네가 나를 보고, 이제 내가 너 아니면 안 되는걸. 세상에 태어나 처음으로 사랑이란 감정이 뭔지 알게 해 준 사람이 너인데. 나는 모르겠어. 모른 척할 거야. 그게 맞아.

태욱이 돌아섰다. 그녀가 이곳에서 나가지 못하게 문이라도 잠가 버리게 현관 쪽으로 걸음을 옮기려 했다. 그때 서영은 기어이 그가 마음속에서 내려놓지 못한 한 사람을 입에 올려 그의 발을 묶었다.

"어머님을 데려와요."

태욱은 웃음이 났다. 착해 빠져서는. 그가 그녀를 선택해 어머니를 데려오지 못한다고 생각하는 건가. 이제까지의 서영을 생각한다면 충분히 그러고도 남았다. 은림이 그 죄책감에 기름을 부어 주었겠지. 누구 하나 도움 되는 사람이 없었다. 그를 더 궁지로 몰아넣으려는 인간들뿐이었다. 서영만 곁에 두면 행복할 줄 알았으나, 그것은 큰 착각이었다.

"너랑 상관없이 그럴 생각 없어. 스스로 다 내려놓고 떠나신 분이야."

태욱은 냉정하게 말을 뱉었다. 그리고 서영에게 다가갔다. 그녀를 일으켜 세워 그를 바라보게 했다. 그녀의 어깨를 흔들며 진심을 토해 냈다.

"내가 붙잡고 싶은 건 너야. 도대체 몇 번을 말해야 알아듣겠어?"

서영이 아픈 눈빛으로 그를 바라봤다.

"솔직하게 말할까요?"

시선이 아래로 향하고, 그녀 자신도 모르게 주먹이 쥐어졌다.

"나는 당신이랑 헤어지는 것보다 더 두려운 게⋯⋯ 많아요. 고모님이 혹시 모른다고 했어요. 부모님한테 이상한 게 보내질 수도 있다고. 인천에서 지내는 동안 매일 우편함만 봤어요. 혹시라도 엄마 아빠가 그걸 보게 될까 봐. 동생 사고에 대한 거라면 우리는⋯⋯ 아니, 나는, 여전히 아무것도 못 하고 벌벌 떨어요. 당신은 이해 못 해요. 그게 어떤 건지."

태욱의 눈동자가 무너졌다. 그래도 서영은 더 독해지기로 마음먹으며 차분히 말을 이었다.

"내 상처가 이리저리 이용돼야만 하는 그런 환경에 사는 남자가 아니라, 그냥 평범한 사람이면 좋겠어요. 부모님이 아무 걱정 없이 행복하게 웃으실 수 있는 인생을 살고 싶어요. 비겁하다고 해도 어쩔 수 없어요. 팀장님도, 나랑 끝까지 갈 생각 한 거 아니잖아요. 회장이 되고 싶다면서요? 그렇게 해요. 팀장님은 그 길 가고, 나는 내 길을 갈게요."

작살에 찍힌 것처럼 서영의 말 한 마디, 한 마디가 태욱의 가슴을 후벼 팠다. 그만하라고 돌아서자 서영은 가방을 챙겨 일어났다. 다시는 돌아오지 않을 것처럼 걸음을 옮겨 오피스텔을 나가 버렸다.

태욱은 그 자리에 서서 웃었다. 시원하게 웃고 나자 허무함이 몰려와 그의 인내를 모조리 상실시켜 버렸다. 부엌으로 들어가 진열장에서 양주를 꺼내 글라스에 따랐다. 입에 가져다 대려다 그대로 그것을 내던져 버렸다. 뚝뚝 피가 흐르는 손을 표정 없는 얼굴로 내려다보았다. 태욱은 핏방울을 바닥에 지도처럼 남기며 저벅저벅 침대로 걸어갔다. 그 이후로는 기억이 없었다.

다음 날 출근한 서영은 사직서와 함께 크림 원피스가 든 종이 가방을 태욱의 책상 위에 올려놓았다. 퇴사 처리는 반나절 만에 이루어졌고, 원

피스는 쓰레기통에 버려진 채 청소 아주머니의 수레에 이끌려 사라지는 걸 지켜봐야 했다.

태욱은 그날 오후 신사업 팀 집무실 정리하고 새로 마련한 이사실로 자리를 옮겼다. 신사업 팀은 당분간 팀장 없이 부서장들 체제로 운영될 예정이라 했고, 서영의 자리를 대신할 사람은 금방 구해졌다.

인수인계 기간 동안 그녀는 사내의 1순위 가십거리가 되어 직원들의 입방아에 오르내렸지만 지선의 보디가드 덕분인지 별다른 테러를 당하진 않았다.

지선에게는 감출 것 없이 태욱과의 헤어짐을 곧장 알렸다. 그녀는 '나쁜 새끼'라며 덮어놓고 그를 욕했다. 서영은 오해를 남기지 않기 위해 자신이 먼저 헤어짐을 고했다고 말했다. 하지만 지선은 그러니까 '더 나쁜 새끼'라며 서영을 울지도, 웃지도 못하게 만들었다.

실연 같은 건 경험하지 않은 여자처럼 살았다. 태욱만이 그녀의 일상에서 사라졌을 뿐 달라질 것은 없었다. 잠시 꿈을 꾸다가 깨어난 것이라 생각하면 되는 것이다. 미리 마음의 준비를 해 둔 게 한몫 톡톡히 했다. 이별이 처음이라 그런가. 실감이 나지 않았고, 때론 시시하기도 했다.

사는 일들이 다 그랬다. 서영은 어릴 적 너무 큰 상처를 경험했고, 그것보다 더한 아픔은 없을 거라 여기며 살았다. 정말 모든 일들이 그때만큼 힘들거나 아프지 않았다. 지나갔고, 잊혔다. 태욱과의 이별도 그럴 것이다.

회사를 퇴사하면 다시는 볼 일이 없는 남자였다. 그녀가 인수인계를 하는 기간 동안에도 그와 마주치는 일은 없었다. 이젠 같은 사무실에서 일하지도 않고, 임원진들만 이용하는 엘리베이터가 따로 있었으니 당연한 일이었다. 그가 자신과는 정말 다른 세계에서 산다는 걸 다시 한번 깨닫는 순간이었다.

"진짜…… 이렇게 아무렇지 않을 수 있을까요?"

마지막 출근을 마무리하고 지선과 함께 저녁을 먹으며 서영이 물었다. 자신에게 묻는 질문 같기도 했다. 그렇게 제정신을 못 차리고 사랑이 전부인 것처럼 굴 땐 언제고. 체념이 익숙한 성격 때문이라고 합리화를 해 보지만 마음 끝이 술맛처럼 썼다.

"사랑이란 게…… 원래 그렇게 무서워."

지선은 알 수 없는 말로 서영의 가슴을 더 답답하게 만들 뿐이었다.

사랑이 도대체 뭔가. 물음표만 남긴 채 모든 것이 순조롭게 정리되어 갔다. 당분간은 부모님 댁에 내려가 있을 생각이라 원룸도 정리했다. 아직 계약기간이 남은 상태라 걱정했는데, 의외로 주인은 흔쾌히 전세금을 돌려주었다. 집이 아주 비싼 값에 팔렸다는 것이었다. 낭만을 알면서도 다리가 아주 튼튼한 사람이 또 있구나 생각하며 서영은 빠르게 집 안의 짐들을 정리했다.

딱히 버릴 것도 가져갈 것도 없었다. 원래 옵션으로 구비돼 있던 가전들은 그대로 두면 되었고, 그녀의 짐은 옷들과 책, 살림 도구들뿐이었다. 박스를 몇 개 사 와 물건들을 담았다. 계절별로 옷을 나눠 담다가 큰 와이셔츠를 발견했다. 그때부터 서영은 심장 쪽이 아팠다. 급하게 식사를 해 체한 걸까. 그런 생각을 하며 옷을 접어 두었다.

욕실로 들어가 수납장을 열어 정리했다. 안 쓰는 것들은 버리는 봉투에 담고, 계속 사용할 것만 작은 가방에 옮기는데 그가 쓰던 일회용 면도기 묶음과 칫솔, 그녀가 사 준 로션이 차례대로 나왔다. 막힌 목구멍이 이젠 시큰거리기 시작했다.

바보같이, 이런 흔적들을 생각하지 못했던 자신이 한심할 뿐이었다. 독하게 그를 끊어 낼 땐 언제고. 잔인한 말로 상처 줬으면서. 이렇게 사소한 것들로 인해 무너지다니. 정신을 차려야 했다.

서영은 욕실을 빠져나와 베란다로 향했다. 이젠 에어컨 없이도 시원한 바람이 불어왔다. 언제나처럼 그 자리에 서 있는 나무들을 바라보자 마음이 조금씩 잦아들었다. 큰 숨을 쉬고 뒤돌아서려는데 눈앞에 작은 종이가 보였다. 그 자리, 이번엔 다른 색깔이었다.

어쩌자고. 나쁜 사람. 그녀는 오히려 그를 욕했다. 종이의 내용은 읽지 않은 채 뒤돌아섰다. 어느새 흘러내린 눈물을 훔쳐 냈다. 모른 척하면 그뿐이었다. 이렇게 독하니 사랑을 모르지. 모두가 말해도 어쩔 수가 없었다. 서영은 아무 일 없는 것처럼 베란다에 남은 물건들을 정리했다. 그녀의 등 뒤로 찬 바람이 불었다. 어느덧 뜨거운 여름이 끝나 가고 있었다.

15.

사랑은 지나도 사랑으로 남는다

습관이 무서운 법이었다. 7시 정각이 되면 눈이 떠졌다. 그리고 부엌에선 익숙한 칼질 소리가 들렸다. 서영은 커다랗게 기지개를 켠 뒤 침대에서 일어났다. 굳은 몸을 이리저리 스트레칭한 후 잠자리를 정리하고, 방 안 커튼을 활짝 열어젖혔다.

"안녕."

석류나무가 언제나처럼 그녀를 반겼다. 비로소 하루가 시작되었다는 느낌을 받는 순간이기도 했다. 무기한 휴식, 그러니까 백수 상태인 그녀가 요즘 마음을 주고 있는 것은 정원 가꾸기였다. 정원이라고 해 봐야 두 발걸음만 왔다 갔다 하면 끝나는 작은 공간이었지만 그곳에 그녀가 평소 좋아하는 식물들을 심어 놓았다.

무언가 물을 주고 가꾸며 키우는 건 숭고한 작업임을 깨닫는 중이기도 했다. 한 번씩 말을 건넬 때마다 그녀 자신이 더 위로받곤 했다. 아프지 않고 잘 자라 줘서 고맙다는 말을 하고 나면 절대 잊지 못할 것만 같았던 그녀의 아픔도 씻겨 내려가는 것만 같았다.

"……그래서, 말은 좀 해 봤어?"

아버지 석완의 목소리가 욕실 쪽에서 부엌으로 흘러 들어갔다. 옛날 주택이다 보니 방음이 부실했다. 그래서 부모님의 전화 통화 내용과 작게 다투는 목소리까지도 의도치 않게 듣게 될 때가 있었다.

인천 본가로 들어와 지낸 지 벌써 8개월이 지났다. 이젠 어떤 일이든 새롭게 시작해야 한다는 건 알고 있었다. 낮 시간엔 구직 사이트에 접속해 적당한 일자리를 살펴보고 있긴 했지만 선뜻 이력서를 넣을 마음이 생기지 않았다.

방전된 상태라 그래. 쉬고 싶을 때까지 쉬어. 어느 날 안부 전화를 걸어 온 지선은 그렇게 서영의 불편한 마음을 위로해 주었다. 그동안 일을 하며 모아 둔 돈으로 몇 달은 버틸 수 있었지만 그것도 슬슬 한계였다. 정말 어디든 다시 취직을 해야 했고, 새롭게 힘을 내야만 했다. 부모님도 이제는 서영의 상태를 눈치채신 것 같았다.

"뭘 어떻게 물어요? 남자랑 헤어져서 그런 거냐고 해?"

연애하는 줄만 알고, 이젠 품 안에서 떠나보내야 하는가, 다른 걱정을 하고 있던 석완과 영희는 서영이 서울 집을 정리하고 인천으로 내려온 날 모든 걸 단번에 눈치채고는 아무것도 묻지 않은 채 그녀의 무기한 휴식을 받아들였다.

일주일 내내 잠만 자는 딸을 깨우지도 않았고, 석류나무만 본 채 멍하니 하루를 보내는 동안에도 그저 딸의 옆에 간식들을 놓아 줄 뿐이었다. 먹어. 먹으면서 아파. 결국 영희가 참지 못하고 한마디를 건넸을 때 서영은 울음을 터뜨려 버렸다.

'너무…… 맛있어서 그래.'

엄마가 해 준 부침개가 너무 맛있어서 그런다며 그녀는 그 자리에서 눈물을 뚝뚝 흘렸다. 이제 다 컸다. 남자 때문에 울기도 하고. 영희는 자신의 딸을 따뜻하게 안아 주기만 했다.

그날 밤, 석완이 애달픈 마음에 그 남자가 어떤 놈인지, 왜, 무엇 때문에, 내 딸을 이렇게 아프게 하는지, 묻겠다는 걸 영희가 가까스로 말리는 대화도 어쩔 수 없이 엿듣게 되었다.

고여 있을 것만 같았던 아픔의 시간들이 흐르고, 서영은 이제 아무렇지 않게 유신건설 홈페이지에 접속해 태욱의 사진을 볼 수 있을 정도가 되었다. 그리고 직접 찾아보지 않아도 그는 요즘 티브이 광고에도 심심치 않게 등장하는 중이었다.

부모님과 함께 저녁을 먹다 우연히 그 광고가 나오기라도 하면 서영은 밥이 돌알처럼 씹혔다. 세 사람 중 누구든 얼른 다른 채널로 돌렸다. 그게 당연한 일인 것처럼. 서영은 그럴 때마다 눈치껏 밥그릇을 들고 자리에서 일어났다. 이렇게 티브이 광고까지 진출하면 어쩌잔 말인가. 서영은 유신건설 홈페이지에 접속해 멋지게 포즈를 취하고 있는 태욱을 노려봤다.

그래. 만약 서영이 그 일을 맡았어도 태욱을 홍보 모델로 내세웠을 것이다. 이미 그런 전적이 있기도 하고, 유신건설을 이미지화할 수 있는 가장 대표적인 인물이 그였으니까. 밑바닥부터 차근차근 올라와 끝내 자신이 목표한 자리에 앉은 남자. 직장인들의 신화. 그런 인물이 사실은 오너가의 숨겨 둔 핏줄이었다는 비밀까지 밝혀진 상황이라면 이보다 더 완벽한 현실 드라마는 없었다.

그리고 그 효과를 증명하듯 유신의 주가는 연일 상승세를 타고 있었다. 회사를 위해서라면 자신의 이미지를 파는 것에도 거리낌이 없던 남자였다. 사람들은 그가 핏줄의 힘을 빌리지 않고 스스로의 능력으로 자신의 가치를 증명했다며 더 열광했다. 큰아버지인 인국의 공금 횡령 사건도 양심을 저버리지 않는 정의감으로 포장되었다. 유신이라는 회사가 나아갈 방향이 그것이며, 새롭게 이끌어 갈 모토임을 강조했다.

서영은 태욱의 날카로운 눈매와 굳게 닫힌 입이 낯설어 화면에서 시선을 떼지 못했다. 그녀 앞에서 활짝 웃던 남자는 이제 사라지고 없었다. 그를 그렇게 만든 사람도, 그것을 감당할 수 없다며 도망친 사람도 모두 그녀였다.

모른 척하려 해도 인정할 수밖에 없는 것들이었다. 서영은 화면을 껐다. 꿈에서 깨어나자. 이제는 그럴 때도 되었다. 새로운 시작이 필요한 시점이었다.

○ ◆ ○

"정말…… 이런 시나리오는 막고 싶었는데."

별안간 인천에 나타난 지선은 생각지도 못한 모습으로 변해 있었다. 그러니까, 얼굴을 보지 않은 지 8개월째였다. 딱 그 기간만큼 그녀의 배 속에는 아이가 자라나 있었다.

"축하할 일이잖아요. 왜 이제야 말해요!"

그러고 싶었지만 인생이 뜻대로 되지 않더라, 라는 표정으로 지선이 서영을 바라봤다.

태욱이 이사가 된 이후 유신건설엔 한차례 칼바람이 불었다. 그리고 그 직격탄을 맞은 게 신사업 팀이었다. 새로 부임한 팀장이 제일 먼저 한 일은 태욱의 흔적을 지우는 것이었다. 그렇게 자의로, 타의로 회사를 그만둔 사람이 제법 되었다.

지선도 그중 한 사람이었다. 퇴사 이후 지선은 이직이 아니라 창업을 선택했다. 그런 지선과 손잡은 동업자가 바로, 그녀의 직속 상사였던 지훈이라는 걸 전해 들었을 땐 서영도 의아했다. 그러나 곧 자신과의 관계를 빼 놓고 본다면 설명되지 않을 조합도 아니란 걸 깨달았다.

지훈은 예전부터 자신의 회사를 차리고 싶어 했고, 신사업 팀에 붙어

온 칼바람이 그 시기를 앞당겼다. 지선의 영업력과 지훈의 전문적인 노하우가 합쳐지면 시너지 효과를 낼 것이 분명했다.

정말 현실로 옮겨진 '지앤지마케팅'은 두 사람의 경력과 인맥을 바탕으로 발판을 만들어 처음부터 두각을 나타냈다. 그런데 돌연 지선이 임신을 하게 되었고, 선택의 갈림길에 놓였다.

훈재는 지선이 아이를 위해 자신의 꿈을 포기하는 걸 원하지 않았다. 특별히 더 조심하겠다는 각오를 다지고 시작한 일은 아이가 행운을 가져다주는 것처럼 술술 풀렸다. 지선의 임신이 여러모로 신경 쓰이던 지훈도 그녀의 업무 능력 앞에서는 할 말이 없었다. 다만, 앞으로 닥칠 출산이 문제였다. 잠시일지라도 그녀의 빈자리를 채워 줄 사람이 필요했다.

"서 대표…… 그러니까, 서지훈 차장, 아직도 불편한 건 아니지?"

서영은 지선의 질문을 선뜻 이해하기 어려웠다. 태욱과 만나면서 지훈과는 개인적인 연락을 주고받지 않게 되었고, 그것은 퇴사 이후에도 마찬가지였다. 그게 그의 배려라는 것도 알았고, 그래서 서영은 고맙기도 했다.

"그러고 말고 할 게 뭐 있어요, 이제."

서영이 웃으며 대답했다. 시간이 흘렀고, 모두 지난 일이었다. 지훈이 아직도 그녀에게 미련이 남아 있을 리도 없었고, 서영도 그에 대한 감정 같은 건 애초에 가지지 않았기에 굳이 피하는 것도 우스웠다.

"그럼 잘됐다. 서 대표가 서영 씨 얘길 하더라고."

"저를……요?"

"일 부탁할 사람으로 제일 딱이라고. 솔직히 나 아쉬울 때 불쑥 찾아와서 도와 달라고 말하는 거, 너무 민망하긴 한데. 내 배가 이렇게 부르니……."

지선은 산만큼 부풀어 오른 배를 쓰다듬으며 미안한 웃음을 흘렸다. 태어날 아기는 아들이었고, 엄마는 잘 먹지도 못하는데 벌써부터 태아 몸무게가 정상보다 많이 나간다고 걱정을 했다. 서영은 그녀의 푸념도 어쩐지 행복해 보여 마음이 따뜻해졌다.

"도와드리는 거야 얼마든지 할 수 있는데, 제가 대리님 일을 맡는 게 좀……."

"아, 그건 걱정할 거 없어. 내가 하던 일은 서 대표나 내 밑에 직원이 받아서 할 거고. 사보나 마케팅 전문 일을 대신 할 사람이 필요한데, 자기만 한 사람이 어디 있어. 마침 쉬고 있기도 하고. 진짜 사람 살리는 셈치고, 도와줘. 서울에서 지내는 동안 머물 곳은 우리가 비용 지불하고 마련해 줄 테니까 걱정 말고."

서영은 잠시 고민하는 표정을 지었다. 지선은 어쩐지 침이 꼴깍꼴깍 삼켜졌다.

"그럼 저…… 도와드리는 거 말고, 거기 취직시켜 주실 수 있어요?"

"어?"

서영의 다른 제안에 지선이 더 놀랐다.

"이제 부모님 눈치도 보이고, 다시 제대로 뭐든 해야 할 것 같아서요."

그녀가 결심한 듯 웃자 지선은 당장 계약서를 쓰자며 호들갑을 떨었다. 마음 바뀌면 우리가 더 손해라며 핸드폰을 꺼내 회사 직원에게 근로 계약서를 메일로 보내 달라 말하고는 빠르게 일을 진행시켰다. 평소 이 지선의 영업력이 그대로 실현되는 상황이었다.

어쩌다 보니 서영은 트레이닝복 차림으로 나와 취직이 되었다. 당장 지낼 곳을 구하고 짐을 옮길 생각에 머리가 복잡해졌지만 조금은 신이 나기도 했다. 살아 있는 자신을 느낄 때가 되었다. 정신없이 지내다 보면 시간은 또 흐를 것이다. 그것만큼 아픔에 좋은 약은 없었다.

"아…… 근데, 괜찮겠어?"

지선이 그제야 생각난 것처럼 난처한 표정으로 물었다. 뭘 묻는지 그녀도 알았다. 지선과 같이 일하면 훈재와 마주치는 상황이 생길 것이고, 태욱을 떠올리게 될지도 모른다는 얘기일 테다. 그렇다고 인천에만 숨어서 아무 일도 하지 않고 있을 순 없지 않은가.

"안 괜찮을 게 뭐 있어요. 수시로 티브이 광고에도 나오는 사람인데."

서영이 멋쩍게 웃었다.

"그래, 뭐. 완전 연예인급이지. 이제 우리랑 노는 물이 다른 사람이니까. 그이도 이제 나한텐 만난다는 소리도 안 해. 좋은 말 들을 일 없으니 그렇겠지만. 그리고 마주치면 뭐 어때? 안녕하세요, 하고 남들처럼 지나가면 돼. 내가 그렇게 친구처럼 지내는 엑스 보이프렌들이 많단다. 아, 이건 우리 오리 아빠한테 비밀."

지선이 쉿, 하며 검지를 입에 가져다 댔다. 모처럼 만에 두 사람은 동지애를 담은 눈빛으로 함께 웃었다.

서영은 잠깐 태욱과 마주치는 상상을 해 보았지만 가능할 것 같지 않았다. 더군다나 미련 같은 게 남아 있을 사람이 아니었다. 평화롭게 흘러간 8개월이 그것을 증명했다.

"우와, 이제 진짜 봄이구나."

지선과 카페를 빠져나오자 어느새 거리엔 벚꽃이 흩날리기 시작했다. 서영이 좋아하는 계절이었다. 하지만 올해는 꽃구경할 엄두도 내지 못했다. 그게 쉽지 않았다. 이 꽃들이 뭔 죄라고. 서영은 잠시 멈춰서 날리는 벚꽃을 바라봤다.

○ ◆ ○

32층 이사실의 불빛이 외로이 밝았다. 사방이 통유리 창으로 이루어져 있는, 사무실 다섯 개는 이어 붙여 놓은 듯한 넓이의 공간을 사람 한 명이 차지하고 있는 건 공허하다는 생각이 들었다. 특히나 밤이 되면 우주를 부유하는 것처럼 이사실은 현실 세계와 분리된 채 하늘 위에 떠 있는 형상이었다.

이런 자리, 형식, 허세에 일찌감치 질려 있었으나 태욱은 이전 사람들이 만들어 놓은 그림자에 손을 댈 생각은 없었다. 어차피 큰 의미를 두지도 않는 공간이었다. 그의 책상 위에 올려진 명패에 적힌 '손태욱'이란 글자도 그러했다.

그것에 맞는 가면을 쓰고 역할을 누리면 되었다. 그러자고 필성과 거래를 했다. 그가 휘두를 수 있는 칼자루 따윈 없었다. 품을 수 있는 마음까지 모조리 빼긴 것처럼 그는 그 어떤 동력도 없는 기계적인 상태였다.

태욱은 시계를 한 번 올려다봤다. 약속 시간이 되었는데도 문을 두드리는 소리가 들리지 않았다. 드문 일이었다. 붕 떠 버린 시간이 어색해 그는 책상을 등진 채 자리에서 일어났다. 32층 아래를 내려다보며 피로한 눈을 잠시나마 쉬게 했다.

가까이에서 마주하는 기계와 서류들이 조만간 그의 눈을 멀게 할 것처럼 담당 의사는 무서운 경고를 날렸다. 두통이 사라지지 않았고, 병원을 찾을 수밖에 없었다. 신경과에서 안과로, 이런저런 검사를 하며 두통의 원인을 찾던 의사들은 간단하게 일을 쉬라고 명령했다.

우스운 말이었고, 태욱은 알았다며 진료실을 빠져나왔다. 챙겨 준 약들은 고스란히 책상 구석에 처박힌 상태였다. 가만히 눈을 감고 있거나 32층 아래를 내려다보면 그나마 머리가 맑아졌다.

그런데 그 습관이 오늘은 머리를 더 아프게 만들 줄은 몰랐다. 어느새 봄이 찾아온 걸까. 벚꽃나무들이 어김없이 저마다의 존재감을 드러냈다. 늦은 밤까지 사람들을 설레게 하고 들썩이게 만들었다.

태욱은 오늘 오후 참석한 상반기 광고 기획 회의에서 언급된 감성적인 문구가 떠오르기도 했다. 날리는 꽃잎 하나에 흔들리는 마음이라니. 듣자마자 웃음이 터지고 말았다. 늙은 이사진들을 구워삶으려 하는 외주 기획자의 눈물겨운 노력을 지켜보다 보니 오랜만에 마음속에서 흥미가 일었다.

'꽃이 지면 어떡합니까?'

회의실 불이 켜지기도 전에 태욱이 물었다. 외주 기획자들은 당황했고, 그들과 뒷거래가 있었던 몇몇 이사진들이 술렁였다. 손태욱이 이사가 된 이후에 제대로 피바람이 몰아칠 줄 알았지만 그는 전혀 존재감을 드러내지 않았다. 누군가에 의해 조종당하는 사람처럼 기계적으로 움직였고, 트러블을 만들어 낼 생각 따윈 없는 것처럼 자신의 자리에 머무를 뿐이었다.

한동안 몸을 사리던 이사진들도 이제는 마음을 놓고 이전의 방식대로 일을 진행시켰다. 태욱의 눈치를 보는 일도 없었다. 그러나 오늘은 달랐다. 그가 묻는 질문에 제대로 대답조차 하지 못하는 외주사가 만들어 낼 광고의 깊이는 뻔했다.

회사의 이름만 바꿔 공장 물건처럼 찍어 내는 아파트 광고들. 그 틀에서 벗어나면 죽는 줄로만 아는 구시대적인 사고의 늙은 양반들이 대거 포진한 건설 분야에서 일하며 큰 기대감을 가진 적은 없었지만 꽃, 마음, 아파트를 연결 짓는 모순에 대해선 태욱도 더 이상 참고 지켜볼 수가 없었다.

'꼬, 꽃이 싫으시면…….'

외주 기획자가 얼버무리며 답하자 태욱은 다시 번복했다. 아니라며, 그대로 진행하라 이르고는 자리에서 일어섰다. 이사진들에게 깍듯하게 인사를 건네는 것도 잊지 않았다. 그가 잠시 정신이 나갔나. 모두들 그렇게 이해하고 넘어갈 수밖에 없는 상황이었다.

쓴웃음을 짓던 태욱은 노크 소리에 표정을 지우고 고개를 돌렸다. 문을 열고 들어선 사람은 윤창수 변호사였다. 그는 늘 같은 시각 태욱의 집무실로 찾아와 보고를 마치고 사라지는 생활을 8개월째 이어 오고 있었다.

"출장이 취소된 걸 늦게 전해 들었습니다. 죄송합니다."

늦었다고 해 봐야 10분 정도였다. 하지만 창수는 그것조차 용납하지 못하는 성격을 가진 사람이었고, 태욱은 그를 믿지는 않았지만 그의 방식은 신뢰했다. 손필성의 옆에서 몇십 년을 버틴 양반이니 단단함이야 테스트해 보지 않아도 인정할 수밖에 없었다.

"괜찮습니다. 시작하시죠."

태욱은 그와 일적인 대화 이외엔 어떤 말도 섞지 않았다. 철민처럼 창수의 의중을 떠보려는 생각 따위는 아예 머릿속에 존재하지 않는 것 같았다. 제 자신을 믿기에 다른 이의 마음 따윈 궁금하지 않은 것일 수도 있었고, 어쩌면 제 자신마저 내려놓은 냉철함이 현재의 그를 지배하고 있기 때문일지도 몰랐다.

여든이 넘은 필성조차 끝내 해내지 못한 마음가짐이었다. 그걸 당연하게 감당하는 태욱을 볼 때면 창수는 가슴 한편에 묻어 둔 죄책감에 마음이 끝없이 가라앉기도 했다.

때때로 스스로가 우스워 몸서리쳐질 때도 있었다. 이제 와서 미안함을 가진다는 것부터가 모순일지도 모른다. 죽음이 가까이 왔다는 걸 선고받은 순간부터였을까. 아니면 태욱이 필성을 뛰어넘게 될 것이란 계산이 확실하게 섰을 때부터였나.

인주가 스스로 목숨을 끊던 날. 그의 숨통을 쥐고 조금씩 죽여 나간 이가 아버지 필성이라는 걸 되뇌었지만 죗값의 크기는 점점 커져 가기만 했다. 그게 현실이 되도록 손과 발을 움직였던 사람은 자신이었고, 그의 마지막 얼굴을 마주했던 사람도 창수였다. 그때는 알지 못했다. 죄책감이라는 것이 어떤 크기로 인간을 집어삼키는지.

"변호사님."

태욱이 그를 바라봤다.

"아, 네."

정신이 돌아온 듯 창수가 들고 온 서류를 꺼내 놓았다.

이제는 다를 줄 알았다. 또다시 자신의 핏줄을 절벽으로 몰아 무릎 꿇게 하고, 제 허수아비가 되어 살길 바라는 마음이 필성에게 남아 있을 줄은 몰랐다. 이미 한 번 겪어 보았고, 실패한 방법이었다. 자식이 죽었고, 그로 인해 모두가 고통받았다.

달라질 줄 알았고, 태욱의 행복 앞에서 이제는 그의 인간됨을 확인하고 싶었다. 그렇게 된다면 창수 자신의 죄를 용서받을 수 있을 것만 같았다. 하지만 그의 믿음이 틀렸다. 충성심이 가져온 수많은 죄들은 더욱 그 크기를 불려 그 당사자와 마주 앉게 했다.

"지유린 씨는 3일 전 입국한 걸로 전달받았습니다. 이건 외국 병원에서 검진받은 임신 확인서입니다. 친자 확인은 이미 들어간 상태고, 그동안 지켜본 바로 특별히 다른 남성을 만난 적이 없으니 손철민 이사의 아이가 확실해 보입니다. 어느 쪽에서 만들어 낸 시나리오인지는 모르겠지만 확실한 건 두 사람 다 출산을 원한다는 겁니다."

태욱이 표정 없는 얼굴로 태아의 초음파 사진을 내려다보았다. 창수는 그가 끝나지 않은 복수심으로 두 사람을 주시하고 있다는 것에 회장의 자리가 큰 의미를 차지하지 않는다고 느꼈다.

윤서영. 그 여자 때문일까. 모두 지운 것처럼 행동했지만 그는 그럴 수 없는 남자였다. 손인주의 아들이니까. 어머니를 절로 보내 놓고도 그 여자를 위해서 모든 걸 내려놓았으니. 지독한 사랑을 하는 게 어찌 이리도 닮은 것이냐, 필성이 한탄하며 노여움을 감추지 못할 때 창수는 오히려 감사했다. 태욱이 이제야 자신의 아버지를 이해할 수 있을 테니.

"건양 회장, 약속 잡아 주십시오."

간단히 지시하며 태욱이 자리에서 일어났다.

"내일 오전 중으로 약혼 기사 나갈 겁니다."

그가 책상 위의 내선 전화로 홍보실에서 대기 중인 최 팀장을 불러올렸다. 창수는 펼쳐져 있던 서류들을 다시 봉투 안에 담아 넣고 자리에서 일어났다. 지독한 사랑을 하는 것은 닮았으나 방식은 완전히 달랐다.

태욱은 인주가 아니었다. 창수는 한 번씩 그 사실을 잊어버리는 자신이 우스웠다. 그가 지난 사랑을 지키고 싶은 것인지, 모든 걸 다 내려놓은 채 아무것도 남기지 않은 상태로 사라지고 싶은 건지, 지금은 알 수가 없었다. 자신은 태욱이 아니니, 어쩌면 마지막이 되기 전까지는 절대 알 수 없을지도 몰랐다.

○ ◆ ○

은림이 눈을 떴을 때는 이미 확인차 연락한 기자들의 문자가 수십 개나 쌓여 있었다. 침대 옆 탁자에서 안경을 가져와 끼고 기사의 내용을 확인한 그녀는 작은 한숨을 내쉬었다. 이 모든 일들에 대해 관심을 끊겠다고 다짐했지만 정애가 절로 들어간 직후 본가로 들어와 새언니가 쓰던 방을 차지하고 눌러살게 되었다. 이유는 단 하나, 조카 태욱 때문이었다.

필성은 태욱에게 오피스텔을 정리하고 본가로 들어오도록 명령했다. 녀석은 군말 없이 곧장 그다음 날부터 필성의 옆자리에 앉아 밥을 먹기 시작했다. 너무도 간단하고, 당연한 행동 같았다. 은림은 자신과 눈조차 마주치지 않는 녀석을 무시하려 했지만 정애의 부탁까지 저버릴 수는 없었다. 그렇게 전혀 어울릴 수 없는 세 사람이 매일 아침 식사 자리에 함께했다.

남편이 죄수복을 입은 것도 모자라 아들까지 귀양살이 보낸 미연은 어이없음에 실소를 터뜨렸고, 필성을 향해 자신의 지분과 역할을 공고히 했다.

미연의 친정은 유신을 흔들 힘 정도는 갖고 있는 기업이었다. 태욱이 필성의 지지를 받아 회장 후보에 오른다고 해도 반대편인 철민 쪽 라인이 동의하지 않는다면 쉽지 않은 싸움이 될 것이었다. 진절머리 나는 자리다툼을 지켜보고 있는 것만으로도 은림은 머리가 아팠다.

그렇게 회장이 되면 뭐가 좋을까. 돈이라면 지금도 다 쓰고 죽지 못할 정도로 많지 않은가. 이해되지도 않을뿐더러 이해하고 싶지도 않았다.

태욱이 그 전쟁에서 승리한다고 해도 이젠 웃으며 축하해 줄 자신이 없었다. 소중한 것을 모두 잃고 얻은 권력이 무슨 의미가 있을까. 곁에 제대로 된 자식 하나 남아 있지 않은 필성을 지켜봤으면서도, 그 자리가 욕심났던 걸까.

은림은 지금 자신이 태욱의 옆에 있는 것이 무슨 소용이 있을까, 다시 한번 씁쓸한 체념이 들었다. 오늘 아침 터진 녀석의 약혼 기사도 그랬다. 도대체 무슨 생각인 것인지.

"도대체 왜 그런대? 갑자기 멀쩡한 나무를……."

"거슬린다잖아. 그 맘을 우리가 어떻게 알겠어?"

식당으로 내려가 커피를 마시려던 은림은 주방 쪽에서 수군대는 험담을 엿들을 수밖에 없었다. 누가 멀쩡한 나무를 갈아 치우라고 했나. 필성이 또 고약한 성정을 이기지 못하고 옹심을 부리는 것인가, 싶었다. 그녀가 커피 잔을 들고 주방 안으로 들어서자 아주머니들이 입을 닫았다.

"왜요? 아버지가 나무 다시 심으래요?"

은림은 주방 유리창을 통해 정원 쪽을 바라봤다. 희태가 가꾼 나무들이 봄기운을 물씬 풍겨 내고 있었다. 이맘때면 이유 없이 설레는 게 저 꽃잎들 때문인 것 같아 조금은 위로가 되었는데, 그것마저 누군가에겐 거슬리는 모습인가 보았다.

"아니, 손 이사님이요."

조용히 해. 옆의 아주머니가 말리는 소리에 은림은 자신이 잘못 들은 것인가 싶었다. 지금 말한 손 이사라면 이 집에 살고 있는 태욱일 것이다.

녀석이 왜. 은림은 다시 정원을 바라봤다. 꽃잎이 흩날리는 게 그리 거슬릴 일인가. 녀석답지 않은 행동에 헛웃음이 흘렀다. 그리고 은림의 생각이 어느 한 지점에서 멈췄다. 작년 봄. 이곳으로 한 여자를 데려왔던 녀석이 문득 떠올랐다.

서영은 숨을 고르고 등 뒤에 메고 있는 가방에서 물통을 꺼냈다. 얼려 온 물을 한 모금 마시고 나니 산을 오르느라 지친 몸이 그제야 살아나는 것 같았다. 큰 숨을 내쉬고 뒤를 돌아보자 풍경이 발아래 있었다.

이래서 모두들 등산을 다니는구나 싶었다. 꼭 보상을 받는 기분이었다. 인생은 그럴지도 몰랐다. 매일 행복한 사람은 없을 것이다. 그렇다면 행복이란 감정을 모를 테니. 힘든 나날들을 견디며 이겨 내야 잠시의 기쁨이 얼마나 달콤한 줄 아는 것이니까.

서영은 다시 몸을 돌려 산속의 작은 절을 올려다봤다. 왜 이 산이었을까. 답답함을 이기지 못해 어디로든 가야 했을 때 이곳이 생각났다. 아파하는 모습을 보이는 것도 부모님에게는 못 할 짓이었다. 그렇다고 누굴 만나는 것도, 홀로 우는 것도 싫었다. 그런 시간들은 이미 충분했으니. 서영은 혼자서 이겨 내고 싶었다. 그래서 길을 나섰다. 산을 오르다 보니 절이 눈에 들어왔다.

조용히 불상 앞으로 다가가 절을 올리고 그 자리에서 일어나지 못한 채 한참 동안 울음을 터뜨렸다.

동생이 생각나서일까. 아니면……. 모르겠다. 그날의 아픔이 이젠 흐릿해졌다. 누군가 다가와 그녀의 등을 쓸어 내 줄 때 모두 쏟아 버렸으니. 원없이 울고 나자 오히려 마음이 가볍고 시원해졌다. 발갛게 부은 눈으로 고개를 들자 한 보살님이 그녀를 안타까운 눈으로 바라보고 있었다.

서영이 괜찮다며 웃자 보살님은 따라 웃으며 그녀의 두 손을 꼭 붙잡아 주었다. 손은 따뜻했고, 서영의 배에선 꼬르륵 소리가 났다. '너무 울었더니…….' 민망해 변명을 하자 보살님은 그녀를 부엌으로 이끌었다. 절밥이 그리 맛있는 줄 그때 처음 알았다. 서영은 부끄러움도 없이 비빔밥 한 그릇을 뚝딱 해치웠다. 그리고는 절을 내려왔다.

그때 닿은 인연 때문인지 산에 오를 때마다 서영은 보살님을 찾았다. 그녀와 따뜻한 차 한 잔을 마시며 가만히 산의 풍경을 바라보고 있노라면 모든 게 괜찮았다. 보살님이 눈을 감고 차를 음미해 보라고 말하면 서영은 먼저 눈을 떠 그녀의 얼굴을 바라봤다.

보살님은 그 남자를 닮았다. 아니, 태욱이 그녀를 닮은 것이겠지. 어쩌면 아닐지도 모른다. 그녀가 태욱의 어머니일지도 모른다는 건 서영만의 추측이었다. 아니라고 해도 상관없었다. 만약 맞는다면…… 그것 또한 감사한 일이었다. 그녀의 곁에서 함께해 주는 사람이 자신이라는 것에 서영은 조금이나마 편안해질 수 있었으니까.

"……취직이요?"

찻잔을 내려놓으며 보살님이 물었다.

"네. 이제 그만 놀고, 일해야죠."

그래서 예전처럼 자주 오진 못할 것이라는 말에 보살님은 아쉬운 표정을 지었다. 그것만으로 서영은 감사했다. 그녀 앞에선 가끔 동생 이야기를 할 수 있었고, 때때로 태욱이 얼마나 좋은 사람이었는지에 대해서도 이야기했다.

사랑을 말할 때면 그녀의 눈에선 빛이 났다. 벚꽃 길을 같이 걸어 내려오던 순간, 호두과자를 머리 위로 올리며 장난칠 때 짓던 웃음, 바닷가를 바라보며 품 안 깊숙이 그녀를 안고 안았던 간절함. 모두 지난 일이었지만 서영에겐 행복한 추억이 되었다. 사랑은 지나도 사랑으로 남는다는 것을 알게 해 준 사람이었다.

"좋은 사람도 만나야 해요."

산사 앞까지 내려와 배웅하던 보살님이 마지막 당부를 하듯 그녀의 손을 붙잡았다. 서영은 알겠다며 고개를 끄덕였다. 꼭, 좋은 사람 만날게요. 약속하듯 그녀를 안았다. 두 사람은 서로의 등을 쓸어 내 주는 것도 잊지 않았다.

서영이 돌아서 두 손을 모아 인사하자 그녀도 맞절을 해 주었다. 헤어짐은 언제나 마음 끝이 아팠다. 특히 보살님과 헤어질 땐 더 심했다. 산길을 내려가면서도 서영은 몇 번이나 뒤를 돌아봤다. 그녀는 여전히 그곳에 서 있었다. 그것만으로 서영은 위로를 받았다.

"안 탈 거예요?"

버스 기사가 외친 소리에 서영이 뒤늦게 고개를 들었다.

"아, 타요. 죄송합니다."

산에서 내려와 터미널로 가는 버스를 기다리고 있었다. 핸드폰은 가방에 넣어 둔 채 존재를 잊고 있었는데 진동음이 여러 번 울려 꺼낼 수밖에 없었다. 이틀 뒤부터 출근이니 지선에게서 연락이 온 걸지도 몰랐다. 서영은 핸드폰을 열어 화면을 확인했다. 정말 지선에게서 부재중 전화가 와 있었다. 곧장 다시 걸었지만 그녀는 받지 않았다. 문자를 남겨두고 핸드폰을 다시 가방에 넣으려는데 모르는 번호로 전화가 들어왔다. 서영은 일을 그만둔 이후, 이런 전화들은 받지 않았다. 무음으로 돌리는데 같은 번호로 문자가 도착했다.

[안녕하세요, 윤서영 대리님. 데일리 신문 기자……]

장문의 문자를 읽어 내려가던 서영은 마지막에 첨부된 링크를 클릭해 기사를 확인했다. 태욱이 활짝 웃는 사진을 보는 순간, 가슴 쪽이 당연한 것처럼 아팠다. 그 여자와 다시 약혼을 하는구나. 가볍게 넘겨야 할 기사가 온 정신을 뒤흔드는 것만 같았다.

허겁지겁 핸드폰을 다시 주머니에 넣고, 버스 기사를 바라봤다. 다 감당할 수 있을 줄 알았는데, 아니었구나. 멍청한 깨달음만 얻은 채 그녀는 그 자리에서 움직이지 못하고 바보처럼 서 있었다.

○ ◆ ○

담배를 끈 태욱은 산사를 올려다봤다. 남자인 그에게는 출입이 허락된 곳이 아니었다. 굳이 들어가 어머니의 모습을 보고 싶지는 않았다. 그저, 딱 이만큼, 거리를 두고 떨어진 곳에서 바라보는 것으로도 만족했다.

정애도 어느 날 산사 아래를 내려다보다 그의 차를 발견했지만 굳이 내려와 아들의 얼굴을 마주하지 않았다. 어떤 날은 거리를 두고 두 사람이 마주 볼 때도 있었다. 태욱이 고개를 숙이면 정애는 두 손을 모아 인사를 건넸다.

이렇게라도 그가 쉬어 갈 수 있다면 그것으로 만족한다는 듯이. 얼굴을 보는 것, 그 이상은 모자에게 없었다. 태욱은 이제 이곳도 그만 와야 한다는 생각을 했다. 그의 행동으로 인해 어머니가 더 가슴 아파할 것을 알았기에.

오늘은 멀리서도 어머니를 만나지 못한 태욱은 차에 올라 천천히 산을 내려갔다. 닦여진 도로 옆으로 등산객들이 걸어 내려가는 게 보였다. 완연한 봄이라 지난번보다 사람이 더 많았다.

아침에 터진 기사로 그의 핸드폰은 잠시도 쉬지 않고 울려 댔다. 훈재는 그에게 배신이라도 당한 것처럼 화를 냈다. 도대체 무슨 생각이냐고. 네 인생을 왜 그렇게 함부로 내던지느냐고. 너는 몰라. 내 인생을 살지 않았으니. 태욱은 묵묵히 친구의 화를 받아 내며 침묵했다.

멀어지겠지. 떠나 버리겠지.

그렇게 아무것도 남지 않은 인생 가운데 그가 서 있었다.

태욱은 다시 속도를 줄이며 창밖을 바라봤다. 눈을 아프게 만드는 알록달록한 차림인 단체 등산객들 사이에서 홀로 튀는 무채색 차림인 여자의 뒷모습이 눈에 들어왔다. 튀지 않는 색깔이 더욱 도드라져 버린 아이러니였다.

여자의 뒷모습이 익숙했다. 그런 생각을 하는 자신이 우스워 태욱은 작은 실소를 터뜨렸다. 처음엔 그랬다. 모든 게 윤서영으로 보였다. 다시 찾아올 것이라 확신하기도 했다. 그를 사랑한 시간들이 있었으니까. 그는 생각지도 못할 세월을 한 남자만 바라봤는데 어찌 그리도 쉽게 마음을 접을까. 그렇게 멍청하게 기다렸지만 그녀는 오지 않았다.

태욱은 여자에게서 시선을 떼고 다시 핸드폰을 내려다봤다. 기다린 전화였다. 그는 망설임 없이 통화 버튼을 눌렀다. 여자는 다짜고짜 소리쳤다.

— 당신, 미쳤어요?

지유린이라면 그의 행동을 미리 짐작할 것이라 생각했는데, 그만의 착각이었나. 태욱은 산 아랫길로 내려와 차를 멈춰 세웠다. 던져둔 핸드폰을 여유롭게 집어 들고 귓가에 가져다 댔다.

"그쪽이…… 원하던 거, 아닌가."

태욱은 또다시 두통이 시작돼 잠시 눈을 감았다.

— 그땐……, 아니, 강태욱 씨. 그래요, 이제 손태욱 씨. 다…… 지난 일이잖아요. 그 여자랑 어차피 오래갈 생각 없었던 거 아니에요? 나랑 결혼하기 싫어서 쇼한 거잖아. 원하는 대로 됐잖아요, 뭐가 문제예요? 그리고 당신 이미 다 알고 있잖아. 내가 임신했고, 그 애가 누구 앤지도!

복수일까. 모르겠다. 그런 의미를 가져와 붙이는 것도 우스웠다.

"어쩌지, 이번엔 내 쪽에서 흥미가 생겼어. 어차피 핏줄 같은 거 신경 안 쓰는 놈이란 거 애 아빠한테 들었으니 잘 알 텐데? 회장 자리 차지하기 위해선 뭐든 한다는 것도. 사람들이 좋아할 시나리오잖아. 아주 자극적이고, 더럽고, 구역질 나는 거."

태욱은 그대로 전화를 끊었다. 핸드폰을 조수석에 던지고, 차 안에 남겨둔 두통약을 꺼냈다. 물도 없이 삼켜 넘기자 조금은 통증이 가라앉았다.

한참 만에 눈을 뜨고 주변을 살폈다. 여전히 산이 보였다. 그리고 버스 정류장을 발견하고, 무채색의 등산복을 입은 여자를 다시 마주했다. 이번엔 뒷모습이 아니라 정면이었다.

그녀는 자신 앞에 멈춰 선 버스에 타지 못했다. 버스가 가 버리자 여자는 정류장에 앉았다. 멍하니 산을 올려다보다가 주머니에서 염주를 꺼냈다. 버스가 두 번 더 정류장을 통과하고 나서야 자리에서 일어나 가방을 걸치고 걷기 시작했다.

태욱은 조용히 여자가 가는 쪽으로 차를 출발시켰다. 그녀는 걷다 서기를 반복했고, 길을 잃은 것처럼 방향을 헤매었다. 앞모습이 보이지 않았지만 보이는 것 같기도 했다.

끝내 여자는 바닥에 주저앉아 버리고선 주머니에서 핸드폰을 꺼냈다. 누군가에게 전화를 걸었다. 태욱은 조수석에 던져 버린 자신의 핸드폰을 내려다봤다. 울릴 리 없을 텐데. 기다리고 있는 자신이 멍청했다. 허무한 웃음이 흘렀다.

다시 고개를 들었을 땐 모든 게 꿈이었다는 것처럼 여자가 보이지 않았다. 두통약을 너무 집어 먹은 부작용일 것이다. 현실일 수가 없었다. 그는 망설임 없이 차를 다른 방향으로 몰았다. 더 이상 이곳에 오지 않겠다는 결심이 더욱 확고해지는 순간이었다.

16.

다시 봄은 시작되었고

이삿짐이라고 해 봐야 캐리어 몇 개가 전부였다. 간단한 짐이었지만 인천 집 앞에는 차 한 대가 일찌감치 대기하고 있었다. 오랜만에 걸려 온 전화였지만 서영은 망설이지 않고 받았다. 어차피 이제는 예전처럼 함께 일을 해야 할 사람이었다.

지훈은 예전 그대로였다. 며칠 전에 만난 사람처럼 간단히 그녀의 안부를 묻고 이사를 돕겠다고 했다. 부담을 주려는 행동이 아니며, 거절할 이유도 없다 덧붙였다. '지앤지마케팅' 대표로서 직원의 복지를 책임지는 것뿐이라고 했다. 공동대표인 지선이 부른 배를 이끌고 나서려 하는 걸 그가 말렸다고 했다. 그 부분에선 서영도 동의했다.

"짐은 이것뿐이야?"

서영이 캐리어를 끌고 집을 나오자 지훈은 곧장 차 문을 열고 달려왔다. 어색해할 겨를도 없이 그는 짐을 가져가 자신의 차에 실었다. 못 본 사이, 그의 차종이 더 고급지고 튼튼한 브랜드로 바뀌어 있었다.

"어차피 집엔 자주 오니까 그때그때 조금씩 가져가면 돼요."

"그래. 그 방법이 더 낫겠다. 큰 짐 옮길 일 있으면 나한테 연락하고."

"뭐 하러요. 택시도 있고, 아빠 찬스 써도 되고요."

서영이 미안한 웃음을 짓고는 정확한 선을 그었다. 그게 너무도 윤서영다워 지훈은 흐리게 웃으며 고개를 끄덕일 수밖에 없었다. 예전으로 돌아갈 수 없다는 것은 그가 더 잘 알았다. 그녀가 태욱과 헤어졌다 하더라도 말이다. 어긋난 타이밍과 오만한 자신감이 만들어 낸 착각이 이렇게 긴 후회를 남길 줄은 몰랐다.

"서영아! 잠깐만! 거기 서 봐!"

짐을 모두 싣고 차에 오르던 순간이었다. 뒤쪽에서 그녀를 부르는 소리가 들렸다. 저 멀리 골목 끝에서 어머니가 두 손에 종이 가방을 든 채 뛰어오고 있었다. 주말이었고, 그녀가 서울로 올라가는 날이라 부모님 두 분 모두 자신의 일들은 미뤄 둔 상태였다.

서영은 놀라 얼른 골목 쪽으로 다시 걸음을 옮겼다. 그것보다 더 빠르게 어머니가 지훈의 차 앞에 다다랐고, 세 사람은 삼각 구도처럼 서서 당황스러운 시선으로 눈 맞춤을 나눠야 했다. 지훈은 곧 영희에게 다가가 깍듯이 인사를 건넸다.

"어머니, 잘 지내셨어요? 저, 서영이 대학 선배 지훈입니다."

언젠가, 서영이 방학이라 기숙사가 아닌 인천 집에 내려와 있을 때였다. 동아리 회장이었던 지훈은 후배들과 함께 여행 겸 서영을 만나러 왔었다. 그녀가 가이드를 맡아 짧게 월미도를 구경하고 곧장 조개구이집에 앉아서 술판을 벌였다. 그날따라 유난히 게임 벌칙에 많이 걸린 서영은 빠르게 취했고, 결국 테이블에 기대 잠들어 버렸다.

차를 몰고 온 사람이 지훈이었기에 멀쩡한 정신을 가진 이는 그뿐이었다. 모두들 2차를 하기 위해 사라져 버리자 그는 서영을 업고 그녀의 집으로 향했다.

지훈이 벨을 누르자 석완이 잔뜩 화가 난 목소리로 그의 신원을 확인했다. 곧 문이 열리고 집에서 뛰쳐나온 석완이 지훈의 등에 업힌 서영을 보고는 얼른 번쩍 안아 데려가 버렸다. 민망해진 지훈은 마당 끝에 멍하니 서 있었다. 그리고 만난 사람이 서영의 어머니 영희였다. 그녀는 얼른 그에게 다가와 고생했다며 물 한 잔을 건넸다. 그때의 물맛을 지훈은 아직도 기억했다. 영희가 잠시 들어왔다 가라고 했지만 집 안쪽에서 반대하는 커다란 목소리가 흘러나왔다. 지훈은 괜찮다며 그대로 마당에서 뛰쳐나갔다.

조금 억울한 마음이 들기는 했다. 그가 잘못한 것은 없는데. 딸을 너무 과보호하는 서영의 아버지로 인해 어린 마음에 작은 편견이 생기기도 했다. 비록 조금일지라도 후배 서영에 대한 호감이 접어지기도 했었다.

"알지, 알지. 내가 어떻게 잊어. 그때도 고마웠는데, 오늘도 이렇게 신세를 지네."

"아뇨. 신세 아닙니다. 서영이가 저희 회사에 와 주는 것만으로도 고마운 일인데요."

"그래요? 그럼, 내가 또 기분이 너무 좋고. 하하하."

"엄마……!"

결국 서영이 영희의 곁으로 다가가 그녀의 옆구리를 찌르는 수밖에 없었다. 그렇지 않으면 지금 자리에서 무슨 얘기까지 오갈지 몰랐다. 영희는 서영의 친구라면 누구든 반가워했고, 석완과는 달리 경계심이 없었다. 그저 딸이 누군가와 어울려 친하게 지낸다는 것이 고맙고 감사한 것 같았다.

어릴 적 늘 혼자 있는 걸 좋아하던 딸이라 더 그럴 수도 있겠다 생각하며 이해하려 했지만 이렇게 한 번씩 난처한 상황을 만들 때면 서영도 가만히 지켜만 볼 순 없었다.

"알았어, 알았어. 엄마 들어간다. 이것만 주고 가려고 했어."

영희는 서영의 손에 종이 가방을 쥐여 주었다.

"가는 길에 같이 나눠 먹어. 엄마가 급하게 싸느라 너 좋아하는 오이는 못 넣었어."

언제 김밥을 싼 걸까. 서영은 짐 정리를 하느라 정신이 없어 부엌은 들여다보지도 못했다. 갑자기 눈시울이 붉어지고 말았다. 놀러 가는 게 아닌데. 영희는 거리와 상관없이 서영이 어딘가 갈 때면 꼭 김밥을 싸서 챙겨 주었다. 그 마음이 무엇인지 너무 잘 알았다. 사고가 있었던 그날,

바쁘다는 핑계로 동생의 도시락을 직접 싸 주지 못한 것이 영희가 이런 행동을 하도록 만들었을 것이다.

"알았어. 고마워. 잘…… 먹을게요."

서영은 눈물을 들키기 전에 얼른 가방을 챙겨 조수석에 올라탔다. 영희와 지훈이 나머지 인사를 나누고 있는 것도 바라보지 못했다. 앞만 쳐다본 채 자신의 허벅지 위에 놓인 도시락이 든 종이 가방만 꽉 움켜쥐었다. 모든 게 아직도 이리 가슴에 사무치는데. 어떻게 잊어. 잊는다는 것이 가능할까. 서영은 늘 같은 생각뿐이었다.

"나 좀 출출한데."

차가 출발하고 얼마 되지 않아 지훈이 먼저 말을 걸었다. 어쩐지 서영의 기분이 다운되어 보이는 때문이었다. 옛날처럼 스스럼없이 이야기를 나눌 수 있을 것이라 기대하진 않았지만 그래도 노력은 해 보고 싶었다. 되돌아가려는 시도조차 접고 싶진 않았다.

"아, 죄송해요. 휴게소에서 뭐 좀 먹을까요?"

창밖만 바라보던 서영이 정신을 차리듯 지훈에게 물었다.

"어머님이 싸 주신 김밥 있잖아."

달리는 차 안이었다. 서영은 지훈이 가리킨 종이 가방을 내려다보았다. 같이 나눠 먹으라고 일부러 챙겨 준 것이니 맛을 보긴 해야 했다. 하지만 지금 김밥을 꺼내면 운전하는 지훈의 입에 넣어 주어야 할지도 몰랐다. 그저 김밥을 먹여 주기 위한 의미 없는 행동이라고 생각할 수도 있겠지만 서영은 그러고 싶지 않았다.

"내 입에 넣어 달라고 그럴까 봐 그래?"

"……아."

지훈이 먼저 그녀의 마음을 눈치채 버렸다.

"하여튼, 윤서영 틈을 안 주지."

그가 포기하듯 작게 웃었다.

"알았어. 조금 더 가면 휴게소 나와. 거기 가서 나눠 먹자."

"……네. 그래요."

짧게 대답하고 서영은 다시 창밖을 바라봤다. 지훈의 눈길이 그녀에게로 향했지만 되돌아오는 시선 같은 건 없었다. 아마도 그를 의식조차 하지 않기 때문이겠지. 지훈은 허무한 마음이 드는 동시에 오기가 생기기도 했다.

태욱이 그렇게 대단한 사랑을 남겼나. 사랑은 다른 사랑으로 잊는다는데. 그 기회조차 차단하려는 서영이 미련하고 안쓰러워 보였다. 다시 만날 수 있을 것이라 생각하는 걸까. 지훈은 그럴 수 없다는 것을 며칠 전 그의 약혼 기사에서 체감했다.

기회는 언제든, 누구에게나 한 번은 찾아오는 것이라 생각하며 살았다. 일에서든, 사랑이든. 지훈은 이제 그 타이밍을 어이없이 놓치지 않기 위해 마음을 다잡았다. 서영의 눈길이 어딘가에 멈춰 있다면, 이젠 그에게로 돌려놓고 싶었다. 바보같이 후회하는 건 지금까지로도 충분했다. 그의 시선이 다시 서영에게 머물렀다.

○ ◆ ○

'지앤지마케팅'에서 서영에게 제공한 집은 엘리베이터가 딸린 신축 빌라였다. 층수도 딱 적당한 3층이었다. 모든 게 풀 옵션으로 갖춰져 정말 몸만 들어가 살면 되는 곳이었다. 서영은 간단하게 필요한 것만 싸 온 캐리어를 풀어 금방 정리하고는 하룻밤을 보냈다.

몸을 쓴 만큼 잠도 잘 왔다. 새집에 빠르게 적응한 그녀는 출근 준비를 하고 오랜만에 아침 지하철을 탔다. 바뀐 것은 없었다. 환승 구간에선 썰물처럼 빠져나가는 사람들에게 밀려나 오랜만에 꺼내 신은 구두의 앞코가 밟히기도 했고, 사무실이 있는 동네에서 한 정거장 지나쳐 내려 아침부터 발이 까지도록 뜀박질을 하기도 했다.

긴장한 마음으로 사무실에 들어서자 두 대표를 비롯해 새로운 직원들이 그녀를 따뜻하게 맞아 주었다. 자리를 배정받고 가방 안의 물건들을 정리해 그녀만의 공간을 만들 때였다.

"인수인계 회의부터 했으면 하는데요."

그녀의 앞자리에 있던 누군가가 지훈에게 다가가 전투적으로 말을 건넸다. 고개를 들어 그쪽을 바라본 서영은 곧바로 상황을 파악했다. 그녀는 서영을 마음에 들어 하지 않는다. 그것은 처음 눈을 마주했을 때부터 한눈에 읽혔다.

긴 시간은 아니었지만 사회생활을 하면서 터득한 게 있다면 자신에 대한 호감과 비호감을 알아채는 것이다. 상대가 나를 어떻게 생각하는지, 그 눈만 봐도 알게 되었다. 그녀가 서영을 탐탁지 않아 할 이유는 한 가지뿐이었다. 갑자기 비교 대상이 나타났기 때문이겠지. 이미 지선에게 들어서 직원들의 포지션은 파악하고 있었다. 아직 1년도 안 된 신생이라 대기업처럼 원활하게 업무 분담이 되어 있을 리 없었다.

서영이 등장하면서 일을 나눌 수 있다는 장점이 생겼지만 그 나눔의 경계가 모호할 게 뻔했다. 그리고 그녀는 두 대표들이 스카우트하듯 데려온 낙하산이 아닌가. 게다가 마치 특별대우를 하듯 직원 숙소까지 마련해 줬다는 소문이 돌았다면 좋게 보일 리 없었다.

"유신아트센터 사보부터 맡아 주셨으면 해요. 급한 거라."

회의실 안에 들어가 자리를 잡자마자 민가현 대리는 서영 앞에 서류를 내밀었다. 당황한 두 대표가 눈빛 교환을 하는 게 느껴지기도 했다. 이렇게 기선 제압을 하고 힘겨루기를 하고 싶은 건가. 서영은 감정 없는 얼굴로 가현을 바라봤다.

"그쪽 일은 누구보다 잘 알 거 아니에요."

그녀의 비아냥거림이 한편으론 우스웠다.

"네. 그럴게요."

모두의 시선은 이제 서영에게로 꽂혔다.

"싫으면 하지 마. 억지로 할 필요 없어."

점심시간까지 넘겨 가며 인수인계를 받고서 지선의 손에 이끌려 회사 근처 카페에 도착하자마자 서영은 그녀에게서 지금까지 꾹 참고 있던 진심을 들을 수 있었다. 주문한 아이스커피를 받으며 서영은 작게 웃었다. 지선이 얼마나 신경을 쓰고 있었을지 눈에 훤히 보였다.

서영에게 일을 제안했을 때 유신과 얽혀 있는 업무의 구조를 설명하는 게 맞았겠지만 그게 쉽지 않았을 거란 것도 이해했다. 굳이 그녀에게 양해를 구하는 것도 우습지 않은가. 대표도 아니고 그저 직원일 뿐인데 일을 가려서 한다는 것도 말이 되질 않았다.

"이런 일 생길 줄 알고, 만나면 '안녕하세요.' 그러고 아무렇지 않게 지나가라고 하신 거예요?"

아무렇지 않다는 듯한 서영의 모습이 더 안타까운 마음을 자아낼 줄은 몰랐다. 지선은 본인이 생각해도 자신의 심리를 알 수가 없어 며칠 동안 밤잠을 설쳤다. 서영을 회사로 데려온다면 이런 일이 벌어질 게 뻔했다. 그럼에도 지훈의 제안을 거절하지 않고 받아들이며 서영을 섭외하러 인천까지 향했다.

두 사람이 다시 만나길 바라는가, 아닌가. 그 질문을 놓고 그녀 자신이 혼란스러워하고 있는 꼴이었다. 한편으로는 서영이 아직 그녀에게 미련이 남아 있는 지훈과 이어지길 바라는 마음도 있었다. 누가 봐도 잘 어울리는 커플이었고, 결혼을 한다고 해도 문제 될 게 없었다.

다만 서영의 마음이 그쪽으로 흐르지 못한다는 게 안타까울 뿐이지. 그렇다면 예전처럼 지훈과 부딪치다 보면 새로운 감정이 생기지 않을까. 그 기대도 있었다. 그런데 일을 저지르고 보니 생각은 온통 서영과 태욱의 재회에만 꽂히고 말았다.

'당사자들이 알아서 할 일이야.'

이런 그녀의 고민을 듣고 난 훈재는 변호사다운 객관적인 태도로 지선의 심기를 더욱 불편하게 만들었다. '당신 친구잖아. 이제 친구 안 하기로 했어?' 그동안 담아 두었던 물음을 내던지고 나자 훈재는 말이 없었다. 지선은 곧장 미안해지고 말았다. 잘못했다며, 두 손을 붙여 싹싹 빌었다. 그러자 훈재는 바람 빠진 웃음을 내놓더니 '우리 이제 그 자식 얘기는 하지 말자, 진짜.' 그리 말하곤 아프다는 얼굴로 그녀를 가만히 안았다.

누구의 잘못으로 헤어진 게 아니었을 것이다. 또한 그렇게 추측할 뿐이었다. 당사자가 아닌 걸, 더 이상 어쩌겠는가. 지선은 창밖에 시선을 둔 채 떨어지는 벚꽃 잎을 멍하니 바라보고 있는 서영을 지켜보며 쓴 커피를 빨아 마셨다.

그리고 업무 통화를 짧게 했고, 서영의 눈치를 살피며 자꾸만 불안한 듯 다리를 떨었다.

"무슨 일인데요?"

서영이 괜찮다며 먼저 물었다.

"유신리조트 오픈 기념 파티도 지면에 넣어야겠다. 그게, 소문만 돌더니 오늘 아트센터 손은림 관장 몫으로 넘어갔나 봐. 처음부터 휴식과 예술의 접목, 이러면서 리조트 안에 미술관 넣을 때 촉이 오더니……. 거의 음, 그러니까…… 강, 아니, 손……."

지선이 뜸을 들이며 제대로 호칭하지 못하자 서영이 대신 말을 이었다.

"팀장님이요."

"그래. 그……분."

"이젠…… 이사님이라고 불러야 하겠죠."

서영은 낯선 호칭을 올리며 아무렇지 않게 웃었다.

"응, 뭐. 손태욱 이사가 전체 책임 총괄이었거든. 진짜 몸을 갈아 넣어서 만든…… 암튼, 그걸 또 자기 딸한테 넘기네, 그 망할 영감탱이."

지선은 전 직장의 오너인 필성에 대한 감정이 좋지 않았다. 회사에 다닐 적에도 그의 일방적인 업무 방침과 편견 앞에서 울분을 토한 적이 많았다. 서영은 그저 가까이할 일이 없는 사람의 얘기로만 들었다. 태욱을 만나기 전까지는 그랬다.

"그렇다면 리조트 홍보에 관한 건 우리가 맡아야 할 것 같고. 손 이사가 파티에 올 가능성을 점쳐 보자면…… 내 생각엔 반반. 오리 아빠 말로는 지금 중국 쪽 투자 관련해서 골치 아픈 문제가 생겼다고 했거든. 그리고 자기가 다 만든 걸 고모가 날름 해 먹는 걸 보고 싶겠어? 뭐, 안

오면야 우리야 땡큐고. 안 올 거야. 안 오도록…… 빌어야겠지?"

그렇게 한 번 피한다고 영원히 마주치지 않을 사람은 아니었다. 서영이 유신아트센터 사보 일을 맡는다면 은림은 당연히 만나야 할 상대일 것이고, 이번 호의 이슈가 유신리조트라면 본사의 홍보 팀과도 연락을 주고받아야 할 일이 생길 게 뻔했다. 아무쪼록 간단히 업무를 마무리할 수 있길 바랄 뿐이었다.

몇 모금 마시지도 못한 커피를 들고 자리에서 일어나자 서영의 핸드폰이 울렸다. 저장해 둔 번호를 지우지도 못했다. 서영은 지선을 먼저 보내고, 천천히 통화 버튼을 눌렀다.

"바쁜 거 아니었어?"

뜻밖의 손님이 등장하자 자리에서 일어난 은림이 내려다보던 자료들을 치웠다. '지앤지마케팅'에서 보내온 사보 견본을 살피던 중이었다. 거기에 끼워져 있던 담당자의 프로필까지. 이런 걸 우연이라고 할까, 아니면 필연인 걸까. 잠시 감성적인 물음에 빠져 있을 때였다.

"머리가 아파서. 그림 구경 좀 하려고요."

"네가?"

은림에게서 어이없는 웃음이 터지자 태욱은 곧장 응접 테이블에 앉으며 가져온 자료들을 펼쳐 놓았다. 그럼 그렇지 생각하며 은림은 태욱이 보여 주는 서류들을 확인했다. 그러고는 고개를 들어 녀석을 바라봤다. 도대체 무슨 생각인지, 그의 감정을 읽은 수 없는 표정은 여전했다.

"이것도 아버지 심부름이야?"

서류의 내용은 첫째 새언니 미연의 본가에서 사들인 미술품에 대한 정보였다. 탈세가 의심되는 정황들도 세세하게 나열되어 있었다. 약점을 하나라도 더 잡으려는 발악처럼 보이기도 했다.

"알아봐 줘요. 그럼, 갈게요."

"태욱아."

은림은 태욱이 본가에 들어온 후, 단 하루도 제대로 잠들지 못했다. 새벽마다 잠에서 깨 그의 방 앞을 서성였다. 그 불안이 어디에서 비롯된 것인지도 안다. 앞서간, 잘못된 염려라는 것을 머리로는 받아들이지만 몸이 그러질 못했다.

어느 날, 새벽이 돼서야 들어온 태욱이 창가 앞에 서서 한 시간이고 두 시간이고 움직이지 않은 채 정원의 나무들을 바라보는 모습을 보았을 때 오빠 인주의 환영이 겹쳐 보이기도 했다. 그때의 인주가 지금의 태욱 나이쯤이었고, 눈빛도 닮아 그녀를 더 전전긍긍하게 만들었다.

"걱정 마세요. 그럴 일 없어요."

그녀의 마음을 모두 읽어 낸 듯 태욱은 간단히 대꾸했다. 눈치 빠른 녀석이니 모르진 않을 것이다. 아니, 애초부터 그를 향한 시선들에서 도망치는 방법을 터득했을 수도 있었다. 관심으로 둔갑한 동정이야 은림 자신도 수없이 받아 보았다.

"그래. 네 인생인데, 네가 잘 알아서 하겠지."

무엇 때문에 헤어진 줄 알았고, 그가 어떻게 붙잡으려 했는지 내막을 전해 들었으며, 윤서영이라는 여자가 어떤 선택을 했는지 모두 다 지켜 보았다. 결론은 어느 한쪽의 손도 들어 줄 수 없다는 것이었다. 정애를 절로 보냈을 땐 차라리 녀석에게 화라도 낼 수 있었다. 하지만 이젠 얼마나 아프냐고 물을 수조차 없었다.

"리조트 오픈식은 못 가요."

문을 열고 나서려다 태욱이 덧붙였다.

"왜, 나한테 넘어와서 배 아파?"

은림은 모른 척 농담을 건넸다. 태욱이 흐릿하게 웃더니 그녀를 돌아봤다.

"어머니 앞으로 돌려놓은 거 아니었어요?"

그럼, 그렇지. 녀석이 모를 리 없었다. 은림은 아닌 척 어깨를 으쓱거렸다. 태욱은 그러라며 또 관심을 끄고 돌아서려 했다. 그때 은림의 머릿속엔 불쑥 한 장면이 만들어졌다. 그들이 알아서 할 일이라고 나서지 않으려 했지만 그게 쉽게 될 리 없었다.

"늦어도 꼭 와. 와서 밥 먹고 가."

꼭 꿍꿍이가 있는 말이었다. 태욱은 그녀의 의중을 몰라 눈썹을 모았다.

"그럼, 이거…… 알아봐 줄게."

은림이 책상 위에 놓인 자료를 들었다. 태욱이 헛웃음을 터뜨렸다. 마냥 여린 사람인 줄 알았더니 그를 상대로 거래도 할 줄 알았다. 태욱은 온다, 못 온다 말도 없이 문을 열고 나갔다. 은림이 입을 삐쭉이며 혀를 찼다. 이런 게 통할 녀석이 아니란 건 알았다. 다시 자리에서 일어나 책상 쪽으로 걸어간 그녀는 한쪽에 밀어 놓은 사보지 안에서 프로필 서류를 꺼냈다.

○ ◆ ○

"진짜 혼자 가도 괜찮은데……."

"어차피 들어갈 일도 있어."

아트센터를 돌아보고 오겠다는 말에 지훈은 외투부터 챙겨 일어났다. 탕비실을 나오던 지선이 서영의 옆에 서서 당연히 그래야 한다며 추임새를 넣었다. 서 대표가 옆에 있어야 말 한마디라도 더 먹힌다는 이유에서였다.

은림에게서 따로 연락이 왔다고는 말할 수 없었다. 어차피 그녀의 호출은 일과 연관된 것이었기에 서영은 공적으로 외근을 나갈 생각이었다. 뒤늦게 혼자서 아트센터 관장을 만나고 싶다는 말을 할 수도 없었다. 서영은 단념하듯 지훈의 차에 올랐고 센터 앞까지 도착했다.

"점심 못 먹었다며? 이거 먹고 들어가자."

지훈은 차 뒤쪽에서 케이크와 음료를 꺼내 서영에게 안겨 주었다. 그녀가 자주 가던 카페의 홍차라떼였다. 인천으로 내려가서도 한 번씩 생각나던 집이었다. 퇴사를 한다는 것보다 그곳을 가지 못한다는 게 더 아쉬웠던 그녀의 비밀 맛집이었다.

"여기……."

"그래. 점심 미팅 하고 일부러 가서 산 거야. 너 주려고."

서영은 고개를 들어 지훈을 바라봤다. 그는 시선을 피하고 차에서 내려 버렸지만 무슨 뜻으로 이러는지 표정에 모두 담겨 있었다. 이렇게 적극적으로 마음을 표현하는 사람이었나. 서영은 조금 우스웠고, 그의 행동이 안타까웠다.

"선배."

서영이 먹을 것을 들고 따라 내렸다.

"알아. 네 마음에 지금 아무도 못 들어가는 거. 이 정도는 괜찮잖아. 어차피 네 선배일 때도 같이 다니던 곳이야. 이 정도도 못 사 줄 사이면 그냥 원수로 지내자."

그답지 않은 농담에 서영은 짧은 웃음이 터지고 말았다. 그녀가 웃자 지훈도 따라 웃어 버렸다. 그래, 선배이자 상사일 때도 같이 다니던 곳이었다. 더 이상 깊은 생각은 하지 않는 게 맞았다.

"잘 먹을게요."

"그래."

서영은 지훈과 벤치에 앉아 오랜만에 홍차라떼를 한 모금 마셨다. 입 안에서 도는 달콤함이 저절로 미소를 짓게 만들었다. 모든 걸 잊게 하는 맛이었다. 게다가 아트센터 앞에는 그녀가 좋아하는 벚꽃이 흩날리고 있었다. 이렇게 지나가면 된다. 마음을 되새기며 눈을 감았다 뜨자 그런 그녀를 당장이라도 혼내듯 심장에 통증이 일었다. 저 멀리 서 있는 한 남자는, 여전히 그녀의 아픔이었다.

시선은 마주치지 않았다. 차를 기다리는 듯 입구 계단 끝에 서 있는 태욱의 눈길이 꽂힌 건 흩날리는 벚꽃 잎들이었다. 그런 태욱을 바라보고 있는 서영은 단번에 그를 무시할 수 없었다. 살이 조금 빠진 것 빼고는 예전 그대로였다. 화보라도 찍는 것처럼 슈트를 갖춰 입은 모습이 세상에서 가장 잘 어울리는 남자. 그의 앞으로 차 한 대가 다가왔다. 익숙하게 뒷문을 열고 차에 오르려던 그가 갑자기 고개를 들었다. 서영은 황급히 시선을 내렸다.

심장이 세차게 뛰었다. 무슨 잘못이라도 한 사람처럼. 허무한 웃음만 흘렸다. 안녕하세요, 그 한마디가 가능이나 할까. 지선이 말한 대로 아무렇지 않게 인사를 건넬 엄두조차 나지 않았다. 그저 심장에 날카로운 것들만 스쳐 가는 느낌이었다. 아프고, 답답하고, 먹먹했다.

"들어갈까?"

지훈이 마시던 음료와 케이크 상자를 정리하고 벤치에서 일어났다.

"제가 버릴게요."

서영은 모른 척하듯 지훈의 손에 들려 있던 쓰레기를 가져와 휴지통이 위치한 곳으로 다가갔다. 친환경을 지향하는 아트센터의 모토답게 분리수거함이 여러 단계로 나눠져 있었다.

남은 음료를 따로 버리고 플라스틱 컵을 정리하는데 우수수 날아온 벚꽃 잎이 컵 안으로 들어왔다. 반사적으로 바람이 불어온 곳을 돌아보자 방금 전까지 지켜봤던 차 한 대가 떠나지 않고 멈춰 서 있었다.

"가자."

재촉하는 지훈의 목소리가 들렸다. 서영은 다시 고개를 돌렸다.

"네."

뒤돌아보지 말아야 한다고 생각했다. 어쩌면 제대로 된 이별은 이제 시작일지도 몰랐다. 그를 아무렇지 않은 시선으로 바라볼 수 있는 날. 그때서야 비로소 그녀 스스로가 옥죄고 있는 모든 감정들에게서 벗어날 것이다. 그러기 위해선 독해져야 한다. 흔들려선 안 된다. 서영은 또 그렇게 멍청한 다짐을 했다.

"어서 와요."

은림이 반가운 얼굴로 서영을 맞았다. 그러다 그녀의 옆에 선 지훈을 알아채고는 의미를 알 수 없는 쓴웃음을 잠시 짓기도 했다. 대표님이 유신건설 출신이라 열정남이시구나, 하는 혼잣말로 지훈의 얼굴을 잠시 뜨겁게 만들어 버렸지만 곧 세 사람은 업무 이야기로 넘어갔다.

"유신리조트가 내 앞으로 넘어온 건 들었을 거예요. 그만큼 유신건설과 연계해서 추진하는 행사들이 많아질 겁니다. 그 홍보 마케팅은 '지앤지'에서 전적으로 맡아서 해 주시길 부탁드려요. 담당자가 마침 유신건설 신사업 마케팅 팀 출신이라고 하니, 더 든든하네요."

은림은 서영을 그저 업무 파트너로만 대했다. 그러는 게 서영으로서도 더 편했다. 지훈의 앞에서 태욱과의 이야기 나온다면 아무렇지 않게 대답할 자신이 없었다. 그들의 만남이 어떤 결말을 맺게 되었는지, 전부 알고 있는 사람은 은림뿐이었으니. 그녀 또한 죄책감을 가지고 있으리란 생각이 들었다. 서영을 그곳에 데려가지 않았다면. 그녀의 전화를 엿듣게 되지 않았다면. 그랬다면 달라졌을까. 태욱과 헤어진 후, 은림은 한 번씩 서영에게 장문의 문자를 보내왔다. 답장은 필요 없으니 읽어만 달라는 내용이었다.

너무 아프지 말고, 자책하지도 말고, 누구든 미워하고 싶다면 마음껏 미워해 버리고, 울고 싶으면 울어 버리라고. 도움이 필요하면 언제든지 그녀를 찾아와도 좋다는 말끝에는 매번 미안하다는 사과가 덧붙여져 있었다.

한 번은 그런 생각도 들었다. 무엇이 그리도 미안할까. 어차피 그녀가 아니어도 언젠간 알게 되었을 일일지도 몰랐다. 태욱과의 관계는 마지막이 정해진 만남이었다. 행복한 결말을 상상할 수가 없었다. 가는 길이 다르다는 건 언제든 깨닫게 되어 있었고, 누가 먼저 손을 들어 항복을 외치느냐만 남은 시한부 행복이었다.

"아, 그리고 이번 사보는 부록처럼 특집 인터뷰가 들어갔으면 하는데, 가능할까요?"

은림이 서영을 정면으로 바라보며 물었다.

"네. 준비해 보겠습니다."

서영은 업무용 수첩에 '특집 인터뷰'라 적고, 내용을 받아 적기 위해 은림의 다음 말을 기다렸다.

사보의 특성상 특집 인터뷰라 하면 대표의 미니 자서전이 되는 경우가 많았다. 은림도 그런 욕심이 없는 사람은 아닐 것이다. 재벌가에 자랐고, 돋보이는 방법을 누구보다 잘 알 테니까.

유신리조트가 그녀에게 넘어온 것이 촉매제가 되어 지금까지의 업적을 드러낸다면 그보다 좋은 홍보 효과는 없었다. 태욱이 유신의 얼굴이 되어 본인 이미지를 파는 것처럼 그녀 또한 이번 기회를 잘 활용하고 싶은 마음이 있을지도 몰랐다.

"인터뷰는 나랑 유신건설 손태욱 이사의 대화 형식이었으면 하는데."

은림의 입에서 태욱의 이름이 나오자 서영은 더 이상 수첩에 글씨를 남기지 못했다. 고개를 들어 은림을 바라보자 그녀는 무슨 문제라도 있냐는 것처럼 어깨를 으쓱일 뿐이었다.

"그건……, 유신 홍보 팀과도 부딪쳐야 되는 문제고. 무엇보다 지금까지의 아트센터 사보 색깔과도 어긋납니다. 차라리 유신건설 마케팅 팀과 진행하시는 게……."

대답은 서영이 아니라 지훈에게서 다급히 흘러나왔다.

"윤서영 대리님도 그렇게 생각하세요?"

은림은 서영만을 바라본 채 물었다. 도대체 무슨 생각일까. 서영은 그녀의 의중을 읽을 수 없었다. 하지만 업무에 사적인 감정을 담아서는 안 되었다. 서영은 잠시 머릿속을 정리했다.

"사보에 대한 최종 권한은 관장님께 있으니, 문제 될 건 없다고 봅니다. 유신건설 쪽 홍보 팀과 부딪치는 문제는 잘 조율해 보면 될 거고요. 이번 유신리조트 책임 총괄이 손태욱 이사님이셨고, 그리고 두 분이…… 일 이외에도 이어져 있는 사이시니, 사람들의 관심 포인트가 될 겁니다. 전…… 이 인터뷰가 유신리조트 홍보에 나쁠 것 없다고 생각합니다."

상황을 이성적으로 바라본 서영의 대답에 지훈은 배신이라도 당한 눈빛이었다. 그걸 지켜본 은림은 흥미로운 미소를 감추지 못했다. 사랑의 작대기가 이렇게 연결되고 있었나. 지훈이 여기까지 함께 나타난 이유에 대한 그녀의 추측이 그저 망상은 아니었다는 걸 깨닫는 순간이었다.

"담당자가 괜찮다는데도, 대표님은 여전히 반대인가요?"

은림의 물음에 지훈은 곧장 대답하지 못했다.

"상의해 보고 오픈식 전까지 결정해서 알려 줘요."

은림은 제 할 말은 끝났다는 표현으로 자리에서 일어났다. 서영과 지훈도 자리를 정리해 회의실을 빠져나갔다. 그들의 뒷모습을 바라보며 은림은 또 한 번 의미 모를 웃음을 흘렸다.

어쩔 땐 상황이 관계를 만들고, 도망칠수록 더 가까워지는 경우가 생기기도 했다. 서영은 태욱과 헤어짐으로써 그를 멀리하려 했을지 모르나 그런 의식 자체가 이별에 대한 미련으로 남아 되돌아올 것이다.

태욱의 반응도 궁금했다. 가만히 있는 벚꽃나무를 없애 버릴 땐 언제고, 아트센터 앞에서 날리는 꽃잎들은 차까지 멈춘 채 지켜보는 속내가 뭔지. 사랑이 이어지고 있다는 것을 모르는 이들이라면 알게 하고 싶었다. 또다시 봄이 시작되었고, 여름은 분명히 올 테니까. 은림은 그 계절들이 둘을 위로하길 바랐다. 서영과 태욱의 사랑이 아직 끝나지 않았다면, 그 둘을 다시 이어 주라는 게 오래전 떠난 오빠 인주가 남길 법한 유언이라 생각했다.

"출발할까요?"

비서인 주한의 목소리에 태욱이 창가에 두었던 시선을 거뒀다. 서영이 지훈과 함께 아트센터 안으로 사라지고도 한참이 지난 후였다. 태욱은 대답 없이 고개를 끄덕였다. 차는 곧장 아트센터 큰길을 빠져나와 막히는 도로로 들어섰다.

잠시 후, 신호를 받고 차를 멈춰 세운 주한은 백미러로 뒤쪽을 바라봤다. 태욱은 평소처럼 쌓여 있는 서류에 눈을 박은 채 집중하고 있었다.

하지만 좀처럼 페이지가 넘어가고 있지 않다는 것을 그에게만 신경을 쏟고 있는 비서라면 알아채긴 쉬웠다.

이것 또한 오늘 보고해야 하나. 잠시 고민이 되었다. 높은 경쟁률을 뚫고 그의 비서로 뽑힌 후 주한이 가장 먼저 만난 사람은 태욱이 아니라 손필성 회장이었다. 그것이 어떤 뜻인지 주한은 금방 파악해야만 했다.

'특별한 행동은 모두 보고해.'

능력 없는 허수아비를 보필하는 건가. 재벌들의 뒤처리를 하며 쌓아 올린 경력으로 여러 가지 경우의 수를 떠올려 보았다. 겉으론 같은 편인 듯 했으나 서로를 믿지 못하는 사이라는 소리였다. 거기다 한쪽 목을 쥐고 흔드는 모양새를 보아 하니 약점으로 점철된 비밀이 숨겨져 있는 것 같았다.

처음 태욱을 마주했을 땐 특별한 점을 찾을 수 없었다. 그는 허수아비일 거란 주한의 추측과는 완전히 정반대인 사람이었다. 업무 능력과 머리의 비상함이 그가 모셨던 어느 재벌 집 자식들보다도 탁월하게 앞섰다. 능력으로 이 자리까지 올라왔다는 기사 내용이 홍보용 거짓이 아니란 걸 주한은 그의 바로 옆에서 확인하듯 지켜볼 수 있었다.

어느새 8개월, 이제 그의 표정을 읽을 정도는 되었다. 특별한 행동이란 게 무엇을 뜻하는지 저절로 알 수 있었다. 저 여자구나. 차를 멈추고 창밖을 바라보는 그의 눈빛에서 모든 걸 깨달았다.

한편으론 여자 때문이란 게 조금은 시시하면서도 그가 달라 보이기도 했다. 곧 인생을 마감해도 아쉬울 것이 없는 것처럼 눈 안에 미련 따윈 없던 보스였다. 한 번씩 태욱이 홀로 산에 다녀온 다음 날이면 눈빛은 더 갈 수 없는 끝에 서 있는 것처럼 위험해 보이기도 했다. 불쑥 끔찍한 결말을 상상하다 정신을 차린 적이 몇 번이나 있었다.

그때부터 주한이 필성에게 전해야 하는 보고들은 하나둘 삭제되어 갔다. 사람이 숨이라도 쉬어야지. 숨 쉴 틈은 남겨 두고 이용해야지. 언제부턴가 자신도 모르게 태욱의 편에 선 스스로를 주한도 인정할 수밖에 없었다.

"리조트 오픈식 날 출장 일정은 변동 없습니까?"

차가 조금씩 움직일 즈음 태욱이 불쑥 물어 왔다.

"네. 현재까지는 그렇습니다. 조정 원하시는 거면……."

"아뇨. 예정대로 진행해 주세요."

태욱은 다시 시선을 내려 서류를 바라봤다. 주한이 뒷자리를 의식하며 태욱의 의중을 파악하려는 순간, 그의 핸드폰이 울렸다. 번호를 확인하니 필성 쪽에서 걸어 온 것이었다.

자연스럽게 핸드폰을 뒤집어 놓고 운전에만 집중했다. 그 순간 태욱의 입가에 짧은 웃음이 스쳐 간 것을 주한은 눈치채지 못했다. 그저 태욱이 예전보다 창밖을 많이 바라본다는 사실에만 의미를 두고 생각할 뿐이었다.

17.

또 속는 바보는

오픈식은 자유로운 파티 형식으로 진행되었다. 시간과 공간의 제약 없이 즐기고, 느끼라는 취지였다. 그 콘셉트에 맞게 날씨는 더할 수 없이 좋았고, 풍경화를 그려 놓은 듯 탁 트인 야외 조망은 모두의 눈뿐만 아니라 마음까지도 호강시켰다.

누군가 이 자리에서 아래를 바라보며 몸소 느껴 보았기에 기획할 수 있었다는 자랑처럼 보이기도 했다. 그러다 보니 당연한 생각이 들었다. 북악산 자락에서 도심을 한눈에 내려다볼 수 있는 최고급 리조트가 실패할 확률이 몇이나 될까. 이 자리를 어느 누가 선점하느냐의 문제였을 것이다. 그것을 한 남자는 해냈고, 끝내 멋진 결과물을 만들어 세상에 선보였다.

"하여튼, 대단하긴 하다."

지선은 비현실적인 풍경을 내려다보며 입을 열었다. 태욱이기에 가능한 시도였고, 기어코 사업을 성공시킬 수 있었던 건지도 몰랐다. 서영과의 관계가 어찌 되었든 그를 존경할 수밖에 없는 부분이었다. 거기엔 자신의 남편 훈재도 한몫을 톡톡해 해냈기에 오픈식엔 꼭 참석하고 싶었다. 몸이 점점 더 무거워져 마지막까지 고민하긴 했지만 완공 직전, 갑자기 시 측에서 정책 변화의 흐름 때문에 법적인 문제를 트집 잡아 훈재가 더욱 고생을 했던 게 생각나서였다.

임산부인 와이프를 두고 맨날 야근하는 못난 남편이라고 훈재가 자책할 때면 지선은 그의 옆자리를 차지하고 앉아 자신도 남은 일을 처리했다. 이렇게 같이 있으면 된 거잖아. 그녀의 해결책에 훈재는 고개를 흔들기도 했다. 이지선을 누가 이기냐고. 앞으로도 계속 져 주세요. 꾸벅 인사를 하면 훈재는 참지 못하고 지선의 얼굴을 붙잡아 입술을 맞췄다.

그 타이밍에 나타나는 사람은 늘 태욱이었다. 작작 하라는 표정으로 서류를 던지고 사라지던 그가 다시 떠올랐다. 이별의 상처를 잊기 위해 전투적으로 일만 하는 남자가 거기 있었다.

저러다 쓰러지면 어떡해. 지선이 참지 못하고 훈재에게 물으면 그는 짧은 대답만 남겼다. 안 쓰러져. 지금 강태욱이 아니라 손태욱이잖아. 그게 뭐가 다른 것인가. 지선은 아직도 수수께끼 같은 말의 답을 찾지 못했다.

"변호사님은 못 오신대요?"

서영이 풍경을 뒤로하고 물었다.

"어. 다행이지. 중국 놈들한테 절을 할까 봐."

태욱을 만나지 않아서 다행이라는 소리였다. 서영은 짧게 웃으며 뒤늦게 사실 보고를 했다.

"……만났어요. 아니, 본 건가."

"뭐?"

지선이 놀라 눈이 동그래졌다.

"아트센터 간 날이요. 잠깐, 스쳐봤어요."

그때의 만남을 자꾸 악몽처럼 꾼다는 말을 하지 못했다.

"오호라. 그래서, 서 대표가 그담 날 저기압이었어."

서영은 지선의 말 안에 어떤 뜻이 담겨 있는지 모르지 않았다. 지겨운 도돌이표일지라도 확실히 해야 할 부분이었다. 그녀가 입을 열기도 전에 지선은 이미 다 들었다는 것처럼 대답했다.

"알아. 자기는 서 대표한테 맘 없는 거. 그때도 그랬고, 앞으로도 그럴 거라는 거. 근데 나는 자기가 새로운 사람 만나서 다시 좀 밝게 웃었으면 좋겠는데, 이젠 그게 다른 사람 만난다고 될까 싶기도 하고. 잘 모르겠어. 요즘 내가 왔다 갔다 해. 이것도 임신 호르몬 때문인가?"

지선은 종종 상대가 더 이상 할 말이 없도록 자신의 속내를 모두 꺼내 보일 때가 있었다. 그게 그녀만의 화법이었고, 매력이기도 했다. 서영도 그런 사람으로 태어났다면 달랐을까. 그랬다면 태욱이 아니라 훈재 같은 남자를 만났겠지. 그건 상상이 되질 않았다.

"아직은 좀 춥다. 이제 들어가서 미술관이나 좀 볼까?"

지선의 제안에 서영은 흔쾌히 따라 주었다. 두 사람은 야외 공간을 빠져나와 미술관 쪽으로 걸음을 옮겼다. 중앙이 호텔 로비처럼 뚫려 있는 오픈 구조인 리조트는 난간에 서면 아래를 훤히 내려다볼 수 있었다.

엘리베이터를 기다리며 아래를 내려다보던 서영은 로비 쪽에 서 있는 은림을 발견했다. 손님을 맞고 있는 그녀는 오늘의 주인공이 확실하다는 것처럼 넘치게 아름다웠다. 은림 또한 지선처럼 사람을 끄는 매력이 충분했다. 사생아라는 그늘에 가려져 빛을 보지 못했을 뿐, 태욱과 견주어 봤을 때 실력도 모자람이 없었다.

"멋있어요."

서영의 말에 지선의 시선도 아래로 내려갔다.

"누구? 아, 손 관장? 그래. 저런 여자가 유신건설에 있었으면 내가 거길 때려치우지도 않았을 텐데. 아쉽긴 하지. 제대로 된 핏줄이 뭐라고. 아무리 피 터지게 싸워도 결국 마지막엔 머리 좋은 놈이 앉게 될 것을. 후보군에도 못 오른 건 씁쓸한 현실이지."

'자격' 이란 말을 생각할 수밖에 없었다. 태욱이 가진 울분도 그것이었을까. '손' 이 아니라 '강' 으로 살아 내며 유신을 일으켜 세운 힘 안에는 그녀가 이해조차 못 할 복합적인 감정들이 담겨 있을지도 모른다.

그래서 서영은 그와의 이별을 정당화했다. 어느 누구도 걸림돌이 되지 말아야 했다. 오직 태욱 자신만의 힘으로 그 자리를 차지해 노력을 보상받길. 은림을 바라보며 그녀는 어느새 또다시 한 남자를 떠올리고 있었다. 고쳐지지 않는 병이었다.

"근데…… 나, 왜 이렇게 배가 당기지."

지선이 잠시 얼굴을 일그러뜨렸다.

"왜요?"

놀란 서영이 얼른 그녀에게로 시선을 옮겼다.

"아까부터 조금씩. 아, 뭐. 저녁을 좀 많이 집어 먹긴 했지. 아니야. 신경 쓰지 마."

지선은 다시 괜찮아진 듯 깔끔하게 웃어 보였다. 둘은 도착한 엘리베이터에 올랐다. 그리고 중국에 있어야 할 두 남자와 마주했다. 네 사람이 함께인 것은 오랜만이었다. 그것이 이젠 금기가 되어 버릴 줄은 몰랐다.

"……리조트를 짓기 전에 이 언덕을 혼자 오른 적이 있습니다. 목표가 많았던 때였죠. 쉬는 게 죄인 것처럼 살았을지도 모르겠습니다. 우리는 매일을 살지만 내가 원하는 대로 사는 날이 며칠이나 될까요? 하지만 단 하루, 단 한 번의 행복이 아주 큰 밑거름이 된다는 걸 이 언덕 위에서 깨달았습니다. 휴식이 편안함을 주고, 인생을 이어 가도록 이끌 겁니다.

온전히 나를 위한 시간으로…… 이곳이 떠올랐으면 합니다."

태욱이 단상에서 조금 멀어지자 박수가 터져 나왔다. 그의 축사가 오픈식의 깜짝 이슈가 되어 자리를 빛나게 만들어 주었다.

서영도 사람들을 따라 두 손을 맞부딪쳤다. 언제 도착한 것인지 본사의 홍보 팀 직원들이 열정적으로 현장의 분위기를 담았다. 은림은 주인공에서 밀려난 것처럼 뒷자리에 서 있었지만 표정은 나쁘지 않았다. 마치 그녀가 이 장면을 연출한 것처럼.

"비행기 타기 전에 연락해 주면 좀 좋아. 무슨 007 작전도 아니고."

서영의 옆에 서 있던 지선은 누군가를 향한 넋두리처럼 투덜댔다. 사실 다른 층에서 엘리베이터의 문이 열리고 앞에 선 두 남자를 마주쳤을 때 서영보다도 지선이 더 놀라 뒷걸음질 쳤다. 그녀의 당혹감은 곧장 행동으로 발현돼 빠른 속도로 닫힘 버튼을 누르게 만들었다. 훈재가 놀라 손을 뻗었지만 다행히 엘리베이터의 문이 먼저 닫혔다.

순식간에 일어난 일이었다. 서영은 그저 옆에 서서 소리 없이 웃을 수밖에 없었다. 태욱과 시선이 마주쳤지만 그것은 잠시였다. 그가 그녀를 바라본 게 맞는지도 모를 만큼 짧은 시간이었다. 그리고 그 남자를 다시 마주한 건 로비에 마련된 무대 위에서였다.

"전 괜찮아요."

서영이 짧게 대답하고 웃었다.

"내가 안 괜찮아. 서 대표가 무리해서라도 본인이 간다는 걸 내가 자기 데려왔는데 이게 뭐야. 사보 일은 서 대표랑 나눠서 하기로 했다며? 오픈식이야 거기서 거긴데."

은림이 말한 대로 진행하는 대신 지훈과는 사보 일을 나누는 것으로 타협했다. 분명 그녀의 선에서 해결하지 못할 일이 생길 거라는 그의 말에 아무런 대꾸도 할 수가 없었다. 아직 회사 업무에 적응하지도 못했는데 사보 일을 온전히 맡아서 한다는 것도 부담이긴 했다.

그렇게 오픈식까지는 지훈의 몫으로 넘기기로 하고 끝난 이야기였다. 그런데 하필이면 오늘 그의 업무 스케줄이 꼬여 참석하지 못하게 되었고, 서영이 대타로 나선 것이다. 지선도 같이 가 주겠다고 해서 부담 없이 다녀올 생각이었다. 이미 그와 마주칠 일은 없을 것이라 전해 들은 후라 마음이 가볍기도 했다. 하지만 그걸 뒤엎듯이 눈앞에 태욱이 나타났고, 뜻하지 않은 재회를 이어 가야만 했다.

"이미 벌어진 일인 걸 어쩌겠어요. 이제 현장도 마무리된 것 같으니까 우린 빠져요."

서영은 가방과 자료들을 챙겼다.

"그래. 빨리…… 빠지…… 아."

로비를 나서던 순간, 지선이 갑자기 배를 움켜잡았다. 놀란 서영은 옆에서 그녀를 부축했다. 곧 다리 사이로 무언가 축축한 액체가 흘러내린 걸 발견한 서영은 하얗게 질린 지선의 얼굴을 보고 재빨리 핸드폰을 꺼냈다.

"119! 119부터 부를게요."

"으으악……!"

진통이 시작된 것 같았다. 아직 예정일까지 많이 남아 있었기에 지선도 전혀 예상하지 못한 상황이었다. 오픈식 시작부터 쿡쿡 쑤셔 오던 통증이 그것 때문이었다는 걸 뒤늦게야 깨닫게 되었다.

"아아아악!"

지선은 한 발짝도 움직이지 못할 만큼 강한 통증에 그 자리에서 바들바들 떨었다. 서영이 급하게 119를 불렀지만 리조트까지 도착하려면 시간이 걸렸다. 어째야 하지. 일단 택시라도 잡아타고 병원으로 향해야 하나. 하얗게 변한 머릿속으로 그런 생각을 하는데 저 멀리서 구세주처럼 훈재가 뛰어오는 게 보였다. 그래, 남편이 이곳에 있었다.

"어떻게 된 겁니까?"

훈재는 곧장 서영 대신 지선을 단단하게 부축했다.

"진통인 것 같아요. 119는 불렀는데……."

"으아아악! 나 살려…… 즈으악!"

지선은 훈재가 나타나자 곧장 그의 머리카락을 붙잡았다. 훈재가 이리저리 흔들리면서도 자신의 차 키를 내밀었다. 서영은 곧장 의미를 알아채고 근처 직원에게 부탁해 차를 빼 왔다. 훈재와 함께 지선을 부축해 뒷좌석에 태웠다. 자신도 따라가야 하나 잠시 고민하는데 훈재가 그녀의 앞에 서류 가방 하나를 던지듯 건넸다.

“이거 좀 전해 줘요. 거기 앞주머니에 룸 키도 들어 있어요. 미안합니다.”

“네?”

이것이 무엇인지, 누구에게 전해 줘야 하는지도 모른 채 서영은 훈재의 차가 떠나가는 모습을 지켜보았다. 곧 정신을 차리고 가방을 내려다보자 상황 파악이 되었다. 가방 앞에 꽂혀 있는 만년필이 누구의 것인지는 그녀가 더 잘 알고 있었다.

서영은 큰 숨을 내쉬고 생각했다. 다른 사람한테 부탁할까. 그러기엔 이 안에 어떤 기밀문서들이 들어 있을지 모를 일이었다. 훈재도 그녀를 믿었기에 가방을 건넸을 것이다. 어쩔 수가 없었다. 서영은 간단하게 마음먹고 발걸음을 돌렸다. 룸 키를 꺼내 호수를 확인하고 엘리베이터에 올랐다. 파티 참석자 중 중요 인원들은 하루 정도 이곳에 묵고 가기로 했다는 정보를 전해 들었었다.

엘리베이터에서 내린 후 서영은 룸 키의 호수가 적힌 방문 앞에 섰다. 여러 번 망설이다 조심스레 벨을 눌렀다. 하지만 돌아오는 답은 없었다. 방 안에 없는 건가. 차라리 잘됐다는 생각이었다. 룸 키를 인식기에 가져다 댄 후 그녀는 방 안으로 들어갔다. 가방만 놓고 금방 빠져나올 생각이었다. 얼른 물건을 소파에 놓아두고 돌아선 순간 서영은 숨이 멎는 듯했다. 띠리릭. 또 다른 룸 키의 인식 소리가 들려왔다.

문이 열리고 서영은 태욱과 정면으로 눈이 마주쳤다. 무슨 말을 해야 할까. 안녕하세요. 지선이 말한 그 간단한 인사가 지금은 통할 상황이 아니었다. 태욱은 성큼 문 안으로 걸어 들어왔다. 덜컹, 문이 닫히는 소리가 들리자 서영은 반사적으로 뒷걸음질 쳤다. 그 모습에 잠깐 그의 입가에 어이없는 미소가 비쳤다.

"누가 보면…… 내가 잘못 들어온 줄 알겠습니다."

태연하게 걸어 들어온 태욱은 슈트 재킷을 벗어 소파에 걸쳐 놓았다. 이럴 수도 있는 거구나. 서영은 그동안 자신이 반응한 모든 것이 우스워졌다. 이별이 뭐라고. 그녀는 처음일지라도 그는 숱하게 경험했을지도 몰랐다. 남녀 사이의 문제뿐만 아니라 업무에 있어서도 미련 없이 털고 돌아서서 자신의 일을 해야 하는 게 그의 자리였다.

"무슨 일입니까?"

그는 아직까지 얼어 있는 서영에게 깍듯한 존댓말로 물었다.

"아……. 변호사님이 이거, 가방 전해 달라고 부탁하셔서요. 지금 대리님이 진통이 와서 병원에 가셨거든요."

그녀의 설명에도 태욱의 표정엔 변화가 없었다. 그래, 그에게 무엇이 중요할까 싶었다. 서영은 덧붙여 말하며 상황을 설명했다.

"허락 없이…… 들어온 건 죄송합니다. 벨을 눌렀는데 답이 없어서. 그냥 가방만 두고 가려고 했습니다."

마치 구구절절 변명하는 것 같아 우습기도 했지만 그게 그녀였다. 이 사람과 이별을 했다고 달라지는 건 없었다. 그저 지금 하나씩 경험하고 있을 뿐이었다. 그의 존댓말. 냉정한 눈빛. 무신경한 행동들을 통해서 거리감을 파악했다. 눈치 없이 통증을 일으키는 가슴은 모른 척하는 게 맞았다.

"그럼, 쉬세요."

고개를 숙이고 돌아섰다. 되돌아오는 말은 없었다. 문을 열고 나오자 스르륵 다리의 힘이 풀렸다. 멍청한 웃음만 흘러나왔다. 어쩌면. 차라리. 이런 그에게 감사해야 할지도 모른다는 생각을 했다. 미련조차 남기지 않는 게 맞았다. 이별을 말하고 상처를 준 사람이 더 아프다더니. 그 말이 정답이었다. 서영은 가까스로 힘을 내 복도를 걸어 나갔다.

태욱은 소파에 깊숙이 몸을 묻은 채 창가 쪽을 바라봤다. 도시가 한눈에 내려다보였다. 이곳에 리조트를 세우겠다고 결심한 건 오로지 한 사람 때문이었다. 언덕을 올라 바라본 도시는 아름다웠고, 그는 이 순간을 소중한 사람과 함께 공유하고 싶었다.

그때의 태욱은 사랑으로 충만했었고, 모든 게 사라져 버릴 수도 있다는 건 상상조차 하지 못했다. 리조트를 완공한 뒤 치워 버리듯 은림에게 권한을 넘긴 건 그때의 자신에 대한 화풀이였다. 그래 놓고선 이 자리에 앉아 떠나질 못했다.

— 서영 씨한테 맡겼어. 애 낳고 얘기하자.

다짜고짜 제 말만 하고 끊어 버린 훈재의 전화를 이해한 건 한참 후였다. 태욱은 은림과의 대화를 천천히 마무리하고 객실로 올라가는 엘리베이터에 올라탔다.

들은 바와 달리 문 앞엔 아무도 없었다. 가방 따윈 다른 누군가에게 맡겨도 될 문제였다. 무엇을 기대하는가. 그것이 아직도 남아 있단 말인가. 여전히 미련을 떠는 자신에게 환멸이 일었다. 어떻게 사람을 이렇게 만들어 버리는지.

서영은 아무렇지 않은 모습으로 그의 눈앞에 나타났다. 그것도 그에게 보여 주었던 웃음을 다른 남자를 향해 지으며. 평범한 남자. 행복한 결혼. 이해하려 했지만 억울하기도 했다. 그럴 거면 사랑하게 만들지 말았어야지. 그랬다면 벚꽃 따위에 미친놈처럼 발작해 애꿎은 나무들에게 잔인한 봄을 선사하는 일도 없었을 것이다.

미움보다 증오에 가까운 감정만 남긴 채 싸늘하게 식어 간 심장이 이젠 움직이지도 않았다. 두 번이나 병신처럼 살진 않겠다 다짐하고 문을 열었다. 뜻밖에도 서영이 서 있었다. 태욱은 잔인한 시험대 위에 저벅저벅 걸어 들어가 모른 척을 했다.

내가 아팠던 만큼 네가 아프길. 너를 아프게 하는 사람이 나이길. 증오로 뒤덮인 그의 심장은 싸늘한 연극을 시작했다. 하지만 서영은 전혀 흔들리지 않았다. 여전히 서투르게, 그의 가슴을 쥐락펴락하는 말간 얼굴로 제 할 말만 하고 사라져 버렸다.

태욱은 소파에 묻었던 몸을 일으켰다. 술을 찾기 위해 걸어가던 그의 시선이 멍하니 가방에 닿았다. 그는 무엇에 홀린 듯 빠른 걸음으로 객실 문을 열고 복도 끝으로 달려갔다. 천천히 내려가는 엘리베이터의 숫자판을 바라보고는 비상구로 향했다. 숨을 쉬는 것조차 잊은 사람처럼 달려 내려갔지만 1층에 도착한 사람은 서영이 아니었다. 거칠게 얼굴을 쓸어 낸 태욱은 그 자리를 떠나지 못한 채 한참 동안 서 있었다.

○ ◆ ○

지선은 다행히 3.5kg의 건강한 아들을 출산했다. 훈재는 머리가 붙잡힌 채 분만실로 따라 들어갔고, 그녀의 고통을 함께 느끼며 흐느껴 울었다고 했다. 낳을 땐 죽을 것 같더니 아기 얼굴을 보니까 하나 더 낳고 싶어. 얼마나 예쁜지 몰라. 지선은 산후조리원으로 옮긴 후 서영에게 제일 먼저 전화를 걸어 속마음을 전했다.

그녀와 훈재를 볼 때면 서영은 사랑의 또 다른 의미를 떠올렸다. 같이 걸어 나가는 것. 서로 다툴 때도 있고 때론 상대가 징글징글하기도 하지만 함께 성장했다. 그래서 돌아설 수가 없을지도 모른다. 지선이 보내온 오리의 사진을 내려다보며 서영은 잠시 감상에 젖었다.

"윤 대리님, 대표님이 찾으시는데요?"

잠깐 사무실 복도에 나와 있던 서영은 곧장 정신을 차리고 핸드폰을 주머니에 넣었다. 지선이 예상보다 빠르게 출산을 하는 바람에 회사는 더욱 바빠지게 됐다. 지훈이 지선의 몫까지 맡아 해야 하는 상황이라 며칠째 동분서주하는 그가 딱할 정도였다. 서영은 곧 대표실 앞에 도착해 짧게 노크했다.

"들어와요."

전화 통화를 하고 있던 지훈이 잠시만 기다려 달라는 손짓을 했다. 서영은 알겠다며 고개를 끄덕이곤 그의 책상 앞 회의 테이블에 자리를 잡고 앉았다. 그가 따로 부른 이유는 아마도 아트센터와 관련된 일 때문일 것이다. 당장 꺼야 할 불이 한가득인데 은림은 생각보다 빠듯하게 일정을 잡고 그들을 재촉했다. 이 일에 모든 관심을 쏟고 있는 사람처럼 수시로 전화를 걸어 상황을 보고받았다. 지훈도 서영도 긴장할 수밖에 없었다.

"미안. 정신이 없다."

지훈이 통화를 마치고 서영의 앞에 다가와 앉았다.

"점심은 드셨어요?"

서영이 묻자 지훈은 짧게 웃으며 책상 위에 놓인 샌드위치 봉투를 눈으로 가리켰다.

"인수인계 늑장 부린 내 탓이지, 뭐. 애가 언제 나올지는 아무도 모르는 거였는데."

"진짜 이렇게 성격이 급한 애인 줄 몰랐다고, 이 대표님이 미안하다고 대신 전해 달래요."

서영과 지선이 매일 통화하는 사이라는 건 지훈이 더 잘 알고 있었다. 그는 잠시 쉬어 갈 생각인지 아기의 얼굴을 보여 달라고 했다. 마침 지선에게서 동영상이 날아와 두 사람은 꼬물거리는 신기한 생명체를 잠시 넋 놓고 바라봤다.

"이래서 다들 메신저 사진을 바꾸는구나."

그걸 지금에서야 이해하게 됐다는 것처럼 지훈은 아이의 사진을 오랫동안 내려다봤다. 요즘 들어 그가 결혼과 아이라는 단어를 입에 많이 올린다는 걸 눈치챘지만 서영은 거기에 되도록 답하지 않는 걸로 자신의 의사를 표현했다.

"하실 말씀은 뭐예요?"

이렇게 의미 없는 시간을 같이 보낼 사이도 아니었다. 서영은 늘 먼저 물러나며 지훈에게 거리를 뒀다. 그는 그녀의 그런 반응엔 이제 적응했다는 듯 잠시 웃더니 뒤쪽의 책상에서 서류를 가져와 서영의 앞에 내밀었다.

"아트센터 일을 대충 나눠 봤어."

서영은 고개를 끄덕이며 우선 계획표를 내려다봤다. 지금 당장 급하게 마무리해야 할 일은 특집호의 인터뷰였다. 그걸 저 자신의 몫으로 돌려놓은 지훈의 속내를 모르지는 않았지만 서영도 가만히 있을 순 없었다.

"인터뷰가 젤 급한데 이걸 대표님 혼자 하시게요?"

"하면 돼. 못 할 게 어디 있어?"

오히려 지훈이 고집을 부렸다.

"대표님 스케줄이랑 그쪽…… 이사님 스케줄 맞추다가 시간 다 지나가요. 손 관장이 그걸 가만히 두고 볼 사람도 아니고요. 어차피 제가 전담으로 맡기로 했으니까……."

"내가 왜 안 된다고 하는지, 네가 더 잘 알잖아?"

그녀의 말을 잘라 낸 지훈은 돌려 말하지 않았다.

"……대표님."

"그래. 내 마음 때문이 아니라곤 말 못 해. 하지만 그것보다는 네가 상처받는 거 다시는 보고 싶지 않아서 그래. 내가 널 지켜본 세월이 몇 년인데. 얼마나 아팠을지 안 봐도 다 알아."

지훈의 추측에 서영은 웃음이 흘렀다. 아프지 않았다고 말할 순 없었지만 누구든 아픈 게 당연한 것이 이별이었다. 유별나게 굴고 싶지도 않았다. 그녀가 이곳으로 들어와 일하겠다고 마음먹은 이상 어쩔 수 없이 부딪쳐야 할 부분이었다.

"이번에 그렇게 피하면 다음은요? 그다음도 선배가 다 알아서 해결해 줄 거예요? ……왜요? 제가 극복해야 할 일이고, 피하고 싶지도 않아요. 인천에서 보낸 시간으로 충분해요."

"서영아."

"그리고 결혼 기사까지 난 사람이에요. 나랑 더 이상 뭘 하겠어요? 그럴 맘이 없는 사람이란 거 선배가 나보다 더 많이 겪어서 잘 알잖아요. 나랑 선배가 이러는 거 그 사람이 알면…… 비웃어요. 그러니까, 내 걱정 말고 당분간 이 대표님 빈자리나 잘 채워 주세요."

서영은 계획표를 들고 자리에서 일어났다. 지훈이 못 이기겠다는 얼굴로 고개를 흔들었다.

이렇게 하나씩 이겨 내면서 자리를 찾아가면 될 문제였다.

자리로 돌아온 서영은 망설임 없이 전화기를 들었다. 유신 측 홍보 팀을 통해 그와의 인터뷰 일정을 잡으려 했으나 담당자들이 정신없이 바쁜 게 통화에서도 느껴질 정도였다.

"거기, 지금 난리 났을걸요."

앞자리의 가현이 불쑥 말을 던졌다.

"무슨 일…… 터졌나요?"

홍보 팀이 바쁘다는 건 외부적으로 이슈가 될 사건이 터졌다는 뜻이었다. 서영이 인터넷 창을 열어 검색하기 전 가현의 대답이 먼저 날아왔다.

"손태욱 이사, 속도위반이래요."

서영보다도, 옆자리에 앉은 다른 직원이 더 놀라 맞받아쳤다.

"뭐야, 진짜예요? 재벌은 그런 거 철저할 줄 알았더니."

"재벌은 사람 아니야?"

그런가요, 웃음으로 무리의 대화에서 빠져나온 서영은 인터넷 창을

켰다. 검색할 단어를 입력하기 위해 커서를 바라봤지만 머릿속이 백지가 된 것 같았다. 마우스를 잡은 그녀의 손끝이 한참 동안 움직이지 못했다.

○ ◆ ○

지선은 뒤척이던 몸을 결국 훈재 쪽으로 고정했다. 소파가 자신의 지정석인 것처럼 앉아 있는 그는 가져온 일감에 눈을 박은 채였다. 주말이었고, 산후조리원은 어느 곳보다 평화롭고 편안했다. 그러니 머릿속엔 당연히 잡생각들이 찾아들기 마련이었다.

그녀는 아직도 유신에서 근무하는 몇몇 직원들과 단체 채팅방을 유지하고 있었다. 나가란 사람도 없었고, 그녀도 굳이 나올 필요가 없었다. 거기서 얻어 낸 정보들이 지금 회사의 영업에 심심치 않게 도움이 되기도 했으니 그녀로서는 아주 감사한 일이었다.

애를 낳고 제정신을 차릴 즈음 프로필 사진을 바꾸었다. 그러자 하나둘 축하 메시지와 함께 모바일 선물 교환권을 보내 주기도 했다. 그러다 얻어듣게 된 태욱의 사생활 얘기는 결국 그녀의 달콤한 낮잠 시간까지 빼앗아 가고 말았다.

"진짜…… 아니지?"

다짜고짜 주어도 없는 말이 지선에게서 내뱉어졌다. 훈재는 그걸 전혀 이상하게 생각하지 않고 서류를 다음 장으로 넘겼다. 오리를 낳은 후 그가 조금은 다르게 보이기도 했다. 그가 그녀의 앞에서 눈물을 흘린 건 처음이었다. 피도 눈물도 없는 이성적인 인간인 줄로만 알았는데 아니었다. 자신의 핏줄을 끌어안은 그는 강한 부성애를 보이며 눈시울을 붉혔다.

달라진 건 지선도 마찬가지일 것이다. 세상을 바라보는 또 다른 세계가 열렸다고 해야 할까. 오리를 낳으면서 가장 많이 한 생각은 이 극한의 고통을 이겨 낼 힘이 어디서 오느냐, 였다. 사랑하지 않는 남자의 아이여도 가능할까. 지선은 아니라고 단언할 수 있었다. 그 모든 걸 뛰어넘어 오리를 낳은 건 박훈재라는 남자 때문이었다.

"당신은 알 거 아니야?"

지선이 참지 못하고 또 한 번 재촉했다. 그제야 훈재가 고개를 들어 그녀를 바라봤다. 아이를 낳으면서 깨달은 마음이 어째서 서영을 향한 걱정으로 이어지는 건지는 자신도 알 수 없었다. 사랑하지 않아도 괜찮아, 결혼이 뭐 별거야, 그놈이 그놈이다, 라는 그녀의 철칙을 갈아엎으면서 가장 먼저 떠오른 사람이 서영과 태욱이었다.

"몰라. 알고 싶지도 않고."

훈재는 짧게 대답하고 다시 고개를 내렸다. 거짓말. 어떻게 모를 수가 있어. 당신이 강이든, 손이든, 태욱이란 이름을 가진 친구에 대해서 관심을 끊었을 리 없다고 따지지는 못했다. 그저 깊은 한숨을 내쉬며 몸을 뒤척여 다시 창가 쪽으로 돌아누울 뿐이었다.

"맞으면…… 내가 진짜 찢어 죽일 거야."

지선은 울먹이는 목소리로 무시무시한 얘기를 했다. 훈재가 놀라 침대 쪽으로 다가왔다. 임신했을 때야 호르몬의 불균형 때문에 그렇다지만 지금은 아이를 낳은 후였다. 왜 또 기분이 오락가락하는지 알 수가 없어 그는 침대 가에 앉아 아내의 등을 잠시 쓸어 냈다.

"여보."

"……."

"오리 엄마."

몸을 흔들어도 지선은 베개 속에 얼굴을 더욱 파묻을 뿐이었다.

"아…… 그래. 나도 확실한 건 몰라. 그 새끼가 나한테 말하는 놈도 아니고. 근데 당신도 봤을 거 아니야? 여자 만날 시간이 어디 있었어? 애는 혼자 만드……."

"진짜지?"

지선이 벌떡 고개를 들어 재차 확인했다. 그녀의 눈가는 깨끗했다. 눈물을 흘린 흔적 따윈 없었다. 어이없는 얼굴로 그녀를 바라보던 훈재는 웃음이 샜다. 이 여자는 영원히 이길 수 없는 건가. 다시 몸을 일으키려는데 그녀가 그의 허리를 둘러 안았다.

"오리 낳으니까, 더 맘이 쓰여. 몰랐으면 모르겠는데 다 알잖아. 당신도 좋아했잖아. 강태욱이 얼마나 변했는지 아냐고. 다른 사람 같다고.

행복한 거 같아서…… 다행이라고."

훈재는 말없이 지선의 손을 쓰다듬듯 붙잡았다. 그때는 정말 그랬다. 그 녀석이 멍청하게 웃을 땐 뭔가 뿌듯하기도 했다. 사랑이 무엇인지, 얼마나 대단한지, 열을 내며 설명해도 못 알아듣던 놈이었다. 그걸 깨달은 것만으로도 세상을 다르게 바라볼 수 있다는 걸 녀석도 알았으면 했다.

하지만 그 사랑이 태욱의 발목을 잡아 그를 더 큰 나락으로 떨어지게 만들 줄은 몰랐다. 아무런 잘못도 하지 않았음에도 고통받는 두 사람을 누구보다 안타까워했던 게 훈재였다. 손발이 묶여 버릴 수밖에 없는 태욱의 상황도, 그를 보낼 수밖에 없었던 서영의 마음도 모두 이해가 되어 가슴이 더 답답했다. 그래서 차라리 모른 척을 하고 싶었는지도 모르겠다.

"당신…… 오리 낳을 때, 서영 씨랑 그 자식 만나게 했어."

"뭐?"

지선은 처음 듣는 이야기라 팔을 급하게 풀었다. 서영에게선 전해 들은 말이 없었다. 그럴 정신이 없긴 했지만 만나서 무슨 상황이라도 벌어졌다면 그렇게 덤덤히 전화를 받았겠는가. 여러 가지 추측만 생겨날 뿐이었다.

"당신은 그 서 대표랑 잘됐으면 하기에…… 말 안 했고."

"그게 중요한 게 아니라…… 그래서? 무슨 말이라도 들었을 거 아니야?"

훈재는 고개를 흔들며 자리에서 일어났다. 그의 핸드폰이 울리고 있었기 때문이다. 그의 표정이 어두운 걸로 보아 좋은 결론은 아니라는 걸 말하지 않아도 알 수 있었다. 지선의 근심은 더욱 깊어져 갈 수밖에 없었다.

"암튼, 양반은 못 되네. 이 자식도."

핸드폰을 내려다본 그가 겉옷을 챙겼다. 할 이야기라고는 일에 대한 것뿐일 테니, 지선에게는 소음으로 들릴 게 뻔했다. 그는 그녀가 온전한 휴식을 취할 수 있도록 자리를 피해 줄 생각이었다.

훈재가 방을 빠져나가고 몇 분이 지나지 않아서 지선의 핸드폰도 장단을 맞추듯 울렸다. 전화를 걸어 온 사람은 서영이었다. 지선은 단단히 마음을 먹고 통화 버튼을 눌렀다.

"얼굴 보니까…… 안심이 돼요."

서영이 조리원까지 찾아올 줄은 몰랐다. 주말이긴 했지만 회사 대표의 병문안을 가는 것으로 아까운 시간을 낭비하는 것만큼 바보 같은 일이 어디 있는가. 진짜 아픈 것도 아니고, 다들 묵묵히 해내는 출산이었다.

외부인 출입이 가능한 휴게실에 자리를 잡고 앉아 서영이 수줍게 내민 선물을 풀어 볼 때도 마음이 그저 불편할 뿐이었다. 오리를 위한 물건들은 이미 차고 넘치게 선물받아 오히려 더 부담이었다. 괜찮다며 상자를 열어 본 지선은 가슴이 찡, 하게 울리고 말았다. 예쁜 선물 상자 안에 든 것은 산모용품들이었다. 오리가 아니라 그 녀석을 낳은 지선을 위한 물건들이었다.

"비싼 건 아니에요."

서영이 민망함에 말을 덧붙이자 지선은 결국 눈물을 보이고 말았다.

"대표님?"

"아, 미안. 그냥, 그 망할 호르몬이 아직 정신을 못 차리나 봐."

지선이 울다가 언제 그랬냐는 것처럼 활짝 웃어 보였다.

"원래 애 낳고도 그런대요. 일찍 결혼한 친구들도 그러더라고요. 그럴 때 참으면 안 된다고 했어요. 울고 싶으면 우는 거죠. 전…… 애도 안 낳았는데 수시로 그래요."

서영에게 받은 위로는 셀 수 없이 많았다. 돌이켜 보면 그랬다. 늘 나서서 충고하고 서영을 챙긴 건 지선이었지만 중요한 순간 그녀의 손을 붙잡아 주는 건 서영이었던 것 같았다.

"아직도…… 못 잊겠어?"

지선은 이제 모른 척 넘길 수가 없었다. 농담을 건네며 분위기를 가볍게 만들어 버리는 게 그녀의 방식이었지만 그게 정답이 아닐지 모른다는 생각이 들기도 했다.

"음……. 뭐, 그것도 아직은, 잘…… 모르겠어요."

서영은 울음을 참아 내는 목소리로 말했지만 끝내 입가를 올리며 웃었다. 울고 싶으면 울라고 말하긴 했지만 그것이 쉽게 되지 않는다는 걸 누구보다 잘 알았다. 아직도 인생, 상처, 아픔, 사랑 등등. 모든 것이 숙제처럼 어려웠다.

"리조트에서 만났다는 얘기 들었어."

"아……."

그때를 떠올리듯 서영이 희미한 웃음을 보였다.

"아무 일도 없었어요. 있는 것도…… 웃기잖아요. 진짜, 다시 만나니까…… 알겠더라고요. 제가 헤어지자고 했고, 그 과정에서 상처 준 사람도 저라는 거. 그래 놓고, 그런 적 없었던 것처럼 잊고 있었더라고요. 이런 걸 적반하장이라고 하는 거겠죠?"

태욱이 상처받았음을 모른 척하기엔 지선도 지켜본 시간들이 있었다. 짧았다면 짧고, 길다고 하면 길었을 그 시간 동안 그 남자는 수없이 기다렸을지도 모른다. 어느 한쪽의 고통이 덜하다 말할 순 없었지만 어쨌거나 먼저 손을 놓은 건 서영이었다.

"에휴. 이젠…… 나도 잘 모르겠다."

"제가 또 대리님, 아니, 대표님 머리 아프게 했네요. 이럴까 봐 오지 않았던 건데. 오늘은 오리가 진짜 보고 싶더라고요."

결국엔 지선이 아니라 오리였나. 감동으로 가득했던 지선의 눈이 서영에게 잠시 세모로 변했다. 그러다 두 사람은 아무렇지 않게 웃어 버렸다. 심각해져도 그게 오래가지 못하는 사이였다. 지선은 서영에게만 특별히 오리의 실물을 보여 주겠다고 윙크를 날렸다.

지금 지내는 조리원의 규칙상 주말은 최소 인원만 실물 면회가 가능했다. 그 주인공으로 서영은 당연히 1순위였다. 출산하던 그날, 서영이 옆에 없었다면 오리가 제대로 세상 빛을 보지 못했을지도 몰랐다.

지선은 서영을 신생아실로 먼저 올려 보내고 조리원 방으로 돌아왔다. 그사이 밀려 있는 스케줄을 쳐 내야 했다. 수유 콜이 오기 전에 점심밥상을 해치워야 하기 때문이었다. 얼른 밥을 입 속으로 밀어 넣고 있는데 훈재가 방 안으로 들어왔다. 그의 손에는 못 보던 백화점 종이 가방이 들려 있었다. 나간 사이에 뭘 사 왔나. 지선은 특별하게 생각하지 않았다.

"이거. ……전해 주란다."

"어?"

이번엔 훈재가 주어가 상실된 말을 내뱉었다. 지선은 어리둥절했다. 누가……. 설마. 그녀의 머리가 갑자기 재빠르게 돌았다. 이것이 하늘에서 내려 준 운명이라는 건가.

"어디 있어? 갔어? 주차장이야?"

호들갑을 떨며 그녀는 침대에서 내려왔다.

"조심해. 아직 그렇게 막 움직이면 안 된다니까."

"손 이사 어디 있냐고!"

지선이 답답해 훈재에게 소리치자 그가 짧게 대답했다.

"신생아실. 우리 애기가 보고 싶은가 봐."

"……."

"그 자식…… 미친 것 같아."

천사인가. 그럴지도 몰랐다. 세상의 모든 아가들은 어른들의 죄를 씻어 내기 위해 내려온 감사한 선물인 것 같았다. 서영은 본인이 낳지도 않았는데 오리를 내려다보자 무언가 울컥, 하고 감정이 요동쳤다.

간호사가 유리창 앞으로 아기를 데려와 가까이 볼 수 있도록 허락한 시간이 지나고도 그녀는 발길을 옮길 수 없었다. 자신의 자리로 돌아간 오리를 멀리서라도 계속해서 지켜봤다. 하지만 그 순간이 오래 지속되진 못했다. 우르르 다음 순번으로 면회할 사람들이 몰려들고 서영은 옆쪽으로 밀려나게 되었다.

행복한 기운이 가득한 사람들의 웅성거림 속에 그녀는 갑자기 어느 한 순간을 떠올리게 되었다. 평범한 남자를 만나서 단란한 가정을 꾸리며 살고 싶다고 했던 말. 그것이 왜 지금 머릿속을 스쳐 가는지 모르겠지만 미안함은 더할 수 없이 깊어졌다.

"오리야……. 이모, 나쁘지? 그치?"

"……태명이 오린가 보죠."

누군가 옆쪽에서 말을 걸었다. 서영은 오리가 눈을 뜨고 웃는 순간이라 옆을 보지 못했다. 그저 아기에게 빠져 정신없이 함박웃음을 짓고 있을 뿐이었다.

"네. 아빠 이름이 훈재라서 훈재오리에서……. 웃기죠?"

자신이 무슨 말을 하는 건가 싶어서 정신을 차리고 고개를 돌리는 순간, 그녀는 숨을 멈춰야만 했다. 남자는 서영이 아니라 오리를 내려다보며 웃고 있었다. 그녀만 알고 있는 웃음이었다.

○ ◆ ○

태욱은 진동이 울리는 소리에 서류를 내려놓고 핸드폰을 바라봤다. 사진 몇 장이 첨부된 짧은 문자였다. 어디서 어디로 이동하고 있다는, 추리력을 동반해야 하는 수수께끼 같은 보고들. 간단히 말하면 서영의 뒷조사였다.

결국엔, 이런 식의 뒤틀어진 방식만이 그 자신에게 용납되었다. 그녀를 보호한다는 어쭙잖은 이유를 가져다 붙이면서 말이다. 손 회장이 붙인 비서 주한이 서영에 대한 보고를 숨길 의무는 없었다. 아무리 그를 동정해 헷갈리는 눈빛을 보인다 해도 주한의 고용인은 필성이었다.

손 회장이 헤어짐을 조건으로 내건 적은 없었다. 서영이 알아서 떠나주었고, 필성은 태욱에게 그 어떤 압박도 하지 않았다. 지유린과의 결혼을 입에 올린 것도 태욱 자신이었다. 그 뒤로 따라붙은 가십들의 진실 또한 그가 모를 리 없었다. 그럼에도 필성은 그저 가만히 손자를 바라볼 뿐이었다.

태욱이 지금 하는 행동 또한 복수의 일환이고, 미련이란 걸 모를 양반도 아니었다. 한 번씩은 그 모든 것들과 정면으로 맞부딪치고 싶은 욕망이 들끓기도 했다. 사랑이라는 이유가 아니어도 뒤흔들어 버리고 싶었다. 그게 필성이든, 서영이든, 그 자신이든.

태욱은 눈을 감았다 뜨고는 겉옷을 챙겨 일어났다. 방을 벗어나자 2층 독채에 나와 있던 은림과 마주쳤다. 주말에 더 바쁜 사람이 웬일로 편안한 로브 차림이었다. 그녀의 손에는 오랜만에 와인 잔이 들려 있었다.

"어디 가?"

"어디 가겠습니까?"

주말 구분 없이 일하는 건 태욱도 마찬가지였다. 서영을 리조트에서 마주친 이후, 감옥 같은 이사실에 갇혀 있는 것이 더 견딜 수 없게 되었다. 언제나처럼 눈만 감았다가 뜬 새벽녘 책상 앞에 앉은 후 일어난 게 지금이었다. 벌써 창밖에서는 해가 따뜻한 온기를 만들어 내고 있었다.

"점심이나 같이 먹을까 했는데."

아침부터 와인 잔을 들고 있는 사람이 할 말은 아니지 않느냐는 표정으로 태욱이 은림을 바라봤다. 그녀도 자신의 행동이 우스운지 어깨를 으쓱거릴 뿐이었다. 왜 또 불안하게 흔들리시나. 묻지 않아도 이유는 하나밖에 없었다. 그녀나, 태욱이나, 절에 다녀오면 치르는 후유증이었다.

"어머니한테 무슨 일 있는 겁니까?"

은림은 놀라워 웃음부터 터뜨렸다. 한 번씩 눈치 빠른 태욱이 무서울 정도였다. 그래. 저 자리를 저렇게 지키는 걸 보면 난놈은 분명해 보였다.

"다른 곳으로 옮긴대."

"그래요?"

태욱은 이미 알고 있었던 것처럼 아무렇지 않게 물었다.

"거기가 어딘진 안 가르쳐 줄 생각인가 봐."

덤덤히 말했지만 은림의 손끝이 가늘게 떨려 왔다. 오랜만에 마신 알코올의 부작용 때문인지, 아니면 이 모든 것들로부터 도망치고 싶은 마음을 감출 길이 없어서, 자신도 모르게 막막함을 드러내는 것인지도 몰랐다.

"이제 그만…… 미련을 버려요. 그게 쉽진 않겠지만."

태욱은 자신이 말해 놓고 우스워 입꼬리를 올릴 수밖에 없었다. 지금 자신이 뛰쳐나가려던 곳이 어디인지 분명했다. 스토커처럼 그 여자의 사진을 모으고 있으면서 아닌 척을 했다. 어느 하나도 버리지 못하고, 지우지 못했으면서 벌써 떠나보낸 사람처럼 여유로운 가면을 썼다.

"그래. 미련 같은 거 없는 태욱아."

은림은 비웃듯 입꼬리를 올렸다.

"잘 다녀와."

비틀거리는 몸을 일으킨 그녀는 자신의 방으로 돌아섰다. 휘적휘적 손을 흔드는 모습을 멍청하게 바라보다가 태욱은 울리는 핸드폰을 내려다봤다. 서영이 도착했다는 장소였다. 그의 발길은 그 어느 때보다 빠르게 계단을 내려갔다.

"이걸…… 네가 샀다고?"

조리원 주차장에 차를 세운 뒤 훈재를 불러냈다. 녀석에게 종이 가방 하나를 내밀자 못 볼 것을 본 것처럼 친구는 입을 벌렸다. 급하게 백화점 아기용품점에 들러 가장 비싼 물건을 구매했다. 차라리 두둑한 돈 봉투를 주는 것이 나았을까. 뒤늦게 후회가 들었지만 이미 종이 가방은 녀석에게로 넘어간 상태였다.

"신생아실은 몇 층이지?"

"야. 가져가."

훈재는 화들짝 놀라 그에게 종이 가방을 되돌려주었다. 이 자식이 무슨 수작인가 싶었다. 평소처럼 일 애기나 할 것이지. 언제 친구 사이를 챙겼다고. 그렇게 관계를 소중하게 생각하면 자신이 걱정하지 않도록 네 인생이나 좀 제대로 돌보라는 말이 입 밖으로 와다다 쏟아지려는 걸 그는 가까스로 참았다.

"기사 봤을 거 아니야?"

"……뭐?"

"나도 마음의 준비를 해야지."

태욱이 아무렇지 않게 웃는데 훈재는 소름이 돋고 말았다.

"강태욱."

훈재는 아직도 그를 '강'이라 불렀다. 태욱은 그 이름을 들을 때마다 누군가를 떠올려야 했으나, 그럼에도 그 호칭을 절대 입에 올리지 말라는 소리는 할 수가 없었다.

"지금 농담이 나와? 네가 무슨 생각을 하고 사는지 도통 모르겠지만, 옛날에도 그랬지만, 더 이상은…… 나도 안 되겠어. 그게 진짜면…… 앞으론 나 못 볼 줄 알아라. 이젠 네 편 드는 내가 불쌍할 지경이야."

"……."

태욱에게선 쓴웃음이 흘렀다. 훈재가 이러는 것도 이해하지 못하는 건 아니었다. 결혼 기사가 났을 땐 사정이 있을 것이라 생각하며 참았겠지. 하지만 속도위반까지 진실이라면 그 어떤 이유도 용납되지 않을 것이다. 박훈재는 그런 인생을 살았으니.

"넌 이미 알고 있잖아."

태욱이 짧게 대답하고 엘리베이터에 올랐다. 여러 차례 그를 노려보던 훈재는 깊은 한숨을 쉬었지만 결국엔 신생아실 앞에 태욱을 내려 주었다. 지선에게 선물을 건네주고 곧 내려오겠다는 훈재의 말에 태욱은 먼저 신생아실 앞으로 다가갔다.

모든 건 추측이었다. 장소를 보고 상황을 예측한 후, 그녀의 동선을 머릿속에 그렸다. 오늘도 마찬가지였다. 윤서영이란 여자를 떠올리고 행동을 읽어 보았다. 지선을 만난 후에 곧장 집으로 돌아갔을까. 그렇다고 하기엔 다른 보고가 없었다. 아직 조리원 안에 있다는 소리였다.

갈 곳은 하나뿐이지 않을까. 그 여자가 어떤 것에도 구애받지 않은 채 함박웃음을 지으며 행복해질 수 있는 순간. 그 찰나의 미소를 볼 수 있다면 그의 오늘 탐정놀이는 성공한 것이다.

"오리야……."

사람이 다가가도 시선은 창가에서 벗어나질 않았다. 이렇게 그를 바라봐 주었으면 하고 바랐던 적이 있었다. 욕심이 끝없던 날들이 이어졌다. 사랑하고 있음에도 부족해 더 가지려 몸부림치던 인간은 이제 그 한 번의 웃음이 그리워 쫓기듯 달려온 신세가 되어 버렸다.

"이모, 나쁘지? 그치?"

자책한다는 것에 안도했다. 죄책감을 가지길 바랐다. 그러면서도 그 죄책감으로 인해 아픈 것은 싫었다. 사랑은 끝없이 그를 혼란 속에 빠뜨렸고, 그 순간에서 조금도 벗어나지 못하게 했다.

"……태명이 오린가 보죠."

곁에서 서영의 얼굴만 내려다보고 있다가 아무 질문이나 던졌다. 그녀는 고개조차 돌리지 않았다. 목소리까지 잊어버린 걸까. 어찌 그럴 수 있을까. 또다시 원망의 감정이 들끓었다.

"네. 아빠 이름이 훈재라서 훈재오리에서……. 웃기죠?"

박훈재다웠다. 태욱에게서 헛웃음이 터지자 서영의 몸이 굳어지는 게 바로 옆에서도 느껴질 정도였다. 그는 시선을 아기에게로 옮겼다. 그러고는 활짝 웃었다. 더할 수 없이. 행복하게.

"티…… 팀장님."

이젠 듣기 어려운 호칭이었다. 태욱은 고개를 돌려 뻔뻔하게 서영을 내려다봤다. 우리가 오늘 여기서 만나기로 약속이라도 한 것처럼. 서영의 얼굴에서 웃음기가 사라져 버렸지만 태욱은 더 이상 욕심부리지 않기로 한다.

"이렇게 또 만나네요."

그가 간단히 대답하자 서영은 곧 차분해진 눈빛으로 태욱을 바라봤다.

"그러네요. ……신기하게요."

잠깐 웃음을 보이던 그녀는 창가에서 물러섰다. 다음 행동은 보지 않아도 읽혔다.

"여기서, 천천히 보세요. 전, 그럼."

깍듯하게 인사를 건네고 돌아서는 여자를 바라보지 않은 채 덧붙였다.

"이렇게 불편해하면서."

서영이 그를 돌아보는 게 느껴졌다. 태욱의 시선은 여전히 오리에게 향해 있었다.

“인터뷰는 어떻게 진행할 생각이었습니까?”

그녀를 쥐고 흔들 수 있는 일을 만드는 건 쉬웠다. 굳이 은림이 도와주려 나서지 않아도 말이다. 그런 머리 하나는 탁월하게 타고나서 지금 자리까지 올랐다. 처음 그녀를 그의 상황에 끌어들일 수 있었던 것도 그가 출구를 막아 버린 상황들 때문이었다. 거기에 또 속는 바보가 윤서영이었다.

“네. 솔직히 말씀드리면…… 지금은 마음의 준비가 안 됐어요.”

“준비할 게 있는 일입니까?”

태욱은 오히려 되물었다.

“이사님은…… 아니시겠지만, 전 그렇습니다. 여기서 마주칠 줄도 몰랐고요. 일은…… 절차를 밟아서 하고 싶었어요. 그게 서로한테 좋을 것 같다고 생각했습니다.”

그런 이유로 홍보실 쪽에 메시지를 남긴 것인가. 하루에도 수백 통의 스케줄 문의가 쏟아지는 곳에서 자신의 메시지가 살아남을 거란 자신감은 어디서부터 나온 걸까. 그에게 직접 전화를 거는 것만큼은 자존심이 허락하지 않는 걸까. 태욱에게서 헛웃음이 터졌다.

“윤 대리한테, 그다지 절박하지 않은 일인가 보죠?”

서영이 그를 올려다봤다.

“그렇게 기다리는 게 좋다면 그렇게 해요.”

태욱이 돌아서 걸어갔다.

"언제 연락이 갈지 모르겠지만."

그가 뒷말을 내뱉은 순간 베팅이 시작되었다. 태욱은 여유 있게 엘리베이터 앞까지 걸어가 내림 버튼을 눌렀다. 곧 그가 있는 층의 문이 열리고 천천히 몸을 움직였다. 닫힘 버튼은 누르지 않았다. 이상하게도 심장이 죄었다. 미친놈. 혼자서 웃고 있을 때 닫히려던 문이 갑자기 열렸다. 서영이 단단한 표정으로 그의 앞에 서 있었다.

"오해……받고 싶지 않아요."

서영이 불쑥 말하며 그를 바라봤다.

"……."

"이사님과 결혼하실 분한테요."

"……."

"홍보 팀 통해서 연락 기다리겠습니다."

단정한 인사가 건네지고 곧 문이 닫혔다. 엘리베이터 안에 홀로 갇힌 태욱은 웃으며 얼굴을 쓸어내렸다. 또 속는 바보는 그녀가 아니라 그일지도 몰랐다.

18.

보호가 아니라 복수

일주일이 지났지만 유신건설 홍보 팀에선 아무런 연락도 오지 않았다. 예상하지 못한 건 아니었지만 어쩔 수 없이 마음이 초조해졌다. 그에겐 아쉬운 게 없는 것처럼 선을 그었지만 실은 그런 걸 따질 처지가 아닐지도 몰랐다.

서영은 얼마 전 만남을 떠올렸다. 또다시 이끌려 갈 게 뻔한 그림이라 그랬을까. 먼저 헤어짐을 말하고 돌아선 것은 그녀였지만 여전히 그 남자에게만은 변함없이 약자인 것만 같았다. 아무렇지 않게 그녀에게 다가오고, 두 사람 사이에 어떤 일도 일어나지 않은 것처럼 웃어 버리는 남자. 감당하지 못할 게 뻔했다.

무엇보다 가장 큰 거절의 이유는 누구에게도 말할 수 없는 원망이었다. 결혼 발표에, 혼전 임신까지. 그 모든 걸 생중계로 전해 듣도록 했으면서 불편해할 이유가 없다니. 아무리 끝난 관계라 해도 서영에겐 한순간에 모른 척할 수 없는 일이었다.

정말 오해를 남기고 싶지도 않았다. 어쨌든 그녀는 그와 헤어졌고, 지금 그의 옆자리엔 다른 여자가 있었다. 자신의 애인이 옛 연인을 다시 만나 웃고 떠드는 걸 좋아할 사람은 없었다. 서영은 그 옛날처럼 당하지 않아도 될 수모를 되풀이하고 싶지 않았다.

"아! 아까 점심때 윤 대리 찾는 전화 왔었어요."

"네?"

서영은 놀라 고개를 들었다. 앞자리의 가현은 그녀의 반응이 부담스러워 의자를 조금 뒤로 밀며 몸을 물렸다. 자신을 바라보는 서영의 눈빛이 너무 간절해 미안할 정도였다.

"유신……."

"유신이요?"

서영이 이제는 아예 몸을 반쯤 일으켰다.

"아트센터…… 관장이요. 윤 대리 전화가 안 된다고 해서."

가현의 말에 서영의 얼굴 위로 실망감이 쏟아졌다. 그 전화라면 서영의 개인 번호로도 여러 번 수신되었다. 나눌 대화는 뻔했다. 인터뷰는 언제쯤 진행되느냐는 것이겠지. 핑계를 가져다 대는 것도 더 이상은 힘이 들었다.

"대표님, 다녀오셨어요?"

그때 사무실 문이 열리며 지훈이 들어섰다. 그는 요즘 자신의 집무실에 엉덩이를 붙이고 앉아 있을 시간조차 없을 만큼 바쁜 일정을 소화하는 중이었다. 그런 그를 배려해 자신이 혼자서 해결하겠다며 큰소리를 쳤지만 일의 진행 속도가 거북이걸음이었다.

서영은 어쩐지 눈치가 보여 몸을 움츠리며 지훈의 시선을 피했다. 그가 잠시 서영 쪽을 바라보는 게 느껴졌지만 알은척을 할 수가 없었다. 그도 지금 여러 감정으로 머릿속이 복잡한 것 같았다. 일이 잘 진행되어도 신경이 쓰였을 테지만, 지금처럼 꽉 막혀 있는 것도 답답할 것이다.

"저, 외근 좀 다녀올게요."

지훈이 집무실로 들어간 걸 확인한 서영은 가방을 챙겨 자리에서 일어났다. 우선은 은림과의 인터뷰부터 진행하는 게 맞는다는 결론이었다. 태욱의 섭외가 성사되지 않는다고 해도 그저 손을 놓고 있을 순 없었다. 이 길이 아니면 다른 길로 돌아가는 것도 방법이라고 했다.

누구에게 들었던 말인가 생각하다 서영은 가야산 자락을 떠올려 버렸다. 이번 주말엔 보살님이라도 보러 갈까. 해답은 얻지 못할지라도 그녀를 만나고 오면 자책감이 줄어들고 마음은 편안해졌으니까. 서영은 힘을 내듯 걸음을 내디디며 아트센터로 향했다.

"맛이 어때요?"

"너무…… 맛있어요."

정말 그랬다. 점심을 먹은 지 얼마 되지 않았음에도 은림이 데려간 레스토랑의 프랑스 정식은 서영의 입이 떡 벌어질 만큼 최고의 맛이었다. 손이 저절로 움직여 맛있는 음식을 입 안으로 집어 넣었다. 이때만큼은 잠시나마 걱정을 잊게 되었다. 그러자 또 불쑥, 어느 한때가 떠오르고 말았다.

'스트레스 쌓였을 땐 잘 먹는 게 최고란 말이에요. 이 삼겹살 노릇하게 구워서 비빔면이랑 같이 먹으면…… 오늘 있었던 일 다 잊고 꿀잠 자게 될걸요?'

그때의 서영이 행복한 웃음을 지으며 태욱을 바라봤다. 지유린을 만나 듣지 않아도 될 말을 들은 이후였지만 그 남자가 초조하게 그녀를 기다리고 있었다는 것만으로 모든 게 잊혔다. 그는 그녀를 꽉 안고 놓아주지 않으며 이유조차 묻지 못하게 했다. 그 순간의 설명할 수 없는 감정이 그녀를 설레게 했고, 들뜨게 만들었다. 그리고 그날의 시간들은 영원히 지워지지 않을 것처럼 서영의 머리와 가슴에 남아 버렸다.

"……서영 씨!"

"네?"

서영이 놀라 고개를 들었다. 은림은 포크와 나이프를 내려놓고 냅킨으로 입을 닦았다. 밥이라도 제대로 된 곳에서 먹이고 싶었다. 태욱이 아닌 다른 사람에게선 이런 감정을 느껴 본 적이 없었는데. 이젠 태욱보다 서영에게 더 마음이 가 버렸다. 하지만 이유를 묻는다면 설명할 수 없었다.

"무슨 생각을 그렇게 해요?"

은림이 웃으며 물었다.

"아, 죄송합니다."

"그 녀석 생각했어요?"

서영의 눈동자가 그렇다고 인정하듯 세차게 흔들렸다. 은림이 딱한 눈빛으로 그녀를 바라보다 물잔을 들어 목을 축였다. 곧 긴 이야기를 꺼낼 것처럼 은림의 눈동자가 깊어졌다.

"홍보 팀에 연락은 넣었고, 손 이사가 무시하고 있는 상황이라는 건 전해 들었어요."

서영은 그대로 얼음이 된 채 변명조차 떠올리지 못했다. 애초부터 숨길 수 있는 일이 아니었다. 안일하게 생각한 자신이 부끄러워졌다. 은림의 위치라면 모르고 싶어도 들리는 게 있을 것이고, 알고자 한다면 못 알아낼 게 없을 것이다. 그리고 그건 태욱도 마찬가지일 것이다.

"태욱이와 관련된 기사들 서영 씨 입장에선 충분히 오해할 만한 내용이에요. 그런데 난 별로 신경 쓰이지 않더라고요. 왜냐면…… 그렇게 될 일은 없을 테니까."

은림은 무슨 근거로 그런 말을 하는 것일까. 그저 추측일까. 아니면 진실을 알아본 걸까. 궁금하지 않다고 무시하려 했지만 더 이상은 마음을 감출 수가 없었다. 서영은 한참 만에 물었다.

"어째서요?"

"만약 진짜라면…… 우선 태욱이가 인터뷰 건으로 줄다리기를 할 이유가 없을 테고. 본가 마당에 있는 벚꽃나무들을 거슬린다는 이유로 죄다 없애 버리지도 않았을 거고. 또 서영 씨가 다녀간 날 아트센터 앞에 차를 세우고 한참 동안 벚꽃을 구경하지도 않았을 테고. 안 온다던 리조트 행사에 무리하게 스케줄을 바꿔 가면서까지 참석하지도 않았겠죠."

은림은 숨겨진 이야기를 말하며 산뜻하게 웃었다. 서영은 멍하니 그녀를 바라볼 뿐이었다. 벚꽃나무들, 센터 앞, 리조트, 그리고 어쩌면…… 조리원까지. 뒤늦게 알게 된 그의 행동들이 가슴 안에서 소화되지 못하고 맴도는 것 같았다. 너무 빨리 그녀를 지운 듯 보인 그에게 염치없이 서운해하던 심장이, 바보같이 그녀를 기다리는 그 때문에 먹먹하게 조여들었다.

"나도…… 다시 그 녀석을 만나 달란 말은 못 하겠어요. 시간이 흘렀다고 해서 상처받지 않는다는 보장이 없으니까. 또 누가 어떤 일을 꾸밀지도 모르죠. 서영 씨가 더 고통스러워할 일이 생길 수도 있어요. 그래도 지금 이렇게 뻔뻔해지는 이유는…… 다 나 때문이에요."

은림이 잠시 깊은 한숨을 내쉰 후, 흐리게 웃었다.

"아무래도 병일 거예요. 죽은 작은오빠와 태욱이를 겹쳐 보는 건."

실체 없는 두려움이었고, 극복해야 할 상처였다. 하지만 그것은 생각보다 쉽지 않았다.

"내가 본가에 들어가 사는 이유도 그거예요. 유령처럼 걸어 다니는 그 녀석을 볼 때마다 불안해 미칠 것 같아요. 내 감정을 이해해 달라는 것도 미친 짓이라는 거 알아요."

서영은 그녀의 불안을 모른다 말할 수 없었다. 상처는 상처를 알아보게 되어 있었다. 그래서 남들은 보지 못하는 걸 저절로 공감하게 만들었다. 서영은 은림을 만날 때마다 이유 없이 생겼던 동정심이 어디에서 비롯된 것인지 이제는 조금 알 것 같았다.

"그냥…… 이것만 부탁하고 싶어요. 조금 덜 아파할 때까지만. 서영 씨가…… 그 녀석, 미련이 되어 줬으면 좋겠어요."

미련. 어쩌면 그 단어가 정확할지도 모르겠다. 사랑이란 말을 함부로 입에 올릴 수 없을 만큼 두 사람에겐 이미 많은 일들이 스쳐 지나갔다. 그래서 되돌릴 수 없다는 걸 알았다. 그럼에도 어떤 감정으로든 남아 달라는 것이다. 그것이 증오든 복수든, 의미 없는 미련이든. 그러면 그 시간 동안은 살아갈 수 있을 테니까.

"……."

서영은 끝내 어떤 말도 하지 않은 채 레스토랑을 빠져나왔다.

○ ◆ ○

휴일이었다. 등산복을 차려입고 집을 나선 서영은 큰길까지 걸어 내려가 버스 정류장 앞에 섰다. 오늘에서야 그녀의 뒤에 따라붙는 수상한 차를 인지했다. 유리창이 검게 선팅된 데다 운전석도 가림막으로 가려져 있어 내부가 잘 보이지 않았다.

카메라가 한 번씩 스쳐 갈 때가 있었다. 그 초점의 주인공이 그녀일 줄은 모른 채 아무렇지 않게 넘긴 일이었다. 이렇게 경계심이 없어서야. 그 일을 겪고, 인천 집에 내려가 우편함만 보며 덜덜 떨던 윤서영은 다른 사람 같았다.

서영은 자신을 미행하는 차를 개의치 않고 버스에 올랐다. 터미널에 도착해 가야산으로 향하는 표를 끊었다. 늘 그래 왔듯이 생수 한 병과 간단히 먹을 수 있는 에너지바를 샀다. 차에 오른 후 곧장 잠에 빠져들었다. 아무 생각도 하고 싶지 않아서였다.

다시 한번 버스를 갈아타고 절로 올라가는 등산로 입구에서 내렸다. 천천히 그녀만의 속도로 산을 올랐다. 절에 들어서자마자 불당을 찾았다. 자리를 잡고 절을 올리고 있는데 누군가 다가와 옆에 앉는 게 느껴졌다. 마음이 절로 편안해지는 걸 보니, 보지 않아도 보살님이란 걸 알 수 있었다.

서영이 절을 마치고 고개를 돌리자 보살님이 같이 웃어 주었다. 두 사람은 짧은 안부를 주고받았다. 그런 뒤 보살님의 손에 이끌려 달고 맛있는 밥을 먹었다. 평소처럼 인사를 건네고 절을 빠져나가기 전, 보살님이 며칠 후 이 절을 떠난다는 소식을 전했다. 어디로 가시냐는 물음은 꺼내지 못했다. 서영은 그녀에게까지 짐을 지우고 싶지 않았다.

가방을 고쳐 메고 절 입구를 나서는데 핸드폰 진동이 느껴졌다. 깜박하고 꺼 두지 못했다. 서영은 화면을 확인하고 통화 버튼을 눌렀다.

— 산? 갑자기 거긴 왜?

"마음이 답답해서요."

지선이었다. 그녀는 잠시 뜸을 들이더니 쏟아 내듯 말을 꺼내 놓았다. 속도위반, 그거 아니래. 아니, 아닐 거야. 확실해. 그렇다고 생각해. 그러니까, 자기야. 절을 벗어나 흙길을 걸어 내려가는 동안 서영은 동요하지 않은 채 핸드폰을 귀에 대고만 있었다. 자기야. 자기야, 듣고 있어? 어느새 지선의 목소리가 멀어지고, 등산로 입구에 서 있는 한 남자만 눈에 들어왔다.

○ ◆ ○

주말 아침 일찍부터 수신된 문자를 확인했다. 어디선가 본 적 있는 익숙한 등산복이었다. 하아……. 태욱은 핸드폰을 내려놓고 웃어 버렸다. 일주일째 퇴근하지 않은 채 회사 이사실에서 밤을 지새웠다. 몰아치듯 일이라도 하지 않으면 서영의 사늘하게 가라앉은 눈동자가 떠올라 두통이 찾아들었다.

한때는 그 여자만 보면 병이 나았었는데, 이젠 떠올리는 것만으로도 고통스러웠다. 예전 같을 줄 알았나. 그런 오해의 단서들을 흘려 놓고도 당연히 믿지 않을 것이라 확신했으며, 자신이 이끄는 대로 따라올 거라 착각했었다. 그래서 그는 지금 제정신을 차릴 수가 없었다.

일주일이 흘렀다. 모른 척했다. 그에게 선을 긋듯 내뱉은 말에 복수라도 하듯이. 그가 지금의 위치를 이용해 할 수 있는 거라곤 그것뿐이었다. 그러나 그 여자는 흔들림 따위 없었다. 그의 개인 핸드폰은 울리지 않았으며, 은림에게선 비웃음이 날아들었다. 어찌 보면 그녀는 태욱의 고통을 즐기는 것 같기도 했다.

그때 전화가 울렸다. 요즘 가장 웃을 일이 많은 사람이었다.

"네."

태욱이 창밖을 내려다보며 간단히 대답했다.

— 집엔 안 들어올 생각이야?

은림의 목소리엔 여전히 웃음기가 묻어 있었다.

"누구 좋으라고요."

그의 대답에 핸드폰 너머에선 큰 웃음이 터져 나왔다. 누구의 속은 썩어 들어가는데. 목구멍까지 차오른 말을 가까스로 삼켰다.

은림이 어제 서영을 불러 식사를 했다는 건 문자로 보고받았다. 무슨 이야기를 했을지는 뻔했다. 정애가 있을 때도 은림은 꼭 자신이 태욱의 부모라도 되는 것처럼 굴었다. 그 이유가 모두 아버지에 대한 못다 한 애정과 허망하게 보내 버린 두려움이 복합적으로 그녀를 뒤흔들기 때문이란 것을 알았다.

— 어제 서영 씨 만났어.

"……."

— 태욱아.

그가 아무런 대답도 하지 않자, 은림의 목소리가 조금 더 진지해졌다.

"고모 원망 안 합니다. 그 여자도…… 그럴 거고요. 그러니까…… 그만하셔도 돼요."

은림 혼자서 발을 동동 구르는 게 이제는 안쓰러울 정도였다. 필성 또한 그녀의 이런 행동을 모르지 않을 것이다. 그러다 차지하고 있는 자리까지 내놓아야 하면 어쩌려고 이러는지. 지금이야 태욱이 총알받이가 되어 주고 있지만 언제고 다시 판이 뒤집힐지 몰랐다.

필성은 믿을 수 있는 사람이 아니었으며 철민 또한 어느 순간 다른 칼을 들고 위협해 올지 몰랐다. 손씨의 피를 가지고 태어난 이들이라면 그 누구도 믿지 말아야 했으며 모두를 적으로 보는 게 자신이 살길이었다.

— 내 걱정 해 주는 거야? 감동해서 눈물이 다 날 지경인데?

은림은 또 그녀만의 방식으로 웃어넘겼다.

"진심으로 드리는 충곱니다."

— 나도 진심으로 충고 하나 하자. 네가 아픈 것도 알겠고, 힘든 것도 알겠는데, 널 괴롭히는 일은 하지 마. 내가 경험자로서 하는 얘기니까 흘려듣지 말고. 끊는다.

뚝. 대답을 할 새도 없이 전화는 끊어져 버렸다. 태욱에게선 싱거운 웃음이 흘러나왔다. 어쩌면 은림이라도 옆에 있기에 견디는 걸까. 그녀가 아침밥을 꾸역꾸역 입 안으로 밀어 넣으면서도 본가에 들어와 사는 이유가 그의 또 다른 한숨으로 남아 버렸다.

'널 괴롭히는 일은 하지 마.'

은림의 말이 자꾸만 머릿속에서 되풀이되자 태욱은 견딜 수 없어 몸을 움직였다. 슈트의 재킷을 챙기고 이사실을 벗어났다. 그러자 주말까지 출근해 대기 중이던 비서 주한이 자리에서 벌떡 일어나 준비 태세를 보였다.

"미안합니다. 오늘은 개인 볼일이 있습니다."

태욱이 재킷에 팔을 집어넣으며 간단히 말했다. 주한은 어리둥절한 표정이었다. 어젯밤까지만 해도 알려 주지 않았던 스케줄이었다. 잠시 고민하던 주한은 필성에게 보고를 하기 위해선 같이 움직여야겠다고 결론 내렸다. 여태껏 개인 볼일이라면 절에 다녀오는 것밖에 없었다.

"앞까지만 모셔다드리겠습니다."

주한이 포기하지 않자 잠시 멈춰 선 태욱이 진지한 눈빛으로 말했다.

"어머니 뵈러 갑니다."

"아……."

지금껏 그의 앞에서 '어머니'란 말을 입에 올린 적은 단 한 번도 없었다. 놀란 주한이 죄송하다며 고개를 숙였다. 태욱은 괜찮다는 표시로 손을 흔들어 주고는 잠은 엘리베이터에 올랐다. 문이 닫히고 공간에 홀로 남게 되자 자신을 향한 비웃음이 흘렀다.

어머니라니. 진심이냐고 묻고 싶기도 했다. 어머니를 데려오라며 눈물을 보이던 여자가 떠올라 버렸다. 그리고 그 여자를 위해서 필성 앞에 무릎 꿇던 자신도. 모두 지난 일인데 마치 어제처럼 생생했다. 신이라도 난 것처럼 가벼웠던 발걸음이 어느새 돌을 매단 것처럼 무겁게 떼어졌다.

이제 와 확인한다고 달라질 것이 있는가. 그 절이 아니라면 어쩔 것인가. 우연은 그저 우연일 뿐이었다면. 태욱은 스스로에게 건넨 질문에 어떤 대답도 할 수 없었다. 그 여자를 뒤흔들어 무엇이든 확인하고 나면 후련해질까. 어떤 말을 하든 수긍할 자신은 있는가. 답은 없고 물음만 이어졌다.

사랑은 어느새 집착이란 병이 되어 그를 갉아먹고 있었을지도 모른다. 그것을 자신만 모른 채 병신이 되어 버린 것인지도. 차에 오른 태욱은 주머니에 넣어 둔 약을 꺼내 입에 넣고 물도 없이 삼켰다.

주차장에서 올려다본 산사는 늘 적막하고, 쓸쓸했다. 이렇게 속세와 단절된 곳에서 도를 닦으면 인간은 고통에서 벗어날 수 있을까. 언제부턴가 어머니는 절을 찾았고, 방 안에서 기도를 올리기 시작했다. 태욱은 그런 어머니를 볼 때마다 가슴이 아팠지만, 모르는 척하는 것만이 그의 유일한 도피처였다.

정애와 대화를 나누지 않게 된 것도 그때쯤일 것이다. 그녀가 부처님에게 의지하며 삶에 대한 집착을 조금씩 버려 나가고 있다는 걸 태욱은 알고 있었다. 어머니가 모든 걸 내려놓았을 때 그가 태연하게 굴 수 있었던 것도 그 때문이었다.

서영에게 어머니를 데려오지 않을 것이고, 앞으로도 그럴 생각이 없다는 말을 하면서 그는 그리움까지 삼켜야 했다. 그것은 결국 그녀를 향한 미움이었고, 원망이었으며, 다른 의미의 사랑이었을지도 모르겠다.

저 멀리 산사 입구에 서 있는 한 여자가 보였다. 그리고 그녀의 손을 붙잡고 있는 사람. 태욱은 고개를 돌리지 못한 채 마치 진짜 모녀처럼 서로 부둥켜안고 등을 쓸어 내 주는 두 사람을 바라봐야만 했다. 실제가 아니길 바랐던 치기도, 진짜가 되었으면 하는 미련도, 그 모습을 보는 순간 모두 사라져 버렸다.

서영이 다시 어머니에게 손을 흔들어 주고는 돌아섰다. 핸드폰을 꺼내는 그녀의 모습에 태욱은 고개를 내렸다. 어서 차에 올라타 이곳에서 벗어나야만 했다. 이것까지만 확인하겠다는 마음으로 달려온 것이지 않았나. 하지만 자신에게 아무리 채찍질을 해도 결국은 다시 그녀에게로 시선이 향하고 말았다.

"이것도…… 우연이에요?"

덤덤하게 물었지만 애써 화를 꾹 참는 목소리였다.

"그렇다고 해도 이젠 안 믿는다는 얼굴이네요."

태욱은 다시 가면을 써 버렸다. 그것이 그의 특기니까. 이렇게 살아왔으니. 이럴 땐 어떤 말을 해야 하는지도 모르겠으니. 그저 그가 살아온 방식대로 그녀를 대할 수밖에 없었다.

"미행한다는 거 알아요."

그녀의 시선을 받아 내기 버거워 신발의 앞코만 내려다보고 있던 태욱은 웃음을 터뜨렸다. 사진의 화질이 흐릿한 것부터가 마음에 들지 않았는데, 결국엔 이 눈치 없는 여자에게까지 들키는 걸 보니 경력을 속인 돌팔이가 확실해 보였다.

"궁금했어요. 날 버리고, 어떻게 사는지."

뻔뻔함은 여지없이 그의 진심을 다른 뜻으로 바꾸기에 적절했다. 그녀가 그의 눈앞에 나타났고, 그가 그녀를 무시할 수 없다면 그 누구에게든 위협받지 않도록 보호해야만 했다. 그런 구구절절함이 이유가 되는 것도 우스워지고 말았다.

정말 그가 한 대답이 거짓말은 아니었다. 알고 싶긴 했다. 자신을 버리고 조금도 아파하지 않았는지. 아무렇지 않게 다 잊은 얼굴로 나타나 그를 뒤흔들면서 행복하게 웃는 모습을 보였다는 게 믿기지 않았으니, 어떤 모습이든 찾아내고 싶었는지도 모르겠다.

"인천에 있을 땐 그러지 않으셨잖아요."

서영은 달라졌다. 예전처럼 그의 말에 속지 않았다. 태욱이 쓴웃음을 지었다.

"갑자기 이러는 건, 또 제가…… 아니, 이 말만 드릴게요."

"……."

"이제 더 이상 보호해 주실 필요 없어요."

제발 꺼지라는 소리를 아주 다정한 말로 되돌려주었다.

"보호가 아니라 복수란 생각은 왜 못 하지?"

결혼 발표와 의도적으로 흘린 가십들까지. 철민과 유린에게 앙심을 품고 대갚음하려는 마음에 윤서영이 아니었다면, 그 단서가 꼭 따라붙었다는 걸 태욱은 이제 와 모른 척하고 싶지 않았다. 또한 그 모든 것이 어떤 희망을 위해서인지 그 누구보다 윤서영이 잘 알 것이라 확신했다. 그랬는데, 그는 그런 마음들뿐인데. 서영은 아니었다. 그에게서 도망치려는 생각뿐이었다. 끊어 내려고만 하는 마음 앞에서 원망을 넘어선 독기가 품어지기도 했다.

"복수, 하고 싶으면 하세요. 전 괜찮아요."

이것만은 여전히 윤서영다웠다. 크게 웃음을 터뜨리던 태욱은 눈동자를 차갑게 바꿨다.

"복수는…… 내가 아니라, 지금 윤서영이 하고 있는 거 아닌가."

그가 산사를 올려다봤다. 영문을 모르겠다는 것처럼 잠시 생각에 잠겨 있던 서영의 눈동자가 무언가를 알아챈 듯 또렷해졌다. 정말 우연이었던 것인가. 정애의 존재에 대해 이제야 알게 된 듯한 서영의 표정에 태욱은 허무함을 느꼈다.

"몰랐었다면, 그게 더 확실한 복수겠네."

그는 미련 없이 발걸음을 돌렸다. 차 앞에 멈춰 서 문을 여는 순간 그를 다급하게 붙잡는 서영의 손길이 느껴졌다. 태욱이 돌아서 그녀를 내려다봤다.

"안…… 만나고 가세요?"

무슨 말을 해 줘야 할까. 너는. 너란 여자는. 태욱은 참지 못하고 손으로 얼굴을 쓸어내렸다. 이 여자의 동정은 사람을 미치게 하는 면이 있었다. 이제 와 제 손으로 꼭 모자의 상봉을 이뤄 내고 말겠다는 고집스러운 눈빛을 보자 태욱은 더욱더 비틀어진 감정이 솟구치고 말았다.

"내가 어쩌든 상관할 이유 있습니까?"

태욱은 냉정하고 말하며 그녀의 손을 내쳤다. 갈 길을 잃은 손이 허공에서 방황했다. 그렇게 상처를 받고 포기할 줄 알았는데 그녀가 다시 되풀이하듯 그의 팔을 붙잡았다. 그를 잡고 더욱 다가왔다.

"다른 곳으로 떠나신대요."

꽉 잡은 손. 울음을 참는 눈. 아픔을 감추기 위해 깨문 입술까지. 태욱은 서영이 자신을 고문하고 있다고 느꼈다. 왜 이러는지. 이렇게 하는 이유가 뭔지. 그래. 너무나도 잘 알고 있었다. 그가 원하는 답은 절대 아니겠지.

"아직도, 나한테 죄책감을 느끼나?"

"네. 제 죄책감 때문이에요. 그래서 이 산에 올랐고, 우연히 보살님을 만나게 되었어요. 이사님 얼굴이 고스란히 묻어 있어서 단번에 알 수 있었어요. 그래도…… 아무것도 묻지 않았어요. 아니, 티 나게 이사님 얘기를 털어놨어요. 내가 그 여자인 줄 아시면서도 안아 주셨고, 위로해 주셨어요. 그러면서…… 보고 싶다고 하셨어요. 진짜예요. 지어낸 말이 아니라……."

"……."

결국 눈물은 저절로 뚝뚝 흘러내려 서영의 얼굴을 적셨다. 태욱은 더 이상 그녀를 지켜보지 못하고 발걸음을 옮겼다. 끝내 본인의 죄책감을 덜고 싶은 것이라면 응해 주면 그만이었다. 거짓말이든 아니든 그건 중요하지 않았다. 또 다른 죄가 이 여자를 울게 만드는 게 싫었다. 그뿐이었다.

"정애 보살님이요?"

"네."

"……잠시만요."

한참을 절 입구 앞에 서서 사람이 지나가길 기다렸다. 본당에서 예불을 마치고 나서던 한 보살님을 발견한 태욱이 문 앞에서 꾸벅 인사를 건네자 그녀가 경계의 눈빛을 보이며 천천히 다가왔다. 어머니가 머무는 절은 여자 스님들만 지내는 곳으로 남자는 출입할 수 없는 장소였다.

한 번도 입구 앞까지 올라와 본 적이 없었다. 언제나 산사 아래에서 올려다보기만 했었다. 운이 좋아 산을 구경하러 나온 어머니와 눈이 마주칠 때면 그것으로 만족하며 돌아갔었다. 정애가 그를 봤는지, 보지 못했는지는 알 수 없었다.

태욱은 기다리는 내내 주머니 속의 담배를 움켜쥐고 있었다. 꺼내 피울 수 없다는 것을 알았기에 더 간절했다. 언제나 그의 흡연을 걱정하던 어머니의 잔소리가 갑자기 떠올랐다. 자식에게 일절 간섭하지 않던 정애가 유일하게 예민하게 굴었던 게 그의 건강에 관한 것이었다. 그래서 태욱은 더욱 이 담배를 끊지 못했다. 어린 마음이었고, 어려운 감정이었다.

"스님이…… 오늘은, 귀인들이 많이 올 것이라 하시더니."

고개를 돌린 채 산 아래만 바라보고 있던 태욱은 익숙한 목소리에 고개를 돌렸다. 정애는 오랜만에 가까이 마주한 아들의 얼굴을 바라보며 잠시 딱한 표정을 지었지만 곧 밝게 웃어 주었다.

"잘…… 지내셨어요?"

끝내 첫 물음은 누구에게나 하는 평범한 인사말이었다. 무뚝뚝한 아들이 변할 리 없었다. 어머니와 눈을 제대로 맞추지 못하는 것도 마찬가지였다. 이번에 태욱은 정애의 어깨 너머에 있는 불당만 바라봐야 했다.

"그럼. 좋아. 아주…… 좋아."

정말 그렇게 보였다. 태욱의 추측이 맞았다. 그녀는 아들 때문에 필성에게 쫓겨나 이곳으로 온 것이 아니라 본인 스스로 이 삶을 선택한 것이다. 한때는 그녀가 믿는 종교를 미워하기도 했었다. 모든 것을 아무렇지 않게 받아들이고 용서하며 인내하는 어머니가 대단해 보이기보단 더욱 더 멀게만 느껴졌다. 그는 그러질 못했으니. 어째 그렇게 될 수 있을까. 원망조차 못 한 채 마음을 닫아 버렸다.

"고모가 가 보라고 했니?"

태욱에게서 더 이상 말이 없자 정애가 입을 열었다. 아들이 찾아온 이유는 그것 때문이란 생각이 들었다. 왜 가냐고. 어디로 가냐고. 왜 말해 주지도 않느냐고. 꼭 이렇게 잔인하게 굴어야만 하냐고 울면서 따져 묻던 은림의 얼굴이 아직도 가슴에 남아 오늘도 오랫동안 새벽 예불을 드려야 했다.

"고모는, 살 수 있게 해 주세요. 죄 없는 사람이잖아요. 어머니가 필요하고."

"태욱아."

"제가 찾아와서 그러신 거 알아요. 앞으로 이런 일 없을 겁니다. 그러니까……."

필성이 어떤 보고를 받고, 정애가 누구의 뜻에 의해 이러는지도 모두 알고 있었다. 약속은 약속이니. '강'이 아니라 '손'이 되었고, 유신건설을 넘겨받으려면 그의 뜻에 따라야 한다. 정애도 그런 그의 마음을 알고 이곳에 온 것이지만, 은림도 태욱도 그녀를 잊지 못해 찾아왔다. 아무것도 달라진 게 없다면 필성은 또 다른 칼을 빼 들어야 할 수밖에 없을 것이다.

"고모는 만나세요. 뒷일은 제가 어떻게 해 볼 테니까. 아셨죠?"

결국엔 제삼자를 위한 대화뿐이었다. 아픔을 삼키는 게 너무 익숙해진 모자라 늘 이런 끝맺음이었다. 태욱은 누구를 탓하겠는가 생각하며 정애 앞에 고개를 숙였다. 돌아서 걸으려는데 어머니의 손끝이 그에게 닿았다. 태욱의 걸음이 멈췄다. 정애가 태욱의 손을 다급히 붙잡았다.

"그 아가씨 맞지? ……그렇지?"

태욱은 어머니의 질문을 단번에 이해한 자신이 우스웠다. 그는 간단히 고개를 끄덕였다. 그러자 정애는 그의 손을 자신의 가슴으로 가져가 기도하듯 두 눈을 감았다.

"다행이야."

정애는 서영을 떠올리며 감사해했다. 하늘이 이렇게도 돕는구나. 그동안 인내의 시간을 견디며 절을 올린 게 헛되지 않았음을 증명받는 순간이었다.

다시 눈을 뜬 정애는 연신 태욱의 손을 쓸어 냈다. 그도 이번만큼은 부끄러워 밀어 낼 수가 없었다. 잠자코 시선을 내린 채 어머니를 눈에 담았다.

"제가 밉지…… 않으세요?"

그는 저절로 묻게 되었다.

"그런 말이 어디 있어."

정애가 금방 웃어 버렸다.

"태욱아, 엄마는…… 네가 그렇게 착하고 마음이 따뜻한 사람을 곁에 두고 싶어 한 게 얼마나 감사한지 몰라."

그 여자는 이곳에서도 자신의 존재를 증명하였구나. 태욱은 허무한 마음이 들었다. 분명 어머니의 마음까지 얻을 사람이었다. 그래서 끌렸고, 모든 걸 걸어 버렸다. 하지만 결국 아무것도 남지 않은 채 만신창이가 되었고 뒤늦게 어머니를 사랑한 아버지를 절절한 가슴으로 이해하는 멍청한 아들이 되었다.

"여기 와서…… 많이 아파했어. 너한테 항상 미안해했고. 날 찾아온 것도 그것 때문 아니겠니? 그건…… 태욱아. 죄책감 때문이 아니야. 엄마 말, 알아듣겠지?"

꼭 그의 마음속에 들어갔다 나온 것처럼 어머니는 태욱의 생각을 읽었다. 그렇게 위로하고 품어 준 날들이 태욱을 자라게 했다는 것도 잘 알고 있었다. 그의 눈에 서영이 가득 차고 예뻐 보였던 게 모두 어머니 정애의 모습을 닮아서였을지도 모른다.

"……갈게요. 들어가세요."

불당 쪽에서 스님이 걸어 나오는 걸 본 태욱이 정애의 손을 밀어 냈다. 쑥스러워하는 아들의 모습에 그녀는 미소만 지을 뿐이었다. 태욱은 짧게 고개를 숙이고 돌아서 길을 내려갔다. 아들을 보던 그녀는 안심하듯 뒤돌아섰다.

태욱이 등산로를 걸어 내려와 자신의 차가 있는 곳으로 향했다. 그때 차바퀴에 가려져 앉아 있던 여자가 불쑥 몸을 일으켰다. 그가 멈춰 서 그녀를 바라봤다. 서로 대치하듯 서서 눈빛만 주고받았다. 그러기를 한참, 태욱은 서영을 무시한 채 문을 열고 차 안으로 몸을 구겨 넣었다. 서영은 여전히 그 자리에 가만히 서 있었다.

태욱이 차의 시동을 걸었다. 수많은 물음들이 머릿속을 가득 채웠다. 잡으려 하면 잡히지 않았고, 놓으려 하면 눈앞에 나타나 그를 고통스럽게 했다. 또다시 두통이 차올랐다. 답답함에 눈이 뜨거워진 순간, 그는 손으로 핸들을 세차게 내리쳤다.

그러고는 다시 차 문을 열고 밖으로 나갔다. 서영이 다가와 그와 마주섰다. 그녀가 그를 올려다보았다. 겁을 잔뜩 집어먹었는지 눈가엔 울음이 가득 차 있었다. 그는 웃음이 났고, 마음이 아팠으며, 그럼에도 이 순간이 미치도록 감사하고 절실해져 버렸다.

"윤서영."

태욱이 그녀를 불렀다. 서영은 결국 포기하듯 고개를 숙였다. 그러곤 잠시 후, 울음을 삼킨 얼굴로 웃으며 그를 바라봤다. 사람 가슴을 쥐어짜는 법을 어찌 이리도 잘 아는지. 태욱은 심장이, 숨통이, 턱턱 막혀 왔다.

"원하는 게 뭐야?"

무릎이라도 꿇고 빌면, 그러면 다시 돌아와 줄 것인가. 네가 말한 대로 어머니를 데려오고 평범한 강태욱으로 산다면 그땐 옆에 있어 줄 수 있는가. 그러지도 않을 것이면서 그녀는 바랐다. 그가 가장 원하는 것, 그것만은 안 된다고 빼놓은 채. 악덕한 거래처가 따로 없었다. 사업은 머리를 쓰면 되지만, 이건 제멋대로인 가슴이 시키는 일이라 그의 마음대로 되지를 않았다.

"뭐든……, 할게요."

서영이 입을 열었다. 그의 물음과는 맞지 않는 대답이었다. 뭘 시킬 줄 알고. 뭘 원하는 줄 알고. 대책이 없는 이 여자는 그를 나쁜 놈으로 만들었으며, 끝내는 자신이 모든 걸 잘못했다고 손을 놓아 버렸다.

"이러면…… 내가 또 널, 이용 못 할 것 같아?"

그가 날카로운 말로 상처를 내도 서영은 끄떡없었다.

"……."

"그래요. 원하면 그렇게 합시다. 뭐든 한다고 했으니, 내가 다 포기하고 한 여자만 지키겠다고 저당 잡힌 인생, 다시 없던 일로 만들 수 있도록 좀 도와줘요."

무슨 말인지 몰라 서영이 눈빛에 물음표를 달았다.

"그게 당신이 죄책감을 갖는 이유 아닌가? 방법이야 쉽지. 내가 윤서영을 다시 만나도 예전처럼 머저리같이 굴지 않는다는 걸 증명하면 되지 않겠어요?"

무슨 말이라도 하라고 뒤흔들어도 여자는 답이 없었다. 널 다시 이용하겠다는데 고개를 끄덕인다. 이전의 일들을 다시 되풀이해도 괜찮단다. 어디서부터 잘못된 것인지 가늠조차 할 수 없었다. 그것을 셈하면 결국엔 태욱 자신이 무너져야 할 것이다. 그가 가벼운 마음으로 함부로 굴었던 게 모든 것의 시작이었으니까.

"그렇게 해요."

뒤늦게 남의 일처럼 서영이 대답했다.

"그럴 수 있게, 제가 도와드릴게요."

언제는 도망치지 못해 안달하더니, 이제는 죄책감 하나에 이리도 쉽게 본인의 자존심을 접었다. 그녀가 어떤 마음인지 안다. 그도 깊이를 짐작할 수 없는 예전 상처가 그녀를 그렇게 만들었겠지. 모든 걸 너무 잘 알고 있는 그라서 가슴이 미어지듯 아팠다.

태욱은 당연한 것처럼 서영의 손을 붙잡고선 차에 태웠다. 그녀는 그가 이끄는 대로 따라 주었다. 다시 운전석에 올라탄 그가 차 문을 닫자 정적이 일었다. 그녀에게 그 어떤 말도 쏟아 낸 적 없었던 것처럼 차 안은 고요했다.

"이사님."

서영이 입을 열자 태욱이 막았다.

"머리가 터질 것 같아."

"많이 심하세요? 저한테 지금 약……."

놀란 표정으로 급하게 등산 가방을 뒤지는 그녀를 그가 어이없는 눈빛으로 내려다봤다. 그러다 잠깐 눈을 감고 웃어 버렸다. 이미 약은 먹었다며 그의 약통을 그녀의 손에 쥐여 주었다. 수십 알의 약이 들어 있는 이름 없는 플라스틱 통이 서영의 가슴을 어떻게 찢어 내는지 그는 모를 것이다.

태욱은 곧장 차를 출발시켰고, 천천히 산사를 벗어났다. 굳은 표정으로 운전대만 붙잡고 있는 남자를 바라보며 서영은 또 한 번 자신의 이기심을 깨달아야 했다. 거짓말조차 할 수 없었다. 이렇게라도 그를 마주할 수 있는 게 좋았다. 은림의 말을 듣고 수십 번 수백 번 고민했던 자신이 우스울 정도였다.

돌아서 가야 했지만 몸이 움직여지지 않았다. 그가 산사 앞에서 자신의 어머니를 만나고, 그녀와 손을 붙잡고 있는 게 너무 좋아서. 그런 그를 두고 혼자 먼저 가 버릴 수가 없었다. 어쩌면 그런 이유들은 다 핑계일 것이다. 이제 그녀는 아직도 그와 이별하지 못한 자신을 받아들여야 할지도 모르겠다.

운명이 그런 것처럼. 보살님의 아들이 그녀가 사랑한 남자라는 것을 알아 버렸듯이. 원망이, 미련이, 사랑이, 모두 뒤엉켜 버린 채 앞을 향해 나아갔다.

휴게소를 발견하고 차를 세울 때까지 서영은 곤히 잠들어 있었다. 어떻게 그럴 수 있는지. 태욱은 웃어야 할지, 화내야 할지 몰라 감정이 뒤섞이고 만다. 어색한 분위기를 참기 힘들었을 것이다. 고개를 돌려 바라본 창가도 지겨운 풍경들뿐이었을 테고. 게다가 등산을 하느라 노곤해진 몸으로 따뜻한 봄 햇살의 공격을 이겨 내는 건 역부족이었다.

"……."

태욱은 차의 시동을 끈 채 옆자리의 서영을 바라봤다. 관찰이라고 해야 맞을 것이다. 한동안 보지 못한 시간들을 보상이라도 받듯 그는 한시도 눈을 뗄 수가 없었다. 변한 것은 짧아진 머리카락 정도였다.

이별했다고 가차 없이 싹둑 잘라 버린 걸까. 헤어스타일을 바꾼 것만으로도 그는 감정이 요동쳤다. 이것은 그리움이 낳은 상처인가. 이별을 통보받은 자의 억울한 심보인가. 그녀가 보고 싶었지만 또 그만큼 미웠기에 태욱은 행동을 일관성 있게 유지할 수가 없었다.

"윤서영……."

이름을 불러도 일어날 생각이 없었다. 그는 대담하게 그녀에게로 손을 뻗었다. 아래로 내려온 머리카락을 정리해 주려던 동작이 어느 순간 더 나아가지 못하고 멈춰 선다. 가방을 꽉 움켜쥐고 있는 그녀의 손이 시야에 들어온 때문이었다.

잠든 척을 하고 있는 걸까. 그녀의 그런 태도는 그를 또다시 옹졸하고 편협한 생각 속에 사로잡히도록 만들어 버렸다. 그만큼 싫고 불편한 것이다. 생각의 결론은 언제나 절망적일 수밖에 없었다. 사랑이 희망적이라 누가 말했나. 그 사람은 사랑의 처절함을 경험해 보지 못했을 것이다.

태욱은 아무 일도 없던 것처럼 손을 거두고 차 문을 한 번 열었다 닫았다. 그러자 천천히 눈을 뜬 서영이 경계심 없이 운전석을 바라보다 그대로 굳어 버렸다.

"참 잘 속지."

웃음기 하나 없는 얼굴로 그녀를 놀린 태욱이 이번엔 진짜로 차 문을 열었다. 그리고 반쯤 몸을 숙여 여전히 멍한 눈빛으로 조수석에 앉아 있는 서영에게 간단히 말했다.

"밥 먹고 갑시다."

문이 닫히고 서영은 그제야 숨을 쉬었다.

입맛이 없다고 생각했는데, 그건 착각이었다. 태욱의 뒤를 졸졸 따라가 도착한 휴게소 안은 없던 식욕도 생겨나게 할 만큼 유혹적이었다. 그는 무인 자판기 앞에 서서 자신의 메뉴를 먼저 고르고 뒤돌아 서영을 바라봤다.

"뭐 먹을래요?"

간단하고 당연한 물음이었다. 하지만 그 행동이 왜 그렇게 가슴을 쳐대는지는 알 길이 없었다. 그의 표정과 행동에 다정함은 없었다. 그녀만 알고 있던 강태욱의 모습이 아니었다. 그는 어느 것에도 감정을 주지 않는 강 팀장으로 돌아와 있었다. 그럼에도 서영은 가슴이 뜨거워지고 말았다.

"돈, 돈가스요."

"치즈?"

태욱이 다시 화면을 보더니 되물었다.

"아, 네."

주문과 계산은 재빠르게 이뤄졌다. 그리고 자리를 잡고 앉은 두 사람 사이엔 차 안에서처럼 어색한 침묵이 이어졌다. 태욱은 서영에게 시선을 두지 않은 채 핸드폰을 꺼내 내려다봤다. 업무와 관련된 자료를 확인하는 것 같았다. 서영도 오히려 그 편이 나았다.

"34번 고객님. 주문하신 음식 나왔습니다."

기다리던 멘트였다. 서영은 재빨리 자리에서 일어났다.

"제가 가지고 올게요."

혼자 다 들 수 있느냐 묻기도 전에 그녀는 음식을 받는 곳으로 뛰어갔다. 그 뒷모습을 지켜보며 태욱은 또 한 번 쓴웃음을 내놓았다. 불편해 뭐라도 해야겠다는 의지가 그녀에게서 뚝뚝 떨어져 내렸다. 그는 망설임 없이 자리에서 일어나 서영이 향한 곳으로 다가갔다. 식판 두 개를 다 들 수 있는 힘은 예전부터 없었다.

"아, 제가……."

"누가 보면 애인이 쓰레긴 줄 압니다."

서영이 들기도 전에 식판이 태욱의 손에 들렸다. 그는 식판을 두 개나 들고도 아무렇지 않게 저벅저벅 걸어갔다. 방금 무슨 말을 한 것 같은데. 애인. 쓰레기. 서영은 잠시 멍한 상태가 되어 그 자리에 멈춰 있었다. 태욱이 자리에 앉고 어서 오라는 듯 그녀를 바라봤을 때에야 제정신을 차리고 다시 자리로 되돌아갈 수 있었다.

"다이어트했어요?"

"네?"

조용히 식사를 시작하자마자 태욱이 물었다. 그는 서영을 바라보지도 않은 채 자신의 음식에만 시선을 두고 있었다. 서영은 그의 질문에 어떻게 대답해야 할지 몰랐다.

"살이 더 빠진 거 같아서 묻는 겁니다."

"아……."

또 멍청한 대답이 흘러나왔다. 태욱과 함께 있는 한 이건 고칠 수 없는 행동인 걸까. 나름 냉정하고 이성적인 척을 했지만 그게 몇 번을 가지 못했다. 그가 하는 얄미운 장난질에 보기 좋게 당하는 건 이별을 해도 마찬가지였다.

"많이 먹어요."

태욱은 자신의 식판에 있는 고기를 덜어 서영의 그릇에 놓아 주었다. 불고기덮밥을 시킨 이유가 이것이었나. 서영은 또 멍해지고 말았다. 그녀가 고개를 들어 그를 바라보자 태욱은 아무렇지 않게 밥을 입 안에 넣고 씹었다. 시선은 여전히 식판에 고정되어 있었다.

식사를 마치고 화장실에 들어선 서영은 세수부터 했다. 정신을 차릴 필요가 있었다. 아무리 사귀었던 사이라고 해도 편안하게 잠들어 버리다니. 지선이 들으면 역시 대단하다며 엄지손을 들어 보일 상황이었다. 그래 놓고선 일어날 타이밍도 제대로 잡지 못했다.

처음엔 쪽팔려서 그랬지만 어느새 그의 시선이 그리워 움직일 수가 없었다. 눈을 감고 있었지만 느껴졌다. 그가 그녀를 어떻게 바라보는지. 그의 손이 다가오다 멈춰 버린 순간, 왜 아쉬움이 찾아왔는지 알 길이 없어 서영은 다시 차가운 물로 얼굴을 식혔다.

"……휴."

눈가는 또 멋대로 젖어 버렸다. 참, 답도 없다. 자신에게 속삭이고는 화장실을 빠져나왔다. 그리고 곧 발걸음이 멈춰졌다. 화장실 앞에 서 있는 한 남자 때문이었다.

모델같이 큰 키에 슈트까지 차려입은 남자는 지나치는 사람들의 시선을 독차지하기 충분했다. 어디서 본 것 같은 그를 알아보는 사람도 있을지 모르겠다. 그렇게 자신의 존재감을 드러내고 싶은 걸까. 서영은 간단히 생각하고 그에게로 다가갔다.

"왜 여기 계세요?"

서영의 물음에 태욱이 뒤돌아섰다. 그녀의 추측과는 다르게 그의 눈빛엔 불안과 안도가 동시에 스쳤다. 뒤늦게 그의 행동과 표정의 뜻을 알아차렸다. 설마, 도망이라도 가 버렸다 생각한 걸까. 어쩌면 그럴 수 있지. 화장실을 가겠다고 분명 말했었다.

"너무 안 나오기에…… 괜찮으면 갑시다."

태욱은 감정을 들킨 게 못마땅한지 곧바로 돌아서 걸었다. 서영은 그의 뒷모습을 보며 또 한 번 가슴이 철렁 내려앉고 말았다. 먼저 헤어짐을 고한 사람은 모르는 감정일지도 몰랐다. 돌아서 잊어야 한다고만 생각했지, 기다린 적은 없었다. 헤어진 뒤 그리워하긴 했어도 버려졌다는 생각을 하며 쓸쓸하고도 절박한 외로움을 느끼지는 않았다.

도대체 그녀는 그에게 무슨 짓을 했던 걸까. 그저 화장실 앞에서 그녀를 기다린 그의 작은 행동 하나가 서영의 죄책감을 또 한 번 깊게 들쑤셨다. 그녀의 감정을 읽어 버리기라도 한 듯 그가 뒤돌아섰다. 태욱의 눈빛이 깊어지자 서영은 얼른 시선을 다른 곳으로 돌렸다. 그녀의 눈앞에 보인 건 공교롭게도 호두과자였다.

"호두과자 드실래요?"

분위기를 바꿔야 했다. 이대로는 안 되는 것이다.

"배부른 줄 알았는데?"

태욱이 잠시 헛웃음을 터뜨리며 되물었다.

"밥 먹는 배랑 간식 배는 달라요. 또 휴게소 하면 군것질거리 먹는 재미잖아요. 올라가는 길에 출출할지 모르니까 이것저것 사 갈래요? 이건 제가 살게요. 이사님이 밥값 내셨잖아요."

그 음식값에 대한 보답으로 의도치 않은 지출을 하는 것은 아니었지만 서영은 더 이상 우울하고 불편해하는 자신을 태욱에게 보여 주기 싫었다. 뭐든 하겠다고 말한 건 그녀였다. 예전으로 돌아가는 뻔뻔함이 필요한 순간이었다.

"우리, 오다리도 먹을까요? 맞다, 알감자도 사야 하는데."

태욱은 졸지에 손이 부족할 정도로 주전부리를 든 채 서영의 뒤를 지키고 서 있어야 했다. 티브이 광고에서 본 적 있는 남자가 여자의 뒤꽁무니를 쫓으니 그를 주시하던 몇몇 사람들이 실망스럽다는 표정으로 하나둘 사라져 갔다.

"식탐은 여전하네."

보다 못한 태욱이 서영의 앞을 막아섰다. 소시지 떡꼬치를 사려던 서영이 고개를 들어 태욱을 바라봤다. 그제야 정신이 돌아왔다. 그의 손엔 더 이상 빈 공간이 없었다.

"아, 사다 보니까……."

"마실 것만 사서 갑시다."

태욱은 더 이상 봐주지 않겠다며 커피숍 쪽으로 향했다. 서영은 어쩐지 예전 강 팀장일 때의 모습을 보는 것 같아 웃음이 나왔다. 다시 돌아선 그가 안 오고 뭐 하느냐며 눈에 힘을 줄 때는 미소가 쏙 들어가 버렸지만 어느 정도 작전은 성공한 것 같았다.

"살 빠졌다고 말해서 시위하는 겁니까?"

커피를 사서 나와 앞장서 걷던 태욱이 물었다.

"이걸론 제대로 찌지도 않아요."

"다 먹을 자신은 있고?"

"같이 먹으면…… 되잖아요."

서영이 조금은 작은 목소리로 대답했다.

"난 배불러."

그가 입에도 대지 않겠다는 듯 말하곤 운전석 앞에 멈춰 섰다. 서영은 그가 문을 열지 않고 가만히 있자 의도를 파악하지 못했다. 눈으로 왜 그러느냐 묻자 태욱은 눈짓으로 자신의 바지 주머니 쪽을 가리켰다.

"차 리모컨."

"아……."

그가 들고 있는 물건들은 잠시 어디든 내려놓으면 될 텐데. 그 말까지는 하지 못했다. 태욱의 의도를 알았다. 그녀를 놀리고 싶은 거겠지. 서영은 이런 것쯤이야 무슨 상관이냐 싶어서 그에게로 다가갔다. 태욱이 가리킨 오른쪽 바지 주머니 속으로 더듬더듬 손을 넣어 차의 리모컨을 찾았다.

어쩐지 조금은 민망했고, 얼굴이 뜨거워졌다. 얼른 주머니에서 손을 빼내고 고개를 드는데 태욱과 거리가 너무 가까웠다. 당황해 움찔하는 서영을 그는 장난기 가득한 눈으로 내려다보고 있었다.

"꺼냈어요. 열림 버튼이 어느……."

"안 눌러도 이미 열렸어. 자동 기능이라."

"……네?"

"그러니까 문만 열어 줘요."

태욱이 싱긋 웃었다. 그제야 서영은 상황 파악이 되었다. 요즘 기능 좋은 차들은 리모컨이 가까이 다가가면 저절로 문이 열린다는 것을. 평소 운전을 하지 않았으니 그녀는 알 리가 없었다. 서영은 억울한 눈빛으로 그를 바라봤다.

"이것도…… 복수예요?"

"……그럴지도."

그가 입가에 웃음을 머금은 채 대답했다. 그러고는 아무렇지 않게 손에 든 것들을 차 지붕 위에 올려놓고 문을 열었다. 다시 간식거리들을 옮겨 넣고 서영이 가진 것들까지 빼앗아 가져다 놓았다.

"아직…… 제대로 된 복수는 시작도 안 했어."

그가 서영에게 다가와 잠시 뺨을 쓰다듬었다.

19.

이렇게 끝도 없는 걸

산에 다녀온 후, 태욱에게선 별다른 연락이 없었다. 그 대신 유신건설 홍보 팀을 통해서 그의 인터뷰 일정을 전달받았다. 바쁜 사람이니 이해했고, 서영이 공과 사를 구분하자고 했으니 그의 행동이 당연한 것일지도 몰랐다.

서영은 책상 위 달력을 들어 약속 날짜에 동그라미를 치고 '손태욱 이사 인터뷰'라고 적었다. 지훈에게도 서면 보고가 들어갔고, 그는 덧붙이는 말 없이 잘 진행하라는 딱딱한 문자만 보내왔다. 모든 것이 그녀가 바란 대로 진행되고 있는데도 자꾸만 그 어떤 일에도 집중할 수가 없었다.

태욱과 산에서 마주치고, 휴게소에도 들러 밥을 나눠 먹고, 장난까지

쳤다는 게 믿기지 않을 정도로 일상은 바뀐 게 없었다. 서영이 욕심부려 산 간식들은 공평하게 반반씩 두 사람의 입에 들어갔다. 그녀가 그렇게 만들었다.

태욱의 얼굴이 전보다 못하다는 걸 알면서도 알은체할 순 없었다. 그 이유에서 그녀는 자유롭지 못한 사람이었으니까. 그것 또한 그녀에 대한 그의 복수라면 받아들여야 했으니.

운전하는 태욱을 대신해 그의 입에 호두과자를 직접 넣어 줬을 땐 '윤서영' 이란 여자가 얼마나 지독한 사람인지 또 한 번 깨닫게 되었다. 지훈에게는 절대 허락될 수 없었던 그 일이 태욱에게는 당연했고, 그녀가 먼저 나서기도 했다. 그의 목이 막힐까 봐 커피까지 입 앞에 대령했을 땐 태욱이 잠시 어이없는 웃음을 보일 정도였으니.

'이렇게 복수합니까? 먹고 죽으라고.'

죽는다는 소리를 참 쉽게 한다며 그를 노려보았다. 죽이려면 목이 막히게 호두과자만 밀어 넣었지 왜 커피까지 주겠냐며 서운한 목소리로 변명을 하자 그는 그녀가 좋아하는 눈꼬리가 내려간 웃음을 지으며 모든 걸 잠재워 버렸다.

다시는 그 웃음에 설레는 일이 없을 줄 알았는데. 사랑이 아프면서도 행복하다고 생각하던 그때의 자신이 떠올랐다. 그리고 사랑이 참 지독하다는 것을 느꼈다. 지독한 것은 윤서영이 아니라 사랑인 것인가. 그 사랑은 오직 한 사람에게만 해당되는 것일지도 모른다는 결론이 그녀의 눈앞에서 증명되고 있는 순간이었다.

"뭐, 좋은 일 있어요?"

"……네?"

앞자리의 가현이 그녀를 건너다보며 물었다.

"아니, 아까부터 계속 입꼬리가 올라가 있길래요. 혹시, 그 기사 때문인가 해서요."

가현은 알아들을 수 없는 이야기를 하며 서영의 눈치를 살폈다. 그녀가 유신 출신인 서영을 못마땅해하며, 항상 주시하고 있는 것은 알고 있었다. 그리고 어쩌면 태욱과 그녀의 관계에 대해 어딘가에서 전해 듣고선 혼자서 시나리오를 쓰고 있을지도 몰랐다.

지유린의 속도위반 소식도 그녀의 입을 통해서 전해 들었단 생각이 떠오르자 서영은 그녀의 말뜻을 그저 아무렇지 않게 지나칠 수가 없었다.

"무슨 기사요?"

"아……. 몰라요? 도대체 누구 말이 맞는 거야."

그녀는 혼잣말을 하고선 서영의 채팅창에 기사 하나를 첨부해 전송했다.

"오후에 나갈 기사래요. 원문을 만든 게 손태욱 이사 측근이라는 소문도 있고."

또 무슨 일을 꾸미고 있는 건가. 서영은 가슴이 두근거렸다. 태욱이 만들려는 상황에 대해서 자세히 묻지 못했다. 은림은 모두 진실이 아니라고 했으니 그녀 또한 믿지 않았다. 태욱의 눈빛을 보는 순간 그걸 더욱 확신하게 됐다.

서영은 얼른 기사를 클릭했다. 떨리는 손으로 마우스 스크롤을 내리자 지유린의 사진이 떴다. 그런데 그녀의 옆에 익숙한 인물이 붙어 있었다. 손철민 이사. 태욱의 사촌 형이었다. 이 사람과 지유린이 나란히 있을 이유는 하나뿐이었다.

[아이의 친부는 사촌 형?
드라마보다 더한 재벌가의 막장 혼사]

기사의 타이틀은 더할 수 없이 자극적이었다. 이걸 태욱이 준비해 뿌렸단 말인가. 제 얼굴을 더럽히면서까지 그가 하려는 게 도대체 무엇일까. 서영은 태욱을 이해하면서도 전부를 받아들이기는 힘들었다.

"그냥 건양 지유린이랑 자기 사촌 형 한 방에 보내겠다는 뜻 아니겠어요? 이래 놓고 정략결혼 뒷거래 때문에 결혼은 다른 문제라고 뻔뻔하게 대처해 버리려나. 이게 진짜 막장이 아니고 뭐야. 태어날 애만 불쌍하지. 뭐, 그 애도 날 때부터 금수저니 내가 걱정할 필요도 없겠네요."

가현은 늘 봐 왔던 재벌가의 모습들에 대해 얘기하며 소문을 해석하고 추측했다. 제3자의 입장에선 그럴 것이다. 태욱은 무수히 칼을 뽑아

휘두르며 나아갔고, 끝내 왕의 자리를 차지하려 하고 있었다. 서영은 그를 위해 헤어져 주겠다고 결심했고, 결국엔 마지막까지 이용당해 주겠다고 말했지만 이것이 온전히 그를 위한 것일까. 머리가 복잡해질 수밖에 없었다.

그때 서영의 핸드폰이 울리며 짤막한 문자가 들어왔다.

[오늘 저녁 9시, 유신리조트 1305호.]

보낸 사람은 태욱이었다.

○ ◆ ○

손 회장의 호출은 예상한 바였다. 태욱은 무리하게 스케줄까지 접으며 본가에 들렀다. 부르면 달려가야 하는 개가 아닌가. 별채로 들어가 문을 두드리고 안으로 들어서자 골프공이 날아왔다.

피하지 않았음에도 공은 그가 서 있는 위치에서 멀찍이 떨어진 곳에 부딪치고는 힘없이 바닥에 떨어졌다. 이제는 확실히 정확도가 떨어졌다. 영감도 힘이 빠졌다는 방증이었다. 아니면, 자신의 치부를 더 이상 들키고 싶지 않은 노련한 이기심의 끝일지도 모른다. 뭐든 구역질이 나는 건 마찬가지였다.

"어디까지 할 셈이야?"

그동안은 눈감아 주고 있었다는 뜻이기도 했다. 어쩌면 영감은 지유린과 다시 혼인하겠다는 그를 당연히 믿지 않았을 것이고, 태욱보다도 먼저 철민과 유린의 사이를 눈치채고 그쪽을 따로 매듭지으려 했을지 몰랐다.

거기에 방해꾼이 되어 훼방을 놓은 게 태욱이었다. 그 배후에 윤창수 변호사가 있다는 것도 비서 주한을 통해 보고받았을 것이다. 늙은 노인은 아무도 믿지 않은 채 자신의 머리만을 의지하며 상황을 굴려야 했다. 그럼에도 태욱보다 한발 앞서 나가야만 했다. 그러나 쉽지 않았을 것이다. 상대는 미친 말 강태욱이었다. 전혀 예상하지 못하는 곳에서 흙탕물을 뒤집어써 그의 계획을 모두 수포로 돌아가게 만들었다.

"제 혼사 문제는 저한테 일임한다고 하셨잖습니까?"

태욱이 흔들림 없이 되물었다.

"그래서 이 집안을 콩가루로 만들 셈이야!"

필성이 노여움을 참지 못하고 골프채로 책상을 내리쳤다. 그가 아끼던 도자기가 산산조각 나 바닥에 떨어지는 걸 지켜보다 손자를 바라봤다. 태욱의 두 눈에 두려움이 사라진 지는 오래였다. 검게 가라앉은 눈빛은 이 집 안에 들어온 뒤 내내 품던 독기마저 빠져 평온하고 잠잠했다.

"그것처럼, 모든 게…… 한순간입니다. 뭐 얼마나 대단한 집안이라고요. 제대로 된 자식 하나 곁에 두지 못해 결국 버렸던 손자의 목줄을 쥐고 계시지 않습니까? 거기서 만족하십시오."

"……"

필성은 부들부들 떨리는 손을 어쩌지 못해 골프채를 놓치고 말았다. 무릎이 저절로 접혀 바닥에 주저앉아 버렸다. 너무 오래 살아온 탓이다. 마지막 업이다. 이것만 제대로 되잡아 놓고 죽겠다. 그렇게 자신의 행동들에 이유를 붙이며 여기까지 왔지만, 이제 더 이상은 제 뜻대로 되지 않을 것이란 현실을 깨달아야 할지도 몰랐다.

"그래. 네놈이 하는 그…… 복수의 끝은 나더냐?"

가까스로 숨을 고른 채 필성이 입을 열었다.

"복수에 끝이 어디 있습니까?"

태욱은 간단히 되물었다.

"……"

필성은 받아치지 못한 채 손자를 올려다보았다. 이 녀석은 이미 모든 걸 알고 있을 것이다. 그가 숨기려 덮은 과거들. 자신의 아버지가 어떤 마음의 짐을 가지고 죽었는지. 그 죽음에 이르도록 만든 사람이 결국 누구였는지. 천천히 고개를 떨어뜨린 필성은 멍하니 바닥을 바라보았다.

"내가…… 네 아비처럼…… 그렇게 죽길 원하는 게야?"

영감의 말에 태욱이 그저 감정 없이 웃어 버렸다.

"제가 무슨 자격으로요. 이 집안에서, 회장님 말고 원하는 대로, 뜻하는 바를 이룬 사람이 있습니까? ……아버지도 그러셨겠죠. 잘못하고 있는 걸 아는데 바로잡을 수 없으니. 잘못을 또 다른 잘못으로 덮기만 하는 게 사업이라는 말에 진절머리가 나서 떠나셨겠죠."

"그저 작은 사고였다. 어느 현장에서든 일어날 수 있는 거야. 인부 한 명이 죽었다고 그 큰 공사를 중단하는 게 말이나 되는 소리야? 이 회사 직원이 몇 명인 줄 알아? 그리고 그 밑에 딸린 식솔들……."

"네. 그렇게 이유 만들어 가며 덮어 두고 자식까지 스스로 죽게 만든 그 터널이 결국은 터져 버렸죠."

만약 아버지의 뜻대로 터널 공사가 멈췄다면 어땠을까. 잘못된 것을 바로잡고 처음부터 다시 시작했다면. 감당할 수 없는 업무량과 위험한 환경, 그 속에서 지어지는 터널이 어떤 결과를 낳을지 아버지는 분명 알고 계셨을 것이다.

끝내 필성을 이기지 못하고 유신을 떠난 후 죽은 인부의 가족이 그를 찾아올 때마다 인주는 끝없는 죄책감과 싸워야 했을 테다. 그가 막다른 길에서 용서를 빌 때마다 필성은 아들이 자신을 찾아와 도움을 청하는 손을 내밀 것이라 믿어 의심치 않았을지도 모른다.

손필성이 살아온 세계가 그랬다. 하지만 인주는 되돌아가는 대신 스스로를 벌했다. 그 방법 또한 정답이라고 할 수 있을까. 태욱은 아버지를 온전히 이해하지도, 그렇다고 완전히 미워할 수도 없었다.

"다 지난 과거야. 이제 와서 뭘 어쩔 셈이야? 네 아버지 잘못이 아니란 걸 증명해 봐야 무슨 소용이야. 잠깐의 감정도 못 이겨 내고 죽어 버린 녀석을."

"그래서 그 터널 공사 책임자들 중에서 큰아버지 이름부터 지우셨습니까? 살아 있는 하나뿐인 아들은 아무 죄 없이 살게 해 주시려고요?"

필성은 큰 숨을 삼킨 후 낮게 목소리를 바꿨다.

"네 큰아버지도 죄책감을 가지고 살았다. 그리고 네 손으로 감옥에 넣지 않았어?"

결국 그런 의도였는가. 태욱은 완벽한 필성의 계획들에 허무한 웃음이 흐를 뿐이었다.

"……그렇군요. 그랬던 거였네요. 그럼 모든 게 다 정리되는 거였어요."

"태욱아."

손 회장이 처음으로 손자를 이름으로 불렀다. 그러나 태욱은 그와 시선을 마주치지 않았다. 이미 진실을 마주하고 되돌릴 수 있는 시간은 한참 전에 지나 있었다.

"회장님께…… 바라는 것 없습니다. 어머니랑 이 집에 들어온 순간부터 저한테 자유는 가질 수 없는 거였습니다. 악착같이 후계자 자리를 노린 것도 제 뜻 아닙니까? 그 누구를 탓할 자격도 스스로 버렸습니다."

"……."

"그저…… 지쳤어요. ……지겨울 뿐입니다."

태욱은 덤덤하게 자신의 속내를 털어놓은 뒤 깍듯하게 목 인사를 건네고 별채를 빠져나갔다. 필성이 가만히 눈을 감았다. 수족인 박 비서가 뛰어 들어와 그의 안위를 살피며 깨진 물건을 치울 때도 그는 무거운 눈을 뜨지 못했다.

어쩌면 그가 이길 수 없는 게임일 수도 있었다. 태욱은 이미 모든 걸 빼앗겼고, 더 이상 잃을 것이 없었으니. 마지막 하나까지 그가 뺏어 버린 게 되었으니. 그러니 태욱은 자신마저 재물로 올려놓고 이슈로 만들어 버렸다. 제 얼굴이 짓밟히는 것 따윈 아무 상관 없다는 듯 어딘가를 향해 저벅저벅 걸어 나갔다. 그 끝이 어디인지 그는 잘 알고 있었다. 자꾸만 떠난 아들이 꿈에 나왔고, 수시로 태욱과 겹쳐 보였다. 필성은 호흡을 길게 이어 가지 못하고 서랍 속 약을 찾았다.

"아직 퇴근 안 했어?"

서영이 마지막으로 퇴근하며 사무실 불을 끄려고 할 때였다. 문이 열리고 지훈이 들어섰다. 마침 그녀가 남아 있어 다행이라는 것처럼 그는 안도의 한숨을 내쉬었다.

"이제 가려고요."

서영은 짧게 대답하며 벽에 걸린 시계를 바라봤다. 태욱이 보낸 문자의 시간까지는 아직 여유가 있었다. 버티듯 회사에 남아 일거리를 찾아 컴퓨터 화면에 올려놓았지만 제대로 진도가 나갈 리 없었다. 생각할수록 어려워진다는 걸 그녀가 더 잘 알고 있었다.

"잠깐. 나도 서류만 놓고 나갈 거야."

지훈이 서둘러 대표실로 들어갔다. 서영은 잠시 기다려 주었다. 어차피 불을 끄고 나가야 하는 상황이니. 그는 곧장 대표실에서 튀어나와 서영을 대신해 뒷정리를 했다. 같이 엘리베이터에 오르자 지훈은 당연한 것처럼 말했다.

"데려다줄게."

"아니에요. 지하철 타면 더 빨라요."

서영은 곧바로 거절했다. 지훈은 참 대단한 철벽이라 생각하며 고개를 저었다. 서영은 그 시선이 부담스러워 엘리베이터의 숫자판만 바라봤다.

"지금까지 일하게 만든 게 미안해서 그래."

지훈도 좀처럼 물러나지 않았다.

"약속이 있어요."

"그래? 그럼 거기까지 데려다줄게."

"……선배."

서영이 대표님이 아닌 선배라 부르자 지훈은 진지해진 얼굴로 그녀를 내려다봤다. 설마, 했던 무수한 추측과 망상들이 현실이 되어 가슴에 박히는 기분이었다. 모든 이들이 공유하는 손태욱의 가십들을 그 또한 알고 있었다. 지유린과의 결혼 발표와 속도위반 소식이 어쩌면 그에게 기회일 것이라 생각하며 가졌던 희망을 산산조각 내듯, 서영과 태욱의 재회를 의미하는 상황이 곧장 수면 위로 올랐다. 인터뷰가 성사되었다는 문자가 그 뜻 같아서 잘했다는 칭찬 한마디 써 붙일 수 없었던 걸까. 지훈은 타들어 가는 가슴을 애써 모른 척하며 확인 사살하듯 물었다.

"다시 만나니?"

그의 질문에 대답하지 못한 채 엘리베이터의 문이 열려 버렸다. 지훈의 시선은 여전히 서영에게 닿아 있었고, 서영은 열린 문 너머를 바라봤다. 태욱이 핸드폰을 귀에 가져다 댄 채 서 있었다. 곧 서영의 가방에서 진동이 울렸다. 그녀를 보고 있음에도 태욱은 핸드폰을 내려놓지 않았다.

"오랜만이네요. 서 팀장, 아니, 이제…… 서 대표인가."

먼저 말을 건넨 건 태욱이었다. 그의 등장에 지훈은 서영에게서 일종의 배신감마저 들었다. 자신에겐 그렇게 어려운 일들이 이자에겐 아주 쉬운 거구나. 그토록 떠들썩한 이별을 하고 몇 개월씩이나 은둔 생활을 할 만큼 아파했으면서 또 이렇게 시작할 수 있는 게 대단하다면 대단해 보였다. 서영이 하는 사랑은 도대체 그가 생각하는 것과 뭐가 다른 걸까. 태욱의 인사에도 서영을 한 번 더 내려다보던 지훈이 표정을 바꾸며 대답했다.

"네. 오랜만입니다. 잘 지내셨습니까?"

유신 출신이니 손태욱의 일상이야 연예인들 소식처럼 실시간으로 전해 들었을 것이다. 굳이 묻는 의도야 뻔했다. 느닷없이 제 영역에 나타난 데 대한 불쾌함의 표시겠지. 표정에서 모든 것이 읽혔고, 그래서 태욱은 더욱 서영을 데리러 이곳으로 오고 싶었다.

약속 장소를 문자로 보냈지만 답장이 없었다. 그런 여자였다. 잠깐 한숨을 돌리면 상황이 리셋되도록 만들었다. 그의 불안을 더욱 부추겼고, 사랑을 경멸하게 만들었으며, 끝내는 그가 패배자라는 것을 인정하고 두 손을 들고 항복하도록 했다. 줄다리기는 단 한 번도 팽팽했던 적이 없었다. 왜냐면 그녀는 애초부터 줄을 잡고 있지 않았으니.

"서 대표 눈에는 어떻게 보여요?"

태욱이 웃으며 되물었다. 하지만 그의 눈은 전혀 웃지 않았다. 상대의 기선을 제압할 때 그가 하는 행동이었다. 이미 지훈에겐 익숙한 모습이었다. 태욱은 분위기로 사람을 압도했고, 그럴 때면 이유도 없이 한발 물러나게 됐다.

한때는 태욱이 가진 아우라를 닮고 싶었다. 하지만 그것은 태욱만의 능력이었고, 지훈은 따라 해 봤자 그처럼 되지 못한다는 걸 깨달았다. 결국 지훈은 현실을 받아들였다. 그리고 그 후 유신을 나와 자신의 회사를 차리면서 낮아진 자존심을 어느 정도 회복할 수 있었다.

그렇게 잊고 있던 자격지심이 이 순간에 또다시 발동할 줄은 몰랐다.

"좋아 보이시네요. 어쩐지."

지훈이 흐리게 웃으며 대답했다.

"잘 봤어요. 다시 심장 뛸 일이 생겨서."

태욱의 대답에 서영의 고개가 들렸다. 두 사람의 기 싸움에 끼어들고 싶은 마음은 없었다. 간단한 인사 정도 나누지 못할 사이도 아니었고, 어쨌든 일로도 얽혀 있었다. 지훈이 유치하게 감정적으로 행동하지도 않을 사람이라는 확신도 있었고, 태욱 역시 이 상황을 오해하지 않을 것이라는 걸 믿었다.

"언제까지 거기 서 있을 거야?"

서영과 눈을 맞추며 태욱이 못마땅한 말투로 물었다.

"……아."

그제야 그가 열림 버튼을 누르고 있다는 걸 알게 되었다. 서영은 얼른 엘리베이터에서 내렸다. 그녀는 이제 태욱의 일행이 되어 버렸다. 그는 망설임 없이 그녀의 손을 붙잡아 자신의 옆으로 이끌었다.

"그럼, 다음에 또 봅시다."

태욱이 인사를 건넴과 동시에 엘리베이터의 문이 닫혔다. 지훈이 지하 주차장 버튼을 눌러 놓은 덕분에 세 사람이 다시 마주하는 일은 없었다.

서영이 태욱에게 잡힌 손을 빼내려 하자 그가 화가 난 얼굴로 그녀를 내려다봤다.

"뭐든 한다며?"

"이사님."

"유치해도 참아."

태욱은 붙잡은 손에 더욱 힘을 주며 서영을 회사 밖으로 데리고 나갔다.

"내가 원래 그런 놈이야. 윤서영은 그런 놈한테 잘못 걸린 거고."

태욱의 차 앞에 도착하자 그가 조수석 문을 열어 주었다. 작은 한숨이 새어 나올 새도 없이 서영은 태욱의 손길에 떠밀려 차 안으로 들어섰다. 지훈이 무슨 상상을 하든 그건 두 번째 문제였다. 서영은 더 이상 아무 생각도 하지 않을 작정이었다.

원하는 대로 해 주겠다. 그것이 무엇이든. 그 당당한 선포 안에는 이런 일도 당연히 포함되는 게 맞았다. 태욱과 함께 리조트에 도착해, 직원들의 시선을 받으며 로비를 지나, 그가 잡아 놓은 VIP 룸 앞에 서서 그의 뒷모습을 바라보는 일 같은 거 말이다.

태욱이 익숙하게 룸 카드를 꺼내 도어록 앞에 가져다 댔다. 띠리릭. 문이 열리고 그가 안으로 들어섰다. 그리고 돌아서서 서영이 들어오길 기다렸다. 그녀는 발걸음을 떼지 못하고 태욱을 바라봤다.

"……왜? 이건, 도저히 못 하겠습니까?"

물음 속엔 웃음이 스며 있었지만 그는 이미 상처받은 눈빛이었다. 그가 지쳐 있다는 건 엘리베이터 앞에서 마주했을 때부터 알아챘다. 문자에 답장을 보내지 않았다고 달려올 남자가 아니었다. 그 스스로 정한 시간까지 기다리지 못하고 나타났다는 건 그때까지 참지 못할 정도로 힘든 이유가 있다는 뜻이기도 했다.

"무슨 일 있어요?"

"……."

태욱이 대답은 않고 웃기만 했다.

"이사님."

"그것까지 말해 줘야 하나?"

그는 더 이상 웃지 않았다. 뭐든 하겠다고 했지, 예전처럼 그녀를 사랑하는 사람으로 대해 달라는 전제는 없었다. 태욱의 되물음이 그걸 깨닫게 해 주었다. 다시 예전으로 돌아갈 수는 없다. 우리가 지금 하는 일은 그저 서로의 감정을 털어 내는 것뿐이다. 미련이든, 그것이 무엇이든 간에 시간을 벌어 주겠다는 다짐으로 시작하지 않았나. 서영도 자신의 행동에 되레 웃음이 났다.

"죄송해요."

상황 파악은 빨라야 했으니까. 서영은 더 지체하지 않고 문 안으로 들어섰다. 철컥. 무거운 출입문이 닫히고 한순간 사위가 조용해졌다. 그리고 고개를 든 서영의 눈앞엔 도심의 야경이 한눈에 내려다보였다.

생각해 보니 리조트 오픈식 날도 그는 이 방에 머물렀었다. 그땐 정신이 없어 창가 쪽을 바라볼 생각조차 하지 못했다. 오랜만에 태욱을 만났고, 차가운 그의 태도에 도망치듯 호텔방을 벗어난 기억밖에 없었다.

"오픈식 날, 내가 했던 말 기억납니까?"

태욱은 서영보다 앞서 걸어 들어가 창가 앞에 섰다. 바지 주머니에 두 손을 모두 집어넣은 채 야경을 바라보는 그의 모습은 흠잡을 곳 없이 완벽했지만 어쩐지 쓸쓸해 보이기도 했다. 모두 서영의 눈에만 읽히는 감정들이었기에 그것이 정답이 아닐 수도 있었다.

"이 야경에 반해서 리조트를 짓겠다고 생각하신 거요."

서영이 대답하자 태욱이 뒤쪽을 돌아봤다.

"그런 말은 한 적 없는데?"

그가 웃자 서영은 언제나처럼 얼굴이 뜨거워지고 말았다. 그랬나. 왜 그 기억으로 남았지. 머릿속 회로가 꼬인 기분이었다. 솔직히 그가 어떤 말을 했는지 기억하지 못하는 게 당연했다. 오지 않을 거라 생각했던 사람이 나타났고, 그녀가 바라볼 수 있도록 단상 위에 서 있었다. 이성적일 수가 없었다.

"이 야경에 반한 건 맞아요."

그가 수긍하듯 말을 내놓고는 돌아서 서영 쪽으로 다가왔다. 그녀는 저도 모르게 뒷걸음질 쳤다. 소파 팔걸이에 허벅지가 걸리자 그가 또 웃어 버렸다. 태욱이 천천히 재킷을 벗어 소파에 걸쳐 놓았다. 그러고는 서영과 나란히 소파에 걸터앉았다. 그의 행동 하나하나에 심장이 반응하는 것을 느꼈지만 서영은 동요한다는 걸 들키고 싶지 않았다. 그는 그저 재미로 이런 장난을 하는 사람이니까. 예전과 달라야 한다고 생각하며 그녀는 시선을 창가 쪽으로 돌렸다.

"잘 지으셨어요. 누구라도 이 방에 오면…… 행복해질 거예요."

그가 탁월한 안목과 뛰어난 사업 수완을 가진 남자라는 건 입사 초부터 알고 있던 부분이었다. 그를 이성적으로 좋아하는 감정이 앞서긴 했어도 그에 못지않게 존경심 또한 컸다. 전설로 내려오는 그의 일화들을 듣다 보면 괜히 그녀가 뿌듯해지기도 했으니까. 태욱은 그때와 전혀 달라진 점이 없었다.

"다행이네. ……딱 한 사람만 만족하면 됐거든."

야경을 내려다보며 태욱이 덤덤하게 고백했다.

"……."

서영은 그 어떤 말로도 받아칠 수가 없었다. 그게 그녀란 말을 듣게 되면, 그렇다면, 또 얼마만큼의 죄책감이 그녀를 덮쳐 올지 가늠조차 되지 않았으니. 서영은 무거운 마음을 참을 수 없어 자리에서 일어났다.

"목마르다. 물 좀 마셔야겠……."

태욱이 서영의 팔을 잡아 다시 자리에 앉혔다.

"앉아 있어."

툭, 한마디를 던지고 그가 몸을 일으켰다. 태욱은 익숙한 걸음으로 냉장고 쪽으로 향했고, 생수병을 하나 꺼냈다. 잔에 물을 따르는 소리가 들렸다. 그저 간단한 행동이었다. 서영은 아무것도 생각하지 않으려 했지만 더 이상 그럴 수가 없었다.

모든 것에 죄책감이 들었다. 전혀 상상하지 못한 감정들이었다. 이별은 어느 누구나 다 하는 것인데. 그녀에겐 왜 이토록 크게 다가오는지. 뭘 얼마나 큰 죄를 지어서 이 남자를 좋아하면서도 가질 수 없다는 생각뿐인지. 서영은 혼란스러워 다시 몸을 일으켰다.

"이사님."

"……왜? 못 견디겠어?"

그가 생수병을 내려놓으며 대꾸했다. 그녀의 마음을 모두 읽은 것처럼. 그의 뒷모습만 보였다. 어떤 표정을 짓고 있는지 알 수 없었다. 서영은 내려놓았던 가방을 집어 들었다.

"그럼 예전이랑 같을 줄 알았나?"

태욱이 돌아서 서영이 있는 곳으로 다가왔다. 지금 그에게선 더 이상 장난 같은 표정은 없었다. 서영은 뒤로 물러났다. 하지만 코너가 있는 벽에 부딪치고 말았다.

"앞뒤 모르고 덤비는 건 여전해, 윤서영."

부딪쳤다고 생각한 순간, 커다란 손이 벽과 그녀의 머리 사이를 안전하게 막았다. 동시에 그와의 거리가 너무도 가까워져 버렸다. 서영은 눈물이 차올랐다. 무슨 말이든 해야만 했다.

"고모님이 부탁했어요."

결국 자신은 이런 도피성 말밖에 내뱉지 못한다는 것을 냉혹하게 깨닫는 순간이었다.

"……."

"당신, 걱정하는 마음 아니까. 미련이라도 되어 달라고 했어요. 나는 당신한테 죄책감을 가지고 있는 사람이니까, 당연하게 받아들였어요. 겁도 없이 뭐든 하겠다고 했는데, 아무것도…… 못 하겠어요. ……미안해요."

이런 말들이 결국엔 태욱을 더욱 아프게 한다는 것도 안다. 하지만 서영은 자신을 지키는 게 먼저인 사람이었고, 상처에 학습된 사고들이 때론 더할 수 없이 그녀를 이기적으로 만들어 버렸다.

"……예상했어. 윤서영은 동정에 약하니까."

태욱이 웃으며 대답했다. 눈물보다 더 아픈 웃음이었기에 서영은 더 이상 그를 바라보지 못했다.

"괜찮아."

태욱의 손이 천천히 내려와 서영의 뺨을 쓰다듬었다.

"그 죄책감이라도 붙잡고 있지, 뭐."

천천히 입술이 맞물렸다. 서영은 그를 밀어 낼 수 없어 눈을 감았다. 너무 따뜻하고 절박해 모든 것이 무너지는 기분이었다.

"눈 감지 마."

태욱이 명령하듯 말했다. 서영은 눈을 떠 그를 바라봤다.

"그래야…… 내가 널 얼마나 그리워했는지 알지."

그가 벌하듯 읊조렸다. 입술 사이로 혀가 파고들었다. 더 깊은 곳으로 침범하며, 그녀를 옭아매듯 몰아붙였다. 일순간 머릿속이 정지하고 숨이 모자랐다. 그를 밀어 내려 했지만 밀리지 않았다. 태욱이 그녀의 몸을 안듯이 소파에 올리고선 숨을 모조리 빼앗아 갔다. 도망치지 못하게 허리를 휘감은 손이 자석처럼 단단히 붙었다.

버둥대는 발끝에서부터 전기가 흐르자 온몸의 세포가 하나씩 일어서는 기분이었다. 몸을 떨리게 하는 진동은 신음으로 변하고 바짝 붙은 아랫배는 저절로 울렸다. 마치 반사 작용 같았다. 끝나지 않길 바라던 애틋한 밤들이 머릿속을 스쳐 갔다. 이렇게 하나도 달라진 게 없다니. 아니, 더 절절하게 가슴이 저릿해지고 저며 오면 어쩌자는 건지.

"그만……."

울음 같은 신음을 뱉으며 서영이 몸을 늘어뜨렸다. 숨을 고르느라 머리가 처박히듯 그의 가슴에 닿았다. 태욱은 미동조차 없었다. 단단하게 그녀의 몸을 받치고 있을 뿐이었다. 조용한 공간에 서영의 거친 숨소리만 가득 차오르는 기분이었다.

"고개 들어."

태욱이 낮은 목소리로 말했다. 그 속엔 화가 묻어 있었다. 그가 그녀를 얼마나 그리워했는지 두 눈으로 지켜보라고 했다. 눈을 감지도 못하게 만들었다. 그렇게 도망치지 않고 마주하면 뭐가 달라지는가. 서영도 그 결과가 궁금해 오기가 생겼다. 울음을 참으며 고개를 들어 태욱을 바라봤다.

그가 만족한다는 듯 웃으며 그녀의 뺨을 쓰다듬었다. 다시 입술이 맞물리며 2차전이 시작되었다. 다정하면서도 사납던 그의 행동은 여전했다. 서영은 정신을 차릴 수가 없었다. 저절로 밀려난 몸이 소파에 완전히 자리를 잡아 버렸다. 서영은 그의 아래에 온전히 눕혀진 채 그녀의 전부를 집어삼킬 것만 같은 거친 키스를 받아 내야만 했다.

화가 나는 그의 마음도 알았다. 이렇게 해서라도 풀어 버리고 싶겠지. 그러라고 겁도 없이 뭐든 하겠다고 했는데, 태욱의 행동을 받아들일 때마다 서영은 자신보다 그가 더 아파 보여 참기가 힘들었다. 결국 못 하겠다고 고개를 돌리려 하자 그의 손이 그녀의 뺨을 단단하게 붙잡았다.

잘 봐. 보란 말이야. 화가 솟구치던 그의 두 눈이 끝내 붉어지고 만다. 서영은 그 모습을 볼 수가 없어 두 팔을 들어 그를 끌어안았다.

거친 숨소리가 서로의 귓가를 채웠다. 안겨 있는 품이 따뜻했다. 이번엔 태욱이 그녀를 밀어 내려 했지만 서영은 꽉 붙잡고 놓아주지 않았다. 그렇게 두 사람은 한참 동안 서로를 안은 채 겹쳐 있었다. 결국 태욱이 포기하듯 그녀의 뒤통수를 쓰다듬어 주자 왈칵 가슴속에서 울음이 솟구쳤다. 사랑한다고 말하고 싶었다. 멋대로.

깜박 잠이 들었다. 그것도 오랜만에 찾아온 단잠이었다. 기억 속에 남아 있는 어린 동생이 꿈에 나왔다. 사고 일어나기 전 아침이었다. 엄마는 서영이 운동회에서 먹을 김밥을 싸느라 분주했다.

그녀는 가방 안에 과자들을 하나하나 소중히 챙겨 넣었다. 눈도 제대로 뜨지 못한 동생이 까치집을 지은 머리카락을 넘기며 서영의 곁으로 다가왔다. 고사리 같은 손에 들고 있는 건 동생이 좋아하는 초코 과자였다. 장을 볼 때 떼쓰는 걸 막기 위해 엄마가 쥐여 준 것이었다.

'언니 먹어.'

'고마워.'

서영이 감동한 눈으로 과자를 받아 들었다. 그리고 그녀의 가방 안에 넣어 둔 과자 하나를 꺼내서 동생에게 건넸다. 동생은 뛸 듯이 좋아했다. 아빠에게로 달려가 자랑하는 목소리가 그녀의 방까지 들렸다. 수없이 그려 봤지만 절대 현실이 될 수 없는 아침 일상이었다. 꿈에서라도 만나길 마음으로 간절히 바랐었는데. 왜 이제야. 이렇게 불쑥.

서영은 억눌렀던 마음을 터뜨리듯 눈을 떴다. 두 눈에 도시의 야경이 담겼다. 여긴 어디지. 깨닫는 순간, 누군가와 밀착된 몸이 더욱더 깊이 포개지고 만다.

익숙하면서도 그리워했던 따듯함이었다. 그녀의 어깨에 태욱의 턱이 걸쳐지고, 목덜미에 입술이 앉는다. 조금씩 감각이 깨어나며 따뜻했던 온기가 열기로 바뀌어 가기 시작했다.

언제 이렇게 끌어안고 잠까지 들어 버린 걸까. 키스를 하다 그를 끌어안은 채 놓아주지 않았던 기억밖에 없었다. 그렇게 한참을 안겨 있던 품이 포근하고 편안해 스르르 모든 긴장이 풀렸다. 늘 가슴 끝에 매달려 있던 죄책감이란 꼬리표가 사라지는 순간이었다. 그를 볼 때면 더욱 도드라지던 감정이었는데, 오히려 그를 안으면서 지워 버렸다. 아이러니한 순간이라 서영은 웃음이 났다.

"네가 생각해도 웃기지?"

그녀의 목덜미에서 태욱이 속삭였다. 뒷모습만 보고 있으면서 어떻게 이리도 모든 걸 알아차릴까. 항상 신기할 따름이었다. 서영은 자신의 몸을 움켜쥔 태욱의 손 위에 자신의 손을 올려놓았다. 그녀가 벗어나려 한다 생각했는지 그가 손에 더욱 힘을 주었다.

"안 돼."

무턱대고 경고하는 말이 하나도 무섭지 않았다.

"뭐가요?"

"뭐든."

"그리워했던 거 보라면서요. 이러면 어떻게 봐……."

태욱은 얼른 팔을 풀어 서영의 몸을 돌려놓는다. 눈을 마주하자 또 어색함이 감돌고 말았다. 그래도 피하지 않았다. 서영은 태욱의 경고대로 그를 정면으로 바라봤다.

"잘하고 있어."

그가 칭찬했다. 서영이 잠시 웃음을 터뜨렸다. 태욱은 참지 못하고 그녀의 턱을 끌어와 입을 맞추었다. 다정하게 여유를 부릴 틈은 없었다.

입맞춤은 곧 다급한 키스로 농밀하게 변해 갔다. 예전처럼 순순히 물러날 인내심이 이젠 그에게 남아 있지 않았다. 잠들어 버린 그녀를 어쩔 수 없이 안아 올려 침대에 눕히긴 했지만 포기할 생각은 없었다.

그녀의 옆에 딱 달라붙어 잠든 모습을 내려다봤다. 꿈을 꾸는지 얼굴에 감정이 실려 있었다. 입꼬리가 올라가며 평온한 표정을 지을 때면 이중적인 마음이 들었다. 그럼에도 그 얼굴을 수없이 손안에 담고 어루만질 수밖에 없었다. 그러다 함께 잠들어 버렸다. 늘 함께하던 두통이 사라진 순간이라 태욱도 스스로를 통제할 수가 없었다. 하지만 감각은 만일의 사태를 대비하듯 곤두서 있었다. 놓칠 수 없다는 집념으로.

미련이라도, 동정이라도 좋다며 붙잡은 남자에게 자존심이란 게 있을까. 태욱은 서영을 자신의 밑에 가두며 더욱 깊게 입술을 빨았다. 달고 진하며 또 그만큼 아팠다. 헤어지고 나서 하는 모든 것들이 그랬다. 욱신거리는 가슴을 서로 모른 척하며 키스에 열중했다. 서영도 더 이상 밀어 낼 자신이 없었다. 핑계조차 허락되지 않는다는 것을 이제는 알아 버렸으니.

태욱의 행동의 농도가 깊어졌다. 절정에 다다른 듯 신음을 내뱉는 서영의 목소리가 한 단계 올라섰다. 숨이 차오른 서영이 그의 어깨를 갈급하게 쥐는 순간 태욱은 거침없이 그녀의 블라우스를 붙잡아 올렸다. 침범하듯 살결을 훑는 손길에 몸이 익숙하게 뒤틀렸다. 그는 그것으로 만족했다. 그리웠던 몸이고, 밤마다 그를 미치게 만들던 행위였다.

"……이사님."

"……."

태욱은 그를 올려다보는 서영을 무시했다. 그녀의 눈빛을 읽고 싶지 않았다. 그가 얼마나 그리워했는지 똑똑히 쳐다보고 느끼라 했지만 정작 그는 그녀를 바라볼 수 없었다. 그녀의 눈에 담긴 동정심을 마주할 때마다 치밀어 오르는 분함과 집어삼켜 버리고 싶은 소유욕이 그 자신을 더 깊은 절망으로 몰아붙인다는 것을 알기 때문이었다.

지금보다 더한 끝이 있다면 그곳은 지옥이겠지. 나는 너의 첫 번째가 될 수 없다는 걸 알면서도, 그걸 포기하지 못해 이리도 거머리처럼 달라붙으며 집착한다. 지독한 감정들만 머릿속을 부유하고 있었다. 서영이 그를 떠나 버린 이후론 늘 그런 순간들의 반복이었다. 버티기 위해선 생각하지 않는 방법밖엔 없었다.

물러나지 않을 거라는 걸 보여 주듯 그는 서영의 아래로 손을 내렸다. 뜯어내듯 거추장스러운 옷들을 벗기고 그의 것도 한꺼번에 벗어 던졌다. 그 짧은 순간에도 떨어지지 못하도록 다리를 눌러 몸을 단단히 붙잡았다.

겁이 나 오므라지는 아래를 열고 그의 허리를 밀착시켰다. 뜨거운 두 몸이 닿자 더 이상 두려울 것이 없었다. 오직 서로를 원하는 두 사람만이 존재할 뿐이었다. 태욱은 떨림으로 쏟아지는 그녀의 심장 소리에 흥분이 일었다. 욕망은 거짓이 없었다. 휘발되어 사라지는 달콤한 약속처럼 허무함으로 남지 않았다. 그와 그녀가 함께 있다는 것을 증명할 수 있었다.

급하게 서영의 안으로 들어서자 그녀의 고개가 저절로 꺾였다. 전보다 더 마른 몸을 붙잡고 다급하게 입술을 물었다. 깊게 파고들수록 헤어나올 수 없는 늪이란 건 이미 경험했다. 그 달콤한 유혹에 이성 따윈 내던져 버린다. 몸이 들썩이며 서로의 달뜬 호흡만 난무할 뿐이었다. 태욱은 어떤 말도 하지 않았다. 그것이 그가 할 수 있는 최선이라는 것처럼.

끝을 보고 쉴 틈도 주지 않았다. 서영이 자지러지듯 허리를 비튼 게 수십 번이었다. 마치 서서히 목을 조르는 기분이 들기도 했다. 예전과 같으면서도 또 달랐다.

그는 그녀를 바라보지 않았다. 오직 몸의 반응에만 열중했다. 이것이 그녀를 향한 그의 그리움이라는 것처럼. 서영은 헐떡이면서도 태욱의 행동을 놓칠 수 없어 오롯이 바라보고 읽어 냈다. 그가 내린 벌이니 받아야 한다는 생각뿐이었다.

"……."

"……."

흐느끼면서도 신음은 뱉지 않았다. 서영은 또 그렇게 참아 내고 있었다. 그게 태욱의 가슴을 옥죄자 그는 고삐가 풀린 말처럼 달리기 시작했다. 짐승이라도 되어 터뜨려 버리고 싶은 욕망이고, 끝내는 진심이었다. 괴롭히듯 못살게 굴수록 서영은 더 그에게 달라붙었다. 붉게 물든 눈으로 간절하게 그를 바라봤다. 그 질식할 것 같은 눈동자를 보면서 안도하기도 했다. 저열하고도 비겁한 만족감이었다.

"그…… 그만."

"……."

"제……발."

애원하는 눈빛에 또 마음이 약해지고 만다. 그가 이것에 아주 취약이라는 것을 깨닫고 처절하게 복기했으면서도 또 멍청하게 반복하고 만다. 모두가 그를 나쁜 놈이라고 하는데 한 사람만 아니라고 했다. 그게 그를 녹였고, 따뜻하게 품었다.

"왜 이런 걸 알려 줬어?"

태욱이 다짜고짜 물었다.

"……."

어느새 그의 눈도 붉어져 있었다.

"이렇게 끝도 없는 걸."

그게 사랑이라고는 말하지 않았다.

20.

모든 게 후회였다

[점심은?]

[먹었어요.]

대답하고 나면 문자는 거기서 끝이었다. 당신은 먹었느냐 물었어야 했나, 고민하는 사이 업무 전화가 걸려 오고 회의가 진행되었다. 차라리 정신이 없는 게 나았다. 그렇지 않다면 온전히 핸드폰에만 신경이 전부가 있었을 테니.

릴레이 회의를 마치고 자리에 앉자마자 서영은 핸드폰을 확인했다. 태욱에게서 부재중 전화 1통. 그리고 짧은 문자 하나가 들어와 있었다. 내용을 확인해 보니 급한 일은 아닌 것 같았다.

[얼마나?]

끊어질 듯 이어지고 있는 대화에 서영은 잠시 헛웃음이 나왔다. 그는 예전의 강태욱이 아니었지만 또 전혀 강태욱이 아닌 것은 아니었다. 이중적이고 모호한 문장이 마치 지금 그녀의 마음속을 보여 주는 것 같기도 했다.

[많이 먹었어요.]

서영은 두 시간 만에 답장을 보냈다. 그가 곧장 읽은 듯 채팅창의 숫자가 사라졌다. 그리고 기다렸지만 다음 말은 날아오지 않았다. 질문을 했어야 했나. 또 멍청한 반성이 들었다. 결국 용기를 내어 '이사님은 드셨냐.' 고 보냈지만 이번엔 바로 문자를 확인하지 않았다.

어찌 생각해 보면 이렇게 그녀와 시시한 일상 문자를 주고받고 있을 사람은 아니었다. 오늘만 해도 인터넷 생방송으로 진행되는 경제인 포럼에 그의 얼굴이 등장했다. 태욱이 유신건설의 확실한 대외용 홍보 모델이 된 건 어느 누구도 부정할 수 없는 현실이었다.

"어딜 가나 이슈맨이긴 하네."

앞자리의 가현이 혼잣말을 했다. 아무래도 서영과 같은 자료 화면을 바라보고 있는 것 같았다. 그녀가 유신건설의 외주 홍보 업무를 담당하게 되었으니 당연하게 관심을 가져야 할 일이었다. 유신아트센터와 관련된 업무를 맡은 서영과 그녀가 자꾸 일이 겹치는 건 어쩔 수 없이 두 사람에게 강태욱이란 공통분모가 존재하기 때문이었다.

뭐라고 하든 홍보 일의 목적은 이슈를 만들어 사람들의 반응을 끌어

내는 것이었다. 그것이 나쁜 쪽이든 좋은 쪽이든 대중에게 알리는 게 중요했고, 그 소스를 아주 두루두루 갖춘 사람이 태욱이었다.

"아, 참. 아트센터 사보 특집 인터뷰, 내일이라고 했죠?"

가현이 갑자기 생각난 것처럼 고개를 들었다. 서영은 맞는다며 짧게 대답했다. 태욱은 언제 밤이 새도록 몸을 섞었냐는 듯 자신의 이사실에서 완전한 포커페이스로 사전 인터뷰를 진행했다. 서영은 오랜만에 외부인으로서 유신건설에 방문하게 되었고, 가식적인 웃음을 지으며 바라보는 옛 동료들의 시선을 고스란히 받아 내야 했다.

서영은 재벌가 정략결혼이라는 현실 막장 드라마의 주인공인 된 옛 남자의 인터뷰까지 맡은 대단히 진취적인 여성으로 취급받고 있었다. 물론 겉으로는 그랬다. 그 속에 담긴 비웃음을 모르지 않았다. 얼마나 사는 게 팍팍했으면, 어쩜 저리도 미련을 떠는 걸까. 딱한 눈빛이 그녀의 등 뒤에 당연한 듯 따라붙었다.

태욱은 그 시선을 홀로 감당하는 서영을 보호하지도, 그렇다고 함부로 대하지도 않았다. 한 치의 벗어남도 없이 철저하게 외주 홍보 대행사 담당자로서 대하며 선을 지켰다. 그런 남자란 것을 알았기에 서영은 오히려 고마웠다.

그녀가 새로운 직장으로 옮긴 후 처음으로 단독으로 맡아 진행하는 일이었기에 어떠한 사적 감정으로도 방해받고 싶지 않은 마음이었다. 은림에게 태욱과의 인터뷰 일정을 보고하자 어쩐지 아쉬워하는 듯한 기색이었다. 그 녀석이 그렇게 순순하게 받아 줬느냐는 물음이 두 번이나 이어졌다. 거기다 대고 다른 미련이 되어 주기로 했다는 말은 하지 못했다.

[저녁 배는 비워 놔요. 거기서 봅시다.]

뒤늦게 태욱의 문자가 들어왔다. 그가 말하는 '거기'는 리조트의 끝방이었다. 무엇을 하자는 것인지 뜻이 분명했다. 마치 둘만의 암호처럼 '거기서 봅시다'란 문자를 주고받은 게 첫날 이후로도 여러 번이었으니. 차라리 몸만 섞는 게 편했다. 태욱은 그 이상을 원하지 않았고, 옛이야기도 꺼내지 않았다. 물론 자신의 이야기도 일절 하지 않았다.

"아, 윤 대리님. 오늘 저녁 회식 알죠?"

"……네?"

태욱에게 알겠다고 답장을 보낸 서영이 고개를 들었다. 처음 듣는 말이었다.

"어? 단톡에 올렸는데 못 보셨어요? 오늘 대표님 생일이라 겸사겸사 하기로 했잖아요."

서영이 속한 단체 채팅방에선 그런 얘기를 나눈 적이 없었고, 오늘이 지훈의 생일이란 것 또한 깜박하고 있었다. 가현이 자신의 핸드폰을 내려다보더니 아차, 하는 표정을 지었다. 아무래도 서영이 모르는 회사 채팅방이 또 하나 있는 것 같았다.

그런 것은 아무래도 상관없었다. 문제는 태욱이었다. 이미 그에게 답장을 보냈고, 뒤늦게 회사 회식이 있다고 말하려니 핑계처럼 느껴질 것 같았다. 솔직히 서영 역시 회식보다는 태욱과 함께 있는 것이 좋았다. 그것은 숨길 수 없는 감정이었다.

"저는 아무래도 못 갈 것 같아요."

서영은 먼저 가현에게 불참 의사를 전했다. 그녀는 잠시 대표실 쪽을 돌아보더니 어깨를 으쓱거렸다. 처음부터 서영을 탐탁지 않아 하던 그녀가 지훈의 감정을 모를 리 없었다.

"많이 급한 일이에요? 그런 거 아니면 잠깐 촛불 끄는 것만 보고 가면 안 돼요? 괜히 대리님만 문자 못 받았다고 하면 제 입장이 좀 그래서요."

정말 이토록 당연하게 요구할 수 있는 것도 능력이라면 능력이었다. 실수한 것에 대한 사과부터 해야 하는 게 맞지 않나. 서영은 가현에게 별다른 감정은 없지만, 이런 식으로 얼렁뚱땅 넘기는 건 모른 척할 수가 없었다.

"그건 민 대리님 입장이고요."

"아……."

가현은 그제야 무엇이 먼저인지 깨닫게 되었다. 홍보 쪽 일을 하게 되면서 눈치 하나로 버티며 살아왔는데 자꾸만 서영의 앞에선 그 눈치보단 자존심이 앞섰다. 유신의 지인으로부터 들은 그녀의 소문과 두 대표들이 데려온 낙하산이란 첫인상 때문일 것이다.

그런데 막상 일을 함께하게 되자, 서영은 생각과 달리 일적인 부분에서 가현과 스타일이 맞았다. 잘한다고 나서지도 않았고, 다른 이가 못하는 걸 일부러 드러내 자신을 높이는 법도 없었다. 그 대신 그녀가 고수하는 선을 어겼을 땐 단호하게 행동했다. 착한 여자 콤플렉스에 빠져 살 것만 같은 그녀가 의외의 모습을 보일 때가 바로 이때였다.

"전달 못 한 건 제 실수예요. 죄송해요."

결국 가현이 사과했다. 서영은 곧 괜찮다며 이해해 주었고, 다음부턴 이런 일이 없도록 개인 문자를 활용해 달라는 말을 덧붙였다. 더 이상 뒷말도 할 수 없게 만드는 타입이었다. 유신건설의 손태욱 이사도 지앤지마케팅 서지훈 대표도 그녀의 이런 외유내강적인 모습 때문에 미련을 놓지 못하는 걸까. 한 번씩 서영을 오랫동안 관찰할 때면 가현은 자신도 모르게 그녀에게 빠질 때가 있었다.

"하이! 여러분, 그동안 나 안 보고 싶었나요?"

서영에게 빠진 또 한 명이 있다는 것을 깜박했다. 갑자기 사무실 문이 열리고 반가운 인물이 등장했다. 지선은 한 손에 케이크 상자를 든 채 모두에게 손을 흔들었다. 그리고 그녀의 시선은 당연한 것처럼 서영에게 꽂혀 있었다.

"어떻게……."

서영이 놀라서 벌떡 몸을 일으켰다. 무사히 회복하고 조리원을 나왔다는 소식은 가장 먼저 들었지만 이렇게 빨리 바깥 외출을 할 수 있으리라고는 생각하지 못했다. 조용하고 딱딱하기만 하던 사무실 분위기가 지선의 등장으로 한순간에 푸근하고 밝게 바뀌는 것만 같았다.

"이렇게 나오셔도 돼요?"

서영이 지선에게 다가서며 물었다.

"잠깐은 괜찮아. 갑자기 출산해서 팀원들 고생시킨 것 같아 너무 미안해서 도저히 안 되겠더라고. 오늘 서 대표 생일 축하 파티 겸 회식도 있다기에 훈재오리 씨한테 애교 좀 피웠지. 하하."

이렇게 지선까지 등장하고 나니 서영은 더 걱정이 되기 시작했다. 핸드폰을 꼭 쥐고 있는 손이 불안하게 흔들렸지만 표정은 밝게 입꼬리를 올려야만 했다.

"나까지 왔는데 오늘은 빠지는 사람 없기? 오케이?"

잠시 서영에게 시선을 준 가현이 웃음을 감추는 게 느껴졌다. 그 순간 서영은 그녀에게 잘못을 따지고 정색한 게 부끄러워졌다. 인생은 언제나 예상대로 흘러가는 법이 없었다.

"……대표님의 생일을, 축하합니다. 와아아아."

변두리 작은 식당의 방 한 칸을 빌려 조촐하게 치러진 지훈의 생일 파티는 또 다른 대표의 등장으로 더욱 왁자지껄했다. 서영도 엉겁결에 지훈의 맞은편에 자리를 잡고 앉아야만 했다. 태욱에게는 이실직고하며 급하게 회식이 생겼다는 문자를 남겼다. 곧장 괜찮다는 답장이 날아왔다. 갑자기 약속을 취소하면 어쩌냐고 할 줄 알았는데, 그의 반응은 너무 순순했다. 그게 또 그녀의 기분을 가라앉게 할 줄은 몰랐다.

"모두 감사합니다. 앞으로 더욱 발전하는 지앤지를 위하여."

"위하여!"

모두 술잔을 들어 맞부딪치고 시원하게 잔에 든 술을 비워 냈다. 서영도 뺄 수 없어 원샷을 하고 보니 오랜만에 마신 술이 달게 느껴지기도 했다. 서영의 기분이 가라앉았다는 걸 눈치챘는지 지선이 말을 붙이려 했지만 쉽지 않아 보였다. 어느새 다른 직원들에게 휩싸인 지선은 콜라가 담긴 잔을 수십 번이나 들어야 했다. 그런 지선을 보자 서영은 또 그것만으로 만족스러운 웃음이 흘렀다.

"생일 선물은 없어?"

앞자리에 앉은 지훈이 불쑥 물어 왔다. 태욱과 엘리베이터 앞에서 마주친 이후 개인적인 말을 걸어오지 않았던 그였다. 서영도 그게 편했기에 뭐라 답해야 할지 몰랐다. 결국 지훈과는 이렇게밖에 지낼 수 없는 사이란 생각도 들었다.

"오늘 생일이신 걸 깜박했어요."

미안하다며 웃자 지훈도 멋쩍게 따라 웃어 버렸다.

"그냥…… 혹시나 해서 하는 말이야. 내 눈치는 보지 마."

지훈은 천천히 술잔을 들어 한 모금 마신 뒤 다시 말을 이었다.

"네 감정이잖아. 그걸 어떻게 하겠어, 내가."

쓸쓸하게 웃는 그가 안타깝게 느껴지기도 했다. 하지만 그 감정이 사랑이 될 수는 없다는 걸 그녀가 더 잘 알고 있었다. 서영은 다시 꼭 쥐고 있는 핸드폰을 내려다보았다. 태욱에게선 그 이후로 아무런 연락이 없었다.

그게 이렇게 그녀의 가슴을 답답하게 조일 줄은 몰랐다. 서영은 무엇에 씐 사람처럼 가방을 챙겨 자리에서 일어났다. 지훈은 그녀의 행동에 반응하지 않았고, 오히려 지선이 놀라 눈을 동그랗게 떴다. 서영은 선약이 있었다며 모두에게 미안하다는 인사를 남긴 후 가게를 빠져나왔다.

큰길로 나와 무작정 택시를 잡아탔다. 리조트로 가 달라는 말을 하고 태욱에게 전화를 걸었다. 연결할 수 없다는 안내 음성만 흘러나왔다.

잠시 후, 핸드폰이 울렸다. 태욱인 줄 알고 화면을 확인하자 어머니였다. 서영은 화면만 바라본 채 통화 버튼을 누르지 못했다. 무음으로 돌린 후 창밖을 바라봤다. 여기서 멈출 수가 없었다. 그렇게 되지를 않았다.

리조트에 도착한 서영은 그가 그녀의 몫으로 쥐여 준 룸 키를 들고 방문 앞에 섰다. 도어록을 해제하고 안으로 들어서자 언제나처럼 도시의 야경이 그녀를 맞았다. 그리고 넓은 창 앞에 서 있는 한 남자. 태욱이 거기에 있었다. 서영은 안도하며 그에게 걸어갔다.

"왜 여기 있어요?"

통유리 창에 비친 태욱과 눈이 마주쳤다. 그는 돌아서지 않고 잠시 낮은 웃음을 터뜨렸다. 그건 서영도 마찬가지였다. 안 된다. 알겠다. 그렇게 어그러진 약속이 아니었나. 이렇게 취소된 적 없었던 것처럼 이곳에서 둘이 마주하고 있으면 어쩌자는 말인가.

"내가 묻고 싶은 말인데."

태욱이 그제야 뒤돌아서 서영을 마주 바라봤다.

"회식이…… 일찍, 끝났어요."

"아."

서영의 거짓말에 태욱이 짧게 대꾸했다.

"그래서 서 대표 생일 파티는 잘 했나?"

그걸 어떻게 알았느냐는 눈빛을 하자 태욱은 또다시 시시한 듯 웃었다.

"내가 미행 붙이고 있다는 거, 잊었어?"

아, 미행. 서영은 뒤늦은 깨달음에 작은 혼잣말을 내놓았다. 보호가 아니라 복수란 소리도 했었지. 그날의 날 선 말들이 되살아났다. 그래, 어쩌면 그녀는 아직도 그의 의도를 파악하지 못한 것일 수도 있었다. 그는 정말 그녀를 이용하고 있는지도 모른다.

그렇다고 상처를 받았나. 그런 것도 아니었다. 또 그만큼 그를 이해해 버렸다. 서영에게 태욱은 그런 사람이었다. 그녀의 가족보다 소중하지 않다며 돌아섰지만, 그녀 자신보다도 더 아프지 않기를 바라는 단 한 명의 존재였다.

"미행했다면서요."

"……."

"그럼 더 여기 있으면 안 되는 거, 아니에요?"

그를 이해한다고 해서 욕심이 사라지는 건 아니었다. 그저 같이 있기만을 바라고, 지금 시간으로도 만족했지만, 돌아서면 또 다른 마음이 들며 그에게 바라는 게 생겨 버렸다. 이런 것도 사랑인 걸까. 이리도 이기적이고, 앞뒤가 맞지 않으며, 잘못조차 모른 척하는 뻔뻔한 것이 또 어디 있을까. 서영은 그에게서 시선을 떼지 않은 채 따지듯 물었다.

"내가 여기 있는 게…… 그렇게 화낼 일인가?"

태욱은 어이없는 웃음으로 받아쳤다.

"내가 올 줄 알았어요?"

서영이 물러나지 않고 물었다.

"……."

태욱은 대답 없이 그녀를 내려다보기만 했다. 눈빛에 수많은 감정들이 담겨 있어 읽어 내기 어려웠다. 그럼에도 서영은 그 눈동자를 피하지 않았다. 그가, 그렇게 해야 한다고 했으니까.

"……예전엔 그랬지. 내가 생각한 대로 움직였어."

그의 손이 서영의 뺨에 천천히 닿았다.

"이젠 모르겠어. 올 거라는 생각으로 기다린 건 아니니까. 그런데 또…… 안 왔다면, 억울했겠지. 아프겠지. 원망했겠지. 그렇다고…… 뭘 어쩌겠어, 내가."

그가 희미하게 웃고는 손을 거둬들였다. 그의 주머니에선 선명한 진동음이 울렸다. 약속하고 만났다고 한들, 그가 그녀에게 줄 수 있는 시간은 정해져 있었다. 어쩌면 그보다 더 짧을 수 있었고, 아예 없던 일이 되어 버릴 수도 있었다.

매일 만나고 몸을 섞어도 왜 마음의 응어리가 풀리지 않는지 두 사람 모두 아주 잘 알고 있었다. 이렇게 마주하고 안으면 그만인 줄 알았으나 아니었다. 두 사람 모두 바보였다. 여전히 해결하지 못한 숙제가 남아 있었다. 상황은 가짜 연극이나 하던 때와는 달랐다.

"이사님."

서영이 한 발 더 다가서며 그를 불렀다.

"내일 인터뷰 때 봅시다."

태욱은 그런 그녀를 무시한 채 감정을 제거한 얼굴로 산뜻하게 말했다. 서영은 멍하니 그를 바라볼 뿐이었다. 무슨 말이든 해야 하는데 아무것도 생각나지 않았다. 그를 보기 위해서 이곳으로 달려왔고, 그가 있었다. 하지만 태욱은 떠나야 했다. 그것을 또 그녀는 당연한 것처럼 받아들이고 있었다.

"운전……, 조심하세요."

미련이 남은 채로 서영이 말했다.

"……."

태욱은 대답 없이 잠깐 웃더니 차갑게 돌아섰다. 서영은 그를 붙잡고 싶었다. 하지만 그럴 수가 없었다. 그가 족쇄에서 벗어날 수 있도록 도와 달라고 말했던 것이 떠올랐다. 그러기 위해서 그녀를 이용하겠다는 말도 했었다. 이것 또한 그가 원한 시나리오이겠지. 서영은 태욱이 나간 문을 바라보며 서 있기만 했다.

움직임이 없자 자동으로 켜졌던 불이 꺼져 버렸다. 고개를 돌리자 여전히 멋진 도시의 야경이 눈에 들어왔다. 하지만 하나도 행복하지 않았다. 태욱이 처음 이곳에 왔을 때 이런 마음이었을까. 가슴이 먹먹해졌지만 서영은 울 수조차 없었다.

어둠이 짙게 깔린 별채로 창수가 천천히 걸어 들어갔다. 익숙하게 문을 두드린 후 안으로 들어서자 지팡이를 짚은 채 창가를 바라보며 서 있는 필성의 뒷모습이 눈에 들어왔다. 오랜만의 부름이었다. 필성의 뜻이 아닌 그 스스로 태욱을 선택하고 도움을 주고자 옆에 붙었을 때 어느 정도 마지막을 예상했었다.

누구도 믿지 않는 늙은 노인은 30년의 인연을 단번에 끊어 냈다. 그 뜻은 분명할 것이다. 이제 그만 자신의 지난한 과거를 깔끔하게 삭제하고 싶은 거겠지. 거기에 걸림돌로 남은 건 산증인인 창수 자신뿐이었다.

"찾으셨습니까?"

창수의 뒤늦은 인사에 필성이 뒤를 돌아보았다. 언제나 독기만은 살아 있던 늙은 노인의 눈빛이 오늘따라 지쳐 보였다. 이제 시간이 다 된 것인가. 이 끝없는 전쟁도 마무리를 할 수 있단 말인가. 창수는 자신도 모르게 원죄에서 벗어난 죄수의 기분을 느끼고 있었다.

"첫째가 이혼 서류를 보냈어."

필성은 책상 앞으로 다가가 자리에 앉았다. 그의 책상 위에 놓인 것은 인국과 미연이 모두 사인한 이혼 서류였다. 그리고 그 옆에는 비밀스럽게 한국으로 들어와 미연의 친정 사람들을 만나는 철민의 모습이 찍힌 파파라치 사진이 놓여 있었다.

이건 예상치 못한 시나리오였을까. 아니다. 모든 걸 세 수 앞에서 내다보는 노련한 노인이 이 서류 하나로 흔들릴 사람인가. 인국이 태욱에 의해 철창에 갇힌 순간부터 미연 집안과의 전쟁은 시작되었다고 봐야 했다. 이제껏 그를 기다리고 참아 온 미연과 철민이 대단한 것일지도 모른다.

"넘어간 인간들 보고해."

노인의 말투엔 지친 기색이 역력했다.

"그리고 건양이 그쪽에 붙으면 얼마나 건지는지 알아 와."

꼬리를 내리고 있던 지유린의 아버지가 돌연 철민 쪽으로 돌아서게 된 이유야 전 국민이 다 알고 있었다. 태욱이 마지막으로 터뜨린 아이 아버지에 대한 진실은 손씨 집안을 콩가루로 만들 뿐만 아니라 건양의 이미지도 모두 말아먹은 상황을 만들어 냈다.

지 회장이 필성을 배신하고 철민의 외가 쪽에 붙어도 할 말이 없었다. 철민과 유린의 관계를 알게 된 지 회장이 필성을 찾아와 단 한 가지만 지켜 달라며 부탁한 것이 비밀 유지였다. 자신의 딸이 누구와 결혼하든 유신과 인연을 맺으면 그만인 사람이었다. 필성도 그러겠다고 흔쾌히 약조했다. 그 비밀을 지켜야 할 이유는 본인에게도 있었으니까.

하지만 그걸 태욱이 한순간에 말아먹었다. 그것은 필성에 대한 완연한 도전이자 복수였다. 그럴 줄 몰랐었나. 창수에게도 보이는 것이 필성에게 보이지 않았을 리 없다. 태욱은 지금 복수에 미쳐 있는 상태였고, 필성은 그 미친 말을 데려와 기어이 왕의 자리에 올리겠다고 버티고 있었다. 그는 결국 끝장을 보겠다는 사람처럼 책상 서랍을 열어 서류 하나를 꺼냈다.

"직접 만나서 건네도록 해."

창수는 확인해 보지 않아도 알았다. 그 속에 들어 있는 과거의 서류들. 터널 공사에 관여된 건설사 중 유신만 빠져나왔던 일을 기어이 끄집어내려 하는 것이다. 제 손으로 비밀에 부쳐 덮어 놓고 이젠 손자의 불행을 위해 그 일을 다시 끄집어내 이용하려 한다. 모두를 끝없는 고통 속에 빠뜨리도록 만들고야 말겠다는 지독한 집착은 결국 그가 스스로 불러들인 것이었고, 절대 고칠 수 없는 병일지도 몰랐다.

"이렇게 하지 않으셔도…… 손 이사는 충분히 해냅니다."

창수의 확신에 필성이 비웃음을 보였다.

"미친놈 옆에 있더니 그새 정이 들었나 보군."

"회장님."

필성이 고개를 들어 창수를 찌를 듯이 노려봤다. 그 눈빛은 30년 전 어느 날처럼 위험했고, 이성이 걷힌 상태였다. 그때는 말리지 못했다. 창수는 그것이 자신의 역할이 아니라고만 생각했었다.

"꼭 이렇게까지 하셔야 합니까?"

창수가 감정을 실어 물었다. 이제는 물을 수 있었다. 물어야 했다. 인주를 떠나보내고 나서도 단 한 마디 입 밖으로 꺼내지 못했으나 이제 그는 그때의 자신이 아니었다. 늙었고, 아팠으며, 또 더 이상 어느 누구에게도 용서를 구할 수가 없었다.

"내가 이러지 않아도 결국 누구든 하겠지. 아니, 내가 하길 지금 그 녀석이 바라고 있지 않은가? 멈추게 하는 방법도 이것뿐이야."

필성의 핑계는 그럴듯했다. 태욱의 불행을 원하는 인간들은 차고 넘쳤다. 철민부터도 점점 더 독이 올라 그를 죽이지 못해 안달이었다. 그 복수심을 일부러 만들어 낸 것도 태욱 본인이었다. 끝을 바라는 건 정말 다른 누구도 아닌 태욱일지도 몰랐다. 어디서부터 잘못된 걸까. 창수는 마지막 물음 앞에 늘 필성을 생각해야만 했다.

"그 녀석이…… 여자 하나에 붙잡혀서, 이 자리를 놓치면 그 뒷감당할 자신이 있어? 자네도 이미 그걸 알고 손철민이 아니라 손태욱한테 붙은 게 아니야? 그리고 진실을 밝히고 싶은 건, 내가 아니라 자네 아닌가?"

"……."

"그저 내가 하라는 대로 해. 그게 자네 일이야."

눈을 감고 너른 의자에 몸을 기댄 필성은 더 이상 듣지 않겠다는 듯 돌아앉았다. 창수는 방을 나서는 대신 조금 더 그에게로 다가갔다. 한 번도 넘어간 적이 없는 선을 밟고 나아가듯 필성의 곁에 서서 눈을 감은 그를 내려다봤다

필성의 목을 조르는 자신을 생각한다. 발버둥 치다 조용히 숨을 거두는 노인. 창수는 언제나 머릿속으로만 그려 본 그 장면을 떠올렸다. 그의 손이 필성의 가슴까지 올라갔다가 끝내 원하는 것을 움켜쥐지 못한 채 내려왔다. 창수는 아무 일 없었던 것처럼 뒤돌아 걸어 나갔다. 그가 별채를 빠져나가는 순간, 필성의 눈이 천천히 떠졌다.

○ ◆ ○

영희는 흙을 파내고 꽃을 다시 심었다. 벌써 그 행동을 수십 번 반복했다. 손은 재빠르게 움직이고 있지만 자신이 지금 무슨 짓을 하고 있는

지 인식하지 못하는 것만 같았다. 흙을 만지면 모든 게 편안해졌다. 꽃을 보면 가슴속에서 응어리진 마음이 조금은 풀어지는 듯했다.

울고 싶었지만 울지 못했다. 그래야 한다고 생각했으니까. 그건 지금도 마찬가지였다. 신을 원망하다가 그녀 자신까지 놓아 버릴까 봐 더 악착같이 울음을 삼켰다. 그렇게 살다 보니 지금이 되었다. 저절로 살아진다는 삶을 깨닫기도 했다. 더 욕심부리지 않기로 했다. 모든 게 평온하길. 그렇게 될 줄만 알았다.

"……영이 엄마. 영희야!"

"어?"

자신의 이름이 불리자 몸이 반응하듯 고개가 들렸다. 두 딸을 낳은 순간부터 누구의 어머니로만 불렸다. 어린이집 일을 시작하고선 원장님일 때가 많았다. '영희'란 이름은 그때 경찰서에서 걸려 온 전화 이후로 들어 본 적이 없었다. 그걸 석완이 누구보다 가장 잘 알았다.

"뭘 하는데 넋을 놓고 있어?"

친구들과 등산을 나섰던 석완은 생각보다 일찍 집에 도착했다. 멤버 중 한 사람이 등산로 초입에서 발을 삐끗해 119를 부르는 일이 생겨 버렸기 때문이다. 우르르 병원으로 따라갔다가 환자의 가족이 도착하자 조용히 흩어졌다. 이 나이엔 조심을 해야 한다고 몇 마디 주고받은 게 다였다. 괜히 마누라에게 잔소리를 들을 것 같아 친구 놈이 하는 공방에라도 들렀다 갈까 생각했지만 오늘 아침 이영희 여사의 컨디션이 좋지 않았음을 기억하고 곧장 집으로 돌아온 길이었다.

"공부방 벌써 끝났어요?"

영희는 호미를 든 채로 자리에서 일어났다.

"오늘 등산 간다고 했잖아. 커피 물까지 챙겨 줘 놓고선 왜 그래?"

"아……. 잘 갔다 왔어요?"

마당의 작은 정원에서 내려오며 영희는 눈도 마주치지 않고 물었다. 정말 무슨 일이 있는 게 확실해 보였다. 어린이집에 골치 아픈 문제라도 생긴 걸까. 본인이 하는 일에 푸념을 하는 여자가 아니니 석완은 언제나 그녀가 먼저 말할 때까지 기다려 주는 편이었다. 하지만 이번엔 평소와는 좀 달랐다.

"무슨 일 있어?"

현관문을 열어 놓은 채 등산화를 벗으며 석완이 물었다. 영희는 들고 있던 호미를 공구함에 집어넣으며 대수롭지 않게 대답했다.

"일은 무슨 일. 밥은요? 얼른 차릴게."

일부러 자리를 피하듯 영희는 뒷문을 통해 부엌 쪽으로 들어갔다. 석완은 의문이 풀리지 않은 표정으로 그녀의 행동을 주시했다. 돌이켜 생각을 해 보자 영희가 이상해 보인 게 며칠 전 갑자기 누군가를 만나러 간다고 나간 이후였다. 옷을 차려입은 모습을 보고 오랜만에 친구라도 만나는 줄 알았다. 잘 놀다 오라고 재촉하는 전화나 문자도 하지 않았는데 몇 시간 만에 집으로 돌아온 영희는 옷도 갈아입지 않은 채 넋을 놓고 석류나무만 바라보았다.

"이영희 씨."

석완이 부엌으로 들어가 한 번 더 그녀의 이름을 불렀다.

"그렇게 부르지 마요!"

버럭, 영희가 화를 내며 그를 돌아봤다. 석완은 놀라 그녀의 곁으로 다가갔다. 눈가엔 눈물이 고여 있었다. 덜컥 심장이 내려앉는 것 같았다. 둘째를 보낸 날 이후로 절대 울지 않던 여자였다. 왜 이러는가. 석완은 더는 모른 척을 할 수가 없었다.

"서영 엄마, 왜 이래? 무슨 일이야?"

"……."

영희는 석완의 얼굴만 바라볼 뿐이었다. 어떤 말도 하지 않았다. 눈빛이 검게 가라앉더니 끝내 그녀가 무너지듯 자리에 주저앉았다. 멍하니 어느 한 곳을 바라보던 그녀는 알 수 없는 말을 했다.

"다…… 영이를 위해서야. 그런 거야."

그날, 그녀를 찾아온 남자가 건넨 돈과 자료들. 그리고 그녀가 찾아온 남자를 향해 토해 냈던 모진 말들이 다시 떠올랐지만 영희는 마음을 다잡았다. 어디 사무치는 사연 하나 없는 사람이 있을까. 다 제 살길을 찾아 살아가면 되는 것이다. 가까스로 잊고 덮어 둔 상처를 다시 들쑤실 수 없었다. 특히나 서영을 아프게 할 사람이라면 어떻게든 막아야 했다. 그게 그녀의 역할이었다. 영희는 석완의 부축을 받아 자리에서 일어났다.

"밥 먹고 영이한테 갑시다."

"뭐?"

석완은 아내의 행동이 더욱더 이해가 되지 않았다.

"가요. 가서, 우리가 데려와요."

영희는 다시 음식 준비를 했다. 먹어야 살고, 살아서 지켜야 했다. 그녀의 전부인 딸을 위해서 못 할 것이 없었다. 살이 찢기고 다치는 건 본인이어야 한다. 절대 서영이 되어서는 안 되었다.

주말 오전부터 아트센터 앞은 촬영 준비로 분주했다. 날리는 벚꽃들 자체로도 그림 같은 풍경을 만들어 주어 다른 장소를 찾을 필요가 없었다. 서영의 제안에 아트센터 쪽도 흔쾌히 동의했다. 마지막으로 인터뷰 동선을 체크한 후 한숨을 돌리고 나서야 서영은 주변을 둘러볼 수 있었다.

지앤지에서도 가현을 비롯해 여러 직원들이 주말을 반납하고 참석해 주었다. 지훈도 당연히 그 뒤를 지키고 서 있었다. 서영이 처음으로 준비한 큰 프로젝트였기 때문에 대표로서 모른 척할 수가 없었을 것이다. 서영은 애써 긴장된 마음을 숨기기 위해 다시 한번 빠진 게 없는지 꼼꼼히 체크했다. 그러다 수첩 속에 동그라미가 쳐진 이름을 내려다봤다.

손태욱 이사

태욱은 어제 리조트에서 사라진 이후, 어떤 연락도 없었다. 어차피 곧 오늘의 주인공으로 만날 사람이었지만 어쩐지 주머니에 들어가 있는 핸드폰을 자꾸만 꺼내 확인하게 되었다. '잘 부탁한다' 는 짧은 문자라도 남길까. 언제나 망설임은 그녀의 몫인 것만 같았다. 이러면서도 그의 행동에 서운함을 느끼고, 그를 기다리고 있는 자신이 우습게 느껴지기도 했다. 서영이 잠시 생각에 빠져 있던 사이, 저 멀리서 손 관장의 비서가 그녀 쪽으로 뛰어오는 게 보였다.

"윤 대리님."

"……네?"

"아직까지 관장님이 도착을 안 하셔서, 연락도 안 되시고…… 어? 저기!"

비서는 서영의 뒤를 가리켰다. 서영이 그쪽으로 고개를 돌리자 익숙한 차가 보였다. 그곳에서 내린 은림이 서영이 있는 쪽으로 뛰어왔다. 로브 위에 대충 겉옷을 걸친 차림에 창백하게 굳어져 있는 얼굴을 보자 이상하게도 서영의 심장이 내려앉았다.

"서영 씨, 혹시 태욱이 연락 왔어요?"

"……네?"

"아니, 언제 연락하고……. 아니다, 안 했으면 됐어요."

은림은 정신없는 얼굴로 다시 돌아섰다. 그러다 걸음을 돌려 서영을 바라봤다.

"미안해요. 오늘 인터뷰 촬영은 못 할 것 같아요. 잘 정리해 줘요."

그녀는 순식간에 다시 차를 타고 떠났다. 서영은 지금 무슨 일이 일어났는지 쉽게 정리가 되지 않았다. 곧 유신 홍보 팀 사람들이 급한 일이라도 터진 것처럼 하나둘 핸드폰을 붙잡고 사라졌다.

서영은 우선 현장 정리를 해야 했기에 외주 촬영감독을 만났다. 갑자기 이런 식으로 캔슬을 하면 어쩌느냐며 그녀를 향해 화풀이를 할 때에도 귓속으로는 아무 말도 들리지 않았다. 뭐가 어떻게 된 거지. 태욱에게 무슨 일이라도 생긴 걸까. 생각의 끝이 거기까지 미치자 서영은 그저 가만히 있을 수가 없었다.

"뭐야, 이거 진짜예요……?"

그녀가 정신을 차리고 돌아선 순간, 핸드폰으로 무언가를 확인하던 지앤지 직원들의 표정이 당황으로 굳어졌다. 서영도 급하게 자신의 핸드폰을 꺼냈다. 여기저기 채팅방에서 날아온 소식들은 동일했다.

[……유신건설 손필성 회장 뇌출혈로 쓰러져, 당시 함께 있었던 손태욱 이사는 이후 연락 두절된 상태로……]

서영은 짤막한 기사를 읽고 또 읽었다. 그럴 리가 없었다. 사람들이 떠드는 추측은 오해일 것이다. 소문은 언제나 소설을 만드는 법이니까. 잠시 연락이 안 되는 것이겠지. 절대 그럴 사람이 아니었다. 무언가 잘못되었다는 생각밖에 들지 않았다. 그럼에도 창백한 은림의 얼굴이 떠올라 서영은 가만히 있을 수 없었다. 급히 가방을 챙겨 현장을 떠나려는데 누군가 그녀의 팔을 붙잡았다. 지훈이었다.

"서영아."

"죄송해요. 대표님이 정리 좀 해 주세요."

"윤서영!"

그의 부름에도 서영은 잡힌 손을 단칼에 떼어 냈다. 지훈이 이제껏 본 적 없는 야멸찬 행동이었다. 그는 그제야 깨달았다. 지금 그녀를 말릴 사람은 아무도 없었다. 윤서영의 마음엔 오직 한 남자뿐이었다. 그렇게 돌고 돌아도 변하지 않았다. 그게 윤서영이란 여자의 사랑이었다.

서영은 택시를 잡아타고 리조트부터 향했다. 통화는 연결되지 않았다. 초조하게 입술만 깨물었다. 복잡하게 얽혀 있던 어젯밤 그의 눈빛이 뒤늦게 되살아났다. 붙잡아야 했었다. 어떻게든 모든 걸 쏟아 내 진심을 보이고 같이 방법을 찾자고 약속했어야 했다.

모든 게 후회였다. 지금이라도 그를 만나면 사랑한다는 말부터 꺼낼 것이다. 그 한마디가 뭐라고. 단 한 번도 변한 적 없는 마음이었는데. 그것만 원한다는 사람이었는데. 서영이 막막함에 가슴을 쳐 댔다.

하지만 그는 어디에도 없었다. 리조트의 방은 텅 비어 있었고, 훈재를 찾아갔지만 그 역시 넋이 나간 얼굴로 고개를 흔들었다. 더 이상 그녀가 할 수 있는 게 없었다. 어쩌면 이리도 감쪽같이 사라져 버릴 수 있는가. 어제는 그녀의 뺨을 다정하게 쓰다듬던 사람이. 내일 만나자는 말까지 해 놓고선 어찌 하루아침에 세상 끝에 서 있게 만드는지.

서영은 지친 몸을 이끌고 집 앞에 도착했다. 혹시나 하는 마음이 들었다. 고개를 들자 그녀의 방에 불이 들어와 있었다. 그래, 미행도 하는 사람인데. 그녀의 집 비밀번호 정도는 식은 죽 먹기로 알아낼 수 있을 것이다. 다행이었다. 서영은 숨을 쉬지도 않고 계단을 올라 현관문을 열었다.

나란히 놓인 신발 두 켤레가 이리도 가슴을 무너지게 할 줄은 몰랐다.

"……영아."

석완이 그녀를 보고 달려 나왔다. 그 너머로 그녀의 옷장에서 옷을 꺼내 가방 안에 담고 있는 영희가 보였다. 영희의 눈빛도 이미 평소와 달랐다. 이럴지도 모를 것이라 생각했지만 그러지 않을 것이라 여겼다. 그래야만 한다고. 안 그러면 그에게 너무 가혹한 것이 아닌가.

서영은 무릎이 꺾여 무너지듯 주저앉았다. 그 옛날과 뭐가 달라졌나. 아무것도 바뀐 게 없었다. 그 일이 벌어진 순간을 되돌리고 싶은 마음뿐, 상처를 끄집어내 이겨 내려고 한 적은 없었다. 매일 동생의 꿈을 꾸고 용서받기를 바랄 뿐이었다. 하지만 그것은 절대 현실이 될 수 없는 일이었다.

"가자."

가방을 챙겨 일어난 영희는 서영의 손을 붙잡았다.

"엄마."

"그래. 내가 안 된다고 했어."

핏발이 선 눈으로 눈물을 머금은 채 영희가 서영을 바라봤다.

"네 앞에 다시는 나타나지 말라고 했다. ……더 이상은 안 된다고 했어. 누구 잘못이든 간에 그 사람은 안 되는 거야. 우리 소미가 거기서 어떻게 죽었…… 안 돼. 그러니까, 가자. 영아, 엄마랑 가자."

어쩌면 충분히 되돌릴 수 있는 상황을 이렇게 만든 건 서영 자신일지도 몰랐다. 그 밤, 붉게 물든 태욱의 눈가가 심장을 찢는 것만 같았다. 서영은 영희가 몸을 일으켜 세우고, 자신을 이끌어 내는 순간에도 초점 잃은 눈으로 태욱을 떠올렸다.

21.

아프면서 행복했어

짙게 선팅된 차 안에 정장 차림의 남자가 재빠르게 올라탔다. 그러곤 가져온 서류를 품에서 꺼내 뒷좌석으로 넘겼다. 날카로운 손길로 서류를 받아 든 상대가 거칠게 봉투를 열어 안에 든 내용물을 확인했다. 곧 서류는 발판에 처박혀 버린다.

"미친 새끼."

모든 게 순조로웠다. 그가 원하는 방향으로 진행되고 있었다. 행동을 예측할 수 없는 미친놈만 아니라면 말이다. 철민은 비밀리에 출국해 부모님의 이혼 절차를 진행하며 자신 쪽으로 표를 보낼 사람들을 계산했다. 유린이 임신을 하면서 어쩌면 승산이 있을 게임이었다. 다 무너져 가는 회사인 줄 알았으나 지 회장이 구린 방식으로 빼돌린 지분이 상당했다.

그것을 미끼로 주주들의 마음을 움직일 생각이었다. 어차피 태욱이 유린과 자신의 관계를 터뜨릴 것이란 건 철민도 예상한 바였다. 그러라고 유린을 이용했고, 태욱은 제 발로 그가 쳐 놓은 덫에 빠져들었다. 복수에 눈이 멀어 앞을 보지 못하니 당연했다. 필성도 그런 태욱과 힘겨루기를 하느라 헛된 에너지를 쏟고 있었다. 그가 기다려 온 타이밍은 바로 지금이었고, 두 사람이 맞붙게 되었을 때 방아쇠를 당기면 되는 것이었다.

흘러가는 상황은 예상보다 더 그의 편이었다. 필성이 쓰러졌고, 이제 걸림돌이 될 사람은 없었다. 하지만 익명으로 날아온 봉투 하나가 또다시 그의 발목을 붙잡았다. 철민은 발 아래로 떨어진 사건 기록지를 내려다봤다.

"이미 증거는 모두 확보해 놓은 상태입니다. 당시에 사건을 의뢰받은 변호사가 따로 빼돌린 단서들이 그쪽으로 넘어간 것 같습니다. 지금은 신변 정리를 끝낸 뒤 외국으로 출국한 걸로 보입니다."

비서의 말에 철민은 어깨에 무거운 짐을 하나 더 올려놓은 것만 같았다. 그가 무섭게 노려보자 비서는 조용히 머리를 조아렸다. 사소한 것 하나라도 놓치지 않고 미리 알아내 보고하라고 분에 넘치는 돈을 주고 앞자리에 앉혔다. 태욱의 동선을 파악하라고 한 게 여자를 만나는 파파라치 사진이나 찍어 오라는 의미인 줄 알았던 건가. 멍청한 새끼. 철민은 참을 수 없는 분노에 속으로 욕을 뇌까렸다.

"하…… 미친년."

그는 발 아래 흩어져 있는 사진 중 한 장을 집어 들었다. 운전석에 앉아 있는 유린의 모습이 선명하게 찍혀 있었다. 음주 뺑소니가 뭐 자랑이라고 일 처리를 이따위로 할까. 부모나 자식이나 똑같이 멍청해 헛웃음만 나올 뿐이었다. 조수석에 앉아 있던 놈을 매수해 운전자만 바꿔치기하면 뭐 하나. 그때 일 자체를 없애 버리듯 작은 단서조차도 남지 않게 모조리 불태웠어야지. 그가 뒤늦게 머리를 굴려 봐도 방법이 없었다.

이대로라면 입건되는 건 시간문제였다. 모두가 유린이 임신한 아이의 아버지가 누구인지 알고 있는 상황에서 그에게 유리할 것은 하나도 없었다. 오히려 그의 편에 선 주주들도 여론에 따라 마음을 바꿀 수도 있었다. 결단을 내려야 했고, 선택해야 했다.

"영감 쓰러진 건, 그 새끼가 범인인 것처럼 단서 흘리고 있지?"

"네. 계속 작업 중입니다."

비서의 확답을 받은 철민은 고민조차 하지 않고 핸드폰을 들어 통화 버튼을 눌렀다. 곧 유린이 전화를 받았고, 들뜬 목소리로 내려가겠다고 말하고는 서둘러 통화를 마쳤다.

핸드폰을 재킷 주머니에 넣은 철민은 바닥에 떨어진 서류와 사진을 주운 뒤 차분히 봉투에 집어넣어 내용물을 감추었다. 그러곤 창가 쪽으로 고개를 돌려 유린과의 밀회 장소로 이용하고 있는 오피스텔을 올려다봤다. 어느 누구나 쉽게 볼 수 있는 곳이었다. 보란 듯이 둘 사이를 드러내기 위해 노력하던 때도 있었다. 태욱의 미친 짓이 절정에 다다랐을 땐 알 수 없는 희열까지 느껴지기도 했다.

그 모든 게 강태욱이 파 놓은 함정이라는 생각이 들자 허무한 웃음만 새어 나왔다. 언제나 끝이라 생각한 순간, 태욱은 그에게 하나를 더 내던졌다. 그는 절대 태욱을 이길 수 없다는 걸 증명하기라도 하듯이.

그럴 수밖에 있는 이유를 이제는 그도 알고 있었다. 태욱은 정말 끝이 와도 상관없다는 것처럼 모든 걸 내던졌으니까. 제 자신까지도. 어차피 이길 수 없는 싸움인 걸까. 철민의 미간이 점점 더 깊이 패어 갔다. 그러나 포기하기엔 아직 일렀다. 결승선을 지나기 전까진 누가 왕의 자리를 차지할지 알 수 없었다.

똑똑. 창문을 두드리는 소리에 그는 생각에서 깨어났다. 천천히 창문을 내려 자신의 얼굴을 보여 주었다. 유린이 활짝 웃는 얼굴로 그를 내려다보고 있었다.

"언제 왔어요? 엇갈렸으면 어쩌려고."

감동한 목소리가 가증스럽게 느껴졌다. 왜 이 여자를 선택했을까. 철민은 이제야 제정신으로 돌아온 듯 머리가 차가워지며 냉정해질 수 있었다. 그런데 유린은 눈치도 없이 철민이 앉은 뒷좌석의 손잡이를 잡아당기려 했다.

"옆으로 타."

그가 차갑게 말하자 유린은 잠시 멈칫했지만 곧 차 뒤쪽으로 돌아 철민의 옆자리에 올라탔다. 그러곤 운전석에 비서가 앉아 있다는 걸 의식조차 하지 않은 채 그에게 달라붙으려 하자 철민은 제지하려 그녀의 팔을 움켜잡았다.

"나가 있어."

그의 한마디에 재빠르게 앞좌석의 문이 열리고 닫혔다. 그때까지도 철민이 접근하지 못하게 손으로 막자 유린은 그제야 마음이 상한 얼굴로 자신의 팔을 풀었다.

그동안 만났던 다른 남자들처럼 그녀의 감정의 기복을 모두 받아 줄 스타일이 아니란 걸 알기에 더 조심했다. 그리고 이제는 누군가에게 정착해야 한다는 생각도 들었다. 그게 철민이었으면 좋겠다고 결론을 냈을 때 그녀는 사랑이라는 감정을 떠올리기도 했다. 태욱을 향해 비웃음을 놓던 자신이 이런 기분을 느끼게 될 줄은 몰랐다.

"무슨 일 있어요? 다 원하는 대로 잘 풀리고 있잖아요. 당신 할아버지, 저렇게 누워 있다 죽을 거고. 손태욱은 행방불명이고. 그사이 주인 없는 유신은 당신 게 될 거고. 우리 미래는 완벽한데……."

"지워."

철민은 유린의 말을 막고 짧게 일갈했다.

"지금…… 뭐라고 했어요?"

"아기, 지우라고."

그는 동요 없는 눈빛으로 다시 한번 자신의 의사를 똑똑히 전했다.

○ ◆ ○

태욱이 해맑게 웃었다. 그녀가 만든 비빔면이 매워 눈가가 촉촉이 젖어 들었으면서도 맛있다며 입꼬리를 한껏 올렸다. 가슴이 따뜻해지고 벅차올랐다. 서영은 그의 곁으로 다가가 짧게 입을 맞췄다. 태욱은 이 순간을 놓치지 않겠다는 것처럼 뒤로 물러나는 그녀를 붙잡으려 했다. 서영은 술래잡기라도 하듯 베란다로 도망쳤고, 그는 기어코 따라와 그녀의 허리를 한 팔로 붙잡았다. 몸이 가까이 밀착되자 서영은 긴장해 딸꾹질을 시작했다.

태욱은 또 꼬리를 내린 대형견처럼 웃었다. 그리고 천천히 입을 맞췄다. 서로를 붙잡고 입을 맞추는데 웃음이 새어 나왔다. 그들의 입술 사이로 벚꽃 잎이 한 장 날아와 앉았기 때문이다. 서영이 가까스로 그에게서 벗어나 고개를 돌리자 베란다 아래로 벚꽃 잎이 눈처럼 날리고 있었다. 태욱이 등 뒤에서 그녀를 끌어안으며 나무들을 같이 감상했다. 그가 '고마워.' 하고 말하는 순간, 서영은 벌떡 침대에서 일어나 앉았다.

이리저리 고개를 돌려 지금 있는 곳을 확인했다. 꿈이었나. 땀이 배어 나와 손안이 축축했다. 이렇게 행복한 꿈을 꿨는데 악몽이라 느꼈던 걸까. 모든 게 거짓말 같아 얼굴을 쓸어 냈다.

일주일째 똑같이 반복되는 일상이 이어졌다. 엄마의 손에 이끌려 인천으로 내려와 집 밖으로 나가지 못한 기간도 그만큼이었다. 회사에는 어쩔 수 없이 병가를 냈다. 지선이 전화를 걸어 왔지만 서영은 아무 말도 할 수가 없었다. 누가 이해할까. 지금 그녀의 상황을.

태욱은 여전히 행방불명이었다. 셀 수 없을 만큼 많은 직원을 거느리는 위치에 있는 사람이었다. 그가 없으면 유신이 어떻게 될지 알면서 어떻게 아직까지도 찾지를 못하나. 경찰은 그의 행적을 추적 중이라고 했지만 더 이상 공식적인 발표는 하지 않았다. 금세 대중의 관심에서 벗어났지만, 연일 주가가 하락세를 치는 것으로 태욱의 빈자리를 느낄 수 있었다.

그래서일까. 서영은 아직도 실감이 나지 않았다. 그가 그럴 사람이 아니라고 믿을 뿐, 다른 건 생각조차 할 수가 없었다. 그녀의 발을 묶어 버린 부모님을 원망하는 것도 제정신으로 돌아와 있을 때에나 가능했다. 서영은 어머니 영희의 발악을 그저 지켜보았고 순순히 따랐다. 언제나처럼. 착하고 소중한 딸 윤서영이니까.

목이 말라 일어난 서영은 침대에서 빠져나와 방문을 열었다. 거실 벽시계는 새벽 3시를 가리키고 있었다. 부엌으로 들어가 냉장고 문을 열자 거실 소파에 앉아 있는 영희가 움찔거리는 게 느껴졌다.

"뭐 줄까?"

그녀가 자리에서 일어나 서영에게로 다가왔다. 열린 냉장고에서 새어 나온 불빛이 어머니의 얼굴을 비췄다. 눈가에 감출 수 없는 피곤함이 자리 잡고 있었다. 동생을 잃었을 때와 비슷했다. 서영의 기억으론 그랬다. 생각이 거기까지 흘러가자 서영의 마음속에서 무언가가 폭발하듯 터져 버렸다.

그녀는 어머니를 마주 바라봤다. 우리는 지금 무얼 하고 있는 걸까. 대체 언제까지 이래야 하는지, 그리고 왜 이러는 것인지 이유를 알 수가 없었다.

"그 사람, 죽었으면 어떻게 해?"

서영의 입에서 덤덤하게 흘러나온 말이 영희의 심장을 바짝 조이게 만들었다. 그녀는 딸의 어깨를 급하게 붙잡았다.

"그게 너랑 무슨 상관이야? 넌…… 너는, 그런 생각 할 것 없어. 만약 무슨 일이 생기면 그건 이 엄마 잘못이니까, 그러니까 너는……."

"우리는 언제까지 저 석류나무만 보고 있어야 해?"

서영은 또 다른 말로 영희의 심장을 찢었다.

"……."

"엄마. 소미가 죽은 건…… 그 사람 탓이 아니야. 그 사람이 그 일을 벌인 게 아니잖아. 그리고 뭐 때문에 우리 소미가 죽었는지 다 알면 어때서? 진짜 죗값을 받아야 할 사람은 따로 있잖아."

"……."

"우리는 잘못한 게 없는데 왜 또 이렇게 숨어? 그렇게 참고 또 참느라 내가 너무 아프면, 나한테 정말 소중한 사람을 또 잃으면, 그땐…… 어떻게 해?"

말이라도 뱉으면 속이 시원해진다는 걸 이제야 알아 버렸다. 서영은 태욱에게 미안한 것투성이였다. 솔직하지 못한 자신으로 인해 그가 조금이라도 상처받았다면 미안하다고 용서를 구하고 싶었다. 그가 용서할 수 없다 해도 모든 걸 털어놓고 진심을 말하고 싶었다.

"……내가 헤어지자고 했어. 겁나서, 무서워서. 그래 놓고선 또 그 사람 놓지 못해서 안아 달라고 했어. 다시 만나는 게 좋았고, 그 사람이 나를 보고 있는 게 미칠 것같이 아프면서도 행복했어. 엄마, 내가 그 사람을, 그만큼…… 사랑해."

서영이 다시 서울로 올라갈 준비를 하는 동안 영희는 딸과 눈을 마주치지 않았다. 무거운 공기만 가득한 집 안 분위기에 석완은 아내와 딸의 눈치를 보게 되었다. 지금은 어느 쪽도 손을 들어 줄 수가 없었다.

아내가 얼마나 힘든 시간을 지나왔는지 알았고, 그 역시 그 상처에서 자유롭지 못했다. 하나 남은 딸까지 아픈 전쟁터 속으로 걸어 들어가는 걸 마냥 지켜볼 부모는 없었다. 하지만 서영의 말처럼 전쟁이 벌어진 건 누구의 잘못도 아니었다. 특히나 딸이 마음에 품은 남자는 어찌 보면 또 한 명의 피해자였다.

구원받지 못한 남자와 여자가 만나 서로를 보듬고 사랑하겠다는 걸 말리는 아내 영희를 보는 것도 그에겐 고역이었다. 늘 딸을 과보호하며 절대 시집 같은 건 보내지 않을 것이라 엄포를 놓았지만 그 누구보다 서영의 행복을 바라고 응원하는 사람이 그였다.

그 하나뿐인 소원을 지금 딸은 어느 한 남자에 대한 사랑으로 결말을 내겠다고 하는데 뭘 어쩌겠는가. 보내 주는 수밖에. 서영이 그 남자를 잊지 못해 초점 잃은 눈으로 창밖만 바라보고 있는 걸 지켜보는 것도 그에겐 벌이었다.

"다 쌌으면 가자."

석완이 서영의 곁으로 다가가 가방을 챙겨 들었다.

"아빠."

"태워 줄게. 그래야…… 아빠도 산다."

얼마나 마음이 불편할지 서영이 더 잘 알고 있었다. 오늘 새벽 어머니에게 쏟아 낸 말들이 뾰족한 작살이 되어 부모님의 가슴에 꽂혔다는 걸 모른다면 그녀는 윤서영이 아니었다. 피가 철철 흘러내리는 가슴을 끌어안은 채 담담하게 딸을 보내 주는 두 사람의 모습은 그녀의 가슴에도 똑같은 피가 흘러내리도록 만들었다. 하지만 떠나야 했다. 벗어나야 했고, 이겨 내고 행복해져야 할 의무가 있었다.

"그럼 먼저 나가 계세요. 엄마한테 인사하고 갈게요."

서영이 짐을 아버지에게 넘기고 자리에서 일어났다. 석완이 알겠다며 고개를 끄덕이고는 현관으로 나갔다. 그가 마당을 벗어나는 소리를 들은 뒤에야 서영은 거실로 나왔다. 영희는 또 그녀를 위해 김밥을 싸고 있었다. 매번 반복되는 그 행동이 무엇을 말하는지 너무도 잘 알기에 서영은 더 이상 모른 척하지 않고 영희의 앞으로 다가갔다. 부엌 식탁에 앉아 어머니를 바라봤다. 영희는 여전히 서영과 눈조차 마주치지 않고 김밥만 말았다.

"엄마."

"……."

"이영희 여사님."

영희가 울음을 참지 못하고 고개를 들었다.

"그래. 엄마가 잘못했어. ……미안해."

이런 말을 들으려고 한 것은 아니었다. 서영은 영희의 손을 끌어와 잡았다. 살가운 딸이 되려고 노력했지만 그게 쉽지 않을 때가 많았다. 알 수 없는 억울함에 어머니를 원망한 적도 있었다. 철들지 못한 그녀는 그렇게 거리를 두었으면서도 그 정도가 자신이 할 수 있는 전부라고만 생각했다.

"사실은 나…… 이 김밥 먹으면 꼭 체했어."

몰랐던 이야기에 영희가 눈을 크게 떴다.

"뭐? 왜 말을 안……."

"엄마한테는 이게 잘못을 비는 거잖아. 엄마가 엄마를 위해서 하는 거라고 생각했어. 나도 그럴 때가 많았으니까 이해했어. 근데, 또…… 이제는 엄마가 김밥을 그만 쌌으면 좋겠다고 생각했어. 그 죄책감에서 벗어나서…… 김밥에 집착하지 않았으면 하고 빌었어."

"……"

"그리고…… 엄마, 몰랐지? 소미도 김밥 별로 안 좋아했어. 어릴 때 엄마가 김밥 싸 주면 먹기 싫다고 다 나 주고 그랬어. 그러니까…… 김밥은 오늘까지만 싸. 그러자, 우리."

이제야 듣게 된 진실에 영희는 웃음이 터지고 말았다. 딸에게 행동의 이유를 들켜 버렸다는 걸 알면서도 멈추지 못했다. 정말 서영의 말대로 그녀 자신의 죄책감을 덜고 싶었다. 그게 살아 있는 큰딸에게 또 다른 짐이 되는 줄도 모르고. 산 사람은 살아야 한다고 다짐하며 그 긴 시간들을 견뎠는데 결국엔 한 발짝도 벗어나지 못한 것은 아닌가. 멍청한 반성이 들기도 했다.

"알았어. 앞으로 김밥 먹고 싶다는 소리만 해. 절대 안 싸 줄 테니까."

영희는 툴툴대면서 그녀만의 방식으로 서영의 마음을 받아들였다. 도시락 통을 꺼내 하나하나 정성스럽게 담아낸 마지막 김밥을 서영에게 들려 주었다.

"넌 먹지 말고, 아빠 다 줘. 네 아빠는 좋아해, 김밥."

"응. 그럴게."

서영은 도시락 통이 담긴 가방을 들고 현관 앞에 섰다. 영희가 다가와 그녀를 꼭 끌어안았다. 따뜻한 엄마의 품이 가슴을 또 한 번 울컥하게 만들었다. 이런 품조차 내려놓았던 어떤 남자가 생각나자 눈물이 제멋대로 솟아올랐다.

"태욱이라고 했던가. 그놈 찾으면 꼭 데려와. 알았지?"

"……응."

가까스로 울음을 삼킨 채 서영은 돌아섰다. 마당을 나서자 여전히 석류나무가 그녀를 바라보고 서 있었다. 눈을 감고 소원을 빌었다. 나뭇잎이 세차게 흩날리며 그녀에게 인사했다.

○ ◆ ○

서울에 도착해 짐을 풀고 곧장 리조트로 향했다. 혹시나 하는 마음이었지만 역시나 방 안엔 서늘한 공기만 가득했다. 그가 다녀간 흔적도 없었다. 만약 그랬다면 은림이 그녀보다 더 먼저 알았겠지. 며칠은 서영처럼 정신이 나간 상태로 전화를 걸어 오던 은림도 그녀가 인천 집으로 붙잡혀 내려간 것을 알게 된 뒤론 더 이상 연락하지 않았다.

상황이 어떻게 된 건지 은림도 모두 알았으리라. 어쩌면 서영이 불씨가 되어 태욱이 사라졌다고 생각할 수도 있었다. 서영은 더 이상 죄책감 같은 감정은 생기지 않았다. 다만, 미안했고, 미웠으며, 마음이 아팠다.

그녀의 어머니를 홀로 만나 태욱이 겪었을 상황들이 저절로 눈에 그려졌다. 덤덤하게 고개를 숙였겠지. 죄송하다 말하곤 그 어떤 변명 같은 것도 꺼내지 않았을 것이다. 돌이켜 보면 태욱은 그런 남자였다. 지위와 자리에 맞게 가면을 썼을 땐 누구보다 냉철하고 차가웠으나 그녀와 함께 있거나 서영에 관한 일이라면 모두 받아들이고 책임지려 했다. 얄미운 농담을 하며 그녀를 놀릴 때도 많았으나 서영이 싫다고 하면 언제고 깔끔하게 물러났다.

텅 빈 리조트 안에서 서영은 또 한 번 태욱을 그리워했다. 창 너머로 보이는 야경도 혼자서라면 아무 의미가 없다는 걸 알면서. 어쩜 이리도 오랫동안 나타나지 않는 걸까. 정말 그녀에게서 떠나 버리고 싶었던 걸까. 그 최악만은 절대 떠올리고 싶지 않아 서영은 몸을 일으켰다. 더 이상 찾을 곳이 없다고 해도 어디든 돌아다녀야 했다. 가만히 있을 수가 없었다. 그때 주머니에서 핸드폰이 울렸다. 서영은 황급하게 화면을 확인했다. 기다린 사람은 아니었지만 그녀는 망설이지 않고 통화 버튼을 눌렀다.

"네, 관장님."

— 서영 씨, 지금 좀 만날 수 있어요?

은림의 목소리가 태욱이 사라진 그날처럼, 감출 수 없이 떨려 왔다.

아트센터에 도착해 은림의 집무실 문을 열고 들어서자 그녀와 같은 표정으로 앉아 있는 한 남자가 있었다. 훈재였다. 그는 서영에게 짧게 목 인사를 건넸다. 서영만큼 이 상황을 받아들이기 힘든 주변 사람이 있다면 그건 아마도 훈재일 것이다.

처음 태욱의 행방불명 소식을 들었을 때 훈재는 화가 나 감정을 주체

할 수가 없었다. 어째서 자신에게조차 연락하지 않고 사라질 수 있느냐고. 하루가 가고, 이틀이 지나면서 그는 또 한 번 강태욱이란 인간에 대해서 고민해야만 했다. 전생에 지은 죄가 많은가. 어떻게 이리도 자신을 못살게 구는지.

애 아빠가 된 친구를 위해서라도 제발 연락하라는 음성 메시지를 하루에도 수십 번씩 남겼다. 하지만 핸드폰마저 이사실 책상 서랍 안에 넣어 놓고 사라졌다는 것을 알았을 땐, 온몸의 힘이 빠져나가며 피가 아래로 모조리 흘러내리는 것만 같았다. 나쁜 생각 같은 건 하지 않으려 했지만 쉽지 않았다. 오래전 태욱의 아버지를 잃었던 은림을 볼 때면 더욱더 그 위험한 상상에서 벗어나지 못했다.

"어서 와요. 인천에선…… 오늘 올라온 거예요?"

은림이 애써 덤덤한 표정을 지으며 간단한 안부를 물었지만 지금 그녀가 신경 쓰는 건 그게 아닐 것이다. 서영은 짧게 고개를 끄덕이고는 두 사람 근처에 앉았다.

"혹시, 연락 온 거라도 있나요?"

질문은 은림이 아니라 서영에게서 먼저 튀어나왔다. 그녀의 질문에 은림도, 훈재도 실망한 표정을 감추지 못했다. 마지막 희망처럼 서영을 불러왔지만 그녀도 그들과 마찬가지라면 더 이상 희망은 없다는 뜻이 될지도 몰랐다.

"……놀라지 말고 들어요."

훈재가 조용히 입을 열었다.

"어제부터 그 녀석 명의로 되어 있는 건물과 주식이 하나씩 정리되고 있어요. 누가 어디서 하고 있는지도 알아볼 수가 없어요. 이미 완벽하게…… 사라지기 전에 처리해 놓고 떠난 것 같아요. 그런데 그게…… 손 회장님이 쓰러진 것과 연관 지어서 기사가 보도되고 있는 상황이에요. 아무래도 손철민 이사 쪽에서 시나리오를 쓴 것 같은데, 맞는지 아닌지는 이 녀석이 나타나야 알 수 있는 거니까…… 하아."

서영은 숨이 제대로 쉬어지지 않는 느낌이었다. 그의 완벽주의가 이렇게 발휘된다고. 거짓말이었다. 누가, 멋대로, 뭘 정리한단 말인가. 서영은 울음을 참기 위해 가까스로 입술을 깨물었다.

"아니에요. 아닐 거예요! 그럴 리 없어요. 그 사람, 저한테 분명 내일 보자고 했어요. 인터뷰 날 보자고 말하고…… 그렇게……."

서영은 훈재가 테이블 위에 꺼내 놓은 서류들을 가져와 읽어 내려갔다. 제 눈으로 확인하고 싶었다. 그녀라면 알아채야 했다. 그가 분명 찾아 달라는 신호를 보냈을 것이라 확신했다. 서영은 눈물을 훔치며 서류를 다음 장으로 넘겼다. 그 순간 심장이 뛰기 시작했다.

"여기…… 이 주소, 뭐예요?"

서영이 훈재를 바라보며 다급하게 물었다. 훈재는 서영의 손에서 서류를 가져가 확인했다. 그제야 그는 옛 기억이 되살아났다.

"이거, 그 녀석이 따로 사 둔 부지일 겁니다. 저도 이번에 알았어요.

그때 집 지어서 이사한다고 땅을 보러 다닐 때라……."

서영은 훈재의 말을 끝까지 듣지도 않은 채 자리에서 일어났다. 놀란 은림이 따라 일어났지만 서영은 지체하지 않고 곧장 사무실을 빠져나갔다. 엘리베이터가 올라오기를 기다리지 못하고 그녀는 계단을 뛰어 내려갔다.

왜 그 생각을 못 했을까. 그렇게 꿈에 나오던 장면이었는데. 서영은 자신이 바보 같았다는 생각이 들었다. 그는 줄곧 그녀에게 단서를 보내오고 있었다. 서영은 눈물을 닦아 내며 아트센터 앞에서 택시를 잡아탔다.

택시에서 내린 후 서영은 빌라를 올려다봤다. 마음이 또 한 번 무너져 내리는 건 어쩔 수가 없었다. 공사 현장으로 변한 빌라에는 접근 금지라는 팻말이 덕지덕지 붙어 있었다. 언제부터 이 상태로 멈춰져 있었던 걸까. 그는 무엇을 꿈꾸며 여기에 집을 지으려 했던 걸까.

서영이 이별을 고하고 나서의 일일 것이다. 저 혼자서 살겠다고 떠난 여자의 공간을 사들여서 제가 살 곳을 만들고자 했던 남자의 마음은 무엇이었을까. 서영은 이제 태욱의 미련을 어디까지 이해하고 어떻게 받아들여야 할지 몰랐다.

헤어져도 사랑이 끝나지 않았다. 왜 이렇게 어려운 걸 알려 줬냐고 그가 물었다. 이렇게 끝도 없는 걸. 그게 사랑이었다. 서영은 저절로 흐르는 눈물을 훔쳐 냈다. 들어갈 수 없도록 건물 주변을 가로막아 놓은 펜스를 넘어 빌라 안으로 들어섰다.

늘 사람을 알아보고 켜지던 출입문 불이 작동하지 않았다. 어두운 사위만 그녀를 감쌌다. 무서웠지만 돌아갈 수 없었다. 서영은 얼른 핸드폰을 꺼내 불을 밝혔다. 먼지와 쓰레기가 널려 있는 계단을 올랐다. 그녀가 살던 5층에 다다르자 숨이 목 끝까지 차올랐다.

서영은 자신의 집 앞에 섰다. 아직 도어록이 달려 있었다. 그가 이곳에 있을지도 모른다는 희망이 들었다. 숫자판 앞에서 고민 없이 옛날 비밀번호를 눌렀다. 띠리릭. 암호가 풀리는 전자음이 이토록 절실한 안도감으로 찾아올 줄은 몰랐다.

문을 열자 조용한 적막이 그녀를 맞았다. 불빛 하나 없는 집 안이 그 안도감을 한순간에 무너뜨렸다. 그가 이곳에 있을 줄 알았던 그녀의 어리석은 바람을 무참히 깨 버리는 것만 같았다. 하지만 그녀의 예상대로 불도 없는 공간에 그가 숨어 있었다면 기뻤을까. 그것도 아니었다. 차라리 다행이란 생각이 들었다.

때마침 전화가 걸려 왔다. 은림이었다.

— 서영 씨, 어떻게 됐어요?

"……여기도 아닌 것 같아요."

그녀의 말을 듣자마자 은림은 목소리를 높였다.

— 그럼, 거기가 확실한가 보네. 누가 지방에서 태욱이를 봤다고 연

락이 왔어요!

"……진짜요?"

가장 원하던 소식이었다. 서영은 마음속으로 몇 번이나 다행이라고 외쳤다.

— 우린 지금 그리로 가는 중인데, 서영 씨는 어떻게 할래요? 아님, 서울에서 기…….

"저도 갈게요! 주소만 보내 주세요."

— 그래요. 문자 남길게요.

다급한 내용의 전화는 금방 끊어졌다. 돌아서 문을 벗어나려던 서영은 스치듯 예전 기억을 떠올렸다. 베란다 쪽에 남겨 두었던 그의 메모가 생각났다. 독한 마음으로 보지 않았다. 그가 그걸 알아차리기 전에 얼른 그녀가 먼저 확인하고 가져가야 했다. 서영은 발걸음을 빠르게 옮겨 베란다 문을 열었다.

그리고 아무 동작도 할 수가 없었다. 분명 거기에 붙어 있어야 할 메모가 보이지 않았다. 그녀가 떠난 이후 이곳으로 이사 온 사람은 없다고 했다. 그러니 누가 건드리지도 않았을 것이다. 서영은 황급히 베란다 안으로 들어가 근처를 뒤졌다. 아무것도 보이지 않았다. 바람에 날아가 버린 걸까. 그가 전한 말이 무엇인지 보지도 못했는데. 그럴 리 없다고 생각하면서도 자꾸 나쁜 쪽으로만 추측하게 되었다.

"……내가 떼서 버렸어."

환청인가. 서영은 놀라 고개를 들었다. 분명 그의 목소리였다. 돌아서 집 안쪽을 바라보자 여전히 어두웠다. 아무런 인기척도 느끼지 못했다. 하지만 베란다를 벗어나 안으로 들어서는 순간 그녀는 귀신을 본 것처럼 몸이 굳어 버렸다.

"……당신."

태욱이었다. 깊게 모자를 눌러쓴 채 후드 티를 입고 있는 그는 다른 사람 같았다. 마치 범죄자라도 된 것처럼 마스크로 얼굴을 감춘 그가 왜 이곳에 있단 말인가. 서영은 믿고 싶지 않았다.

"똑똑하네, 윤서영."

마스크를 벗은 그가 아무렇지 않게 웃었다.

"여기 와 볼 생각을 하고."

태욱은 어제도 만난 것처럼 그녀에겐 시선도 주지 않은 채 제 할 일을 했다. 어디서 나온 것인지 작은 랜턴으로 집 안에 불을 밝힌 그는 익숙하게 마트 봉투를 열어 컵라면과 먹을거리를 펼쳐 놓았다. 캠핑용 냄비, 주전자에 물을 따르고 버너의 불을 켜는 소리가 들릴 때에서야 서영은 지금 자신이 있는 공간이 서서히 눈에 들어왔다. 어두워 확인하지 못했던 그녀의 침대가 여전히 그 자리에 있었다. 버리듯 두고 간 이불까지. 정말 그는 그동안 여기서 생활했던 걸까. 서영은 목이 막히고 마음이 내려앉아 뛰듯이 태욱 앞으로 다가설 수밖에 없었다.

"왜…… 여기, 아니, 내가…… 얼마나…… 사람이 왜 그래요?"

그를 찾은 것만으로도 다행이다 생각하면서도 복받친 감정이 소용돌이쳐 참지 못하고 터져 나왔다. 태욱은 서영을 잠시 내려다보다 조용히 그녀를 비껴갔다.

"여기 있는 거 또 누가 알아?"

그가 냉정하게 물었다.

"아무도 몰라요. 나만 알아요."

서영은 얼른 대답했다.

"그래. 그럼, 모른 척하고 가."

태욱은 주머니에서 담배를 꺼내 베란다 쪽으로 향했다. 그녀와는 제대로 시선조차 마주치려 하지 않았다. 무슨 마음인지 알았다. 이럴 줄 몰랐는가. 웃으며 그녀를 반기는 게 더 우스울 것이다. 서영은 눈치 없는 여자처럼 그의 행동에 의미를 두지 않고 조금 더 가까이 다가갔다. 태욱이 그녀의 발걸음을 멈추게 하듯 다시 뒤돌아섰다.

"무슨 말인지 못 알아들어?"

태욱이 서늘하게 되물었다.

"……."

서영이 대답 없이 그를 바라봤다. 두 사람은 대치하듯 서로를 마주했다. 각자의 마음을 너무 잘 이해하기에 둘 모두 한 걸음도 물러날 수가 없었다.

"너랑 숨바꼭질하려고 여기 있는 거 아니야."

"……."

"지금 상황이 어떤지 네가 더 잘 알잖아? 방해하지 말고 돌아가."

"봤는데…… 여기 있는 걸 아는데, 어떻게 그래요? ……같이 있어요, 제발."

자존심 같은 건 애초에 없었다. 처음부터 그랬다. 태욱을 마음속에 품은 이후, 그녀는 늘 끌려다니는 입장이었고, 그건 헤어진 이후에도 마찬가지였다. 윤서영은 강태욱을 잊고 살 수 없다는 걸 체험하는 것처럼 하루하루가 동생을 잃었던 예전보다 더 지옥이었다.

"……그럴 이유가 없어."

진심이 아닐 것이라 생각했지만 그가 뱉은 말은 너무 아팠다. 서영은 입술을 깨물며 조금 더 그에게 다가갔다. 붙잡고 싶었지만 허락되지 않았다. 그는 완전히 몸을 피했다. 그녀를 마주하던 시선도 다른 곳으로 옮겼다. 그가 그녀를 싸늘하게 외면한 채 감정 없이 말을 뱉었다.

"……그래. 이렇게 말도 없이 사라지는 것도, 너한테 하고 싶었던 복수라면 복수겠지. 다시 만난 것도 마찬가지야. 나처럼 아파 보길 바랐어. 근데…… 허무하더라. 이제 그런 게 다 무슨 소용인가 싶어. 말했잖아. 내 복수에 너 이용했다고. 원하는 대로 됐어. 그러니까…… 내 일에 상관하지 마."

야멸찼다. 한 마디 한 마디가 살갗을 찢는 것만 같았다. 무슨 마음인지 알면서도 눈가가 뜨거워졌다. 서영 역시 냉정해진 마음으로 덤덤하게 말을 꺼냈다.

"……알았어요. 나한텐 끈질기게 매달릴 자격조차 없다는 거 알아요."

스스로 정의 내린 말은 비수가 되어 그녀 자신의 가슴에 꽂혔다. 그럼에도 억울했다. 무엇이 이리도 서러운 것인지. 가슴속에 꽉꽉 들어찬 돌이 언제부턴가 내려가질 않았다. 다 풀어내고 지워 버리고 싶은 마음은 그녀도 마찬가지였다.

"그래도…… 할 말은 할게요. 안 그럼, 진짜…… 평생 당신한테 미련이 남을 테니까."

태욱에게선 반응이 없었지만 서영은 멈추지 않고 말을 이었다.

"그때 헤어지자고 말한 거, 당신 어머니 때문 아니에요. 나는…… 착해야 하는 병에 걸린 사람이니까, 그렇게 말했어요. 당신이 속은 거야."

"……."

"사실은 겁났어요. 당신이 모든 걸 걸고 나를 지키겠다고 했다는데…… 그게 무거웠고, 부담스러웠어요. 난 겁쟁이니까. 5년 동안 당신을 짝사랑했으면서도 진짜 당신을 몰랐던 거야. 자격이 없어서, 그래서 도망갔어요."

"……."

"근데, 그렇게 전전긍긍하던 마음도 당신이 사라지니까 다 우습게만 느껴졌어요. 나 때문인 것 같았어. 어이없겠지만 당신을…… 그렇게 만든 게 나라고 착각했어요. 그래서 낮이고 밤이고 침대 위에서 기둥이 기도하면서 용서를 빌었어. 당신한테 너무 미안했고, 당신한테 아무 일도 일어나지 않도록 해 달라고……."

서영은 흐르는 눈물을 닦으며 꿋꿋이 고백했다.

"이렇게…… 죽을 만큼 힘든 건 줄 모르고 그랬어요."

"……."

"나만 생각해서 미안해요."

모두 쏟아 내고 나자 후련했다. 하지만 서영은 곧 이것 역시 태욱에겐 짐이 될 거란 생각이 들었다. 사랑이 끝나지 않았으니 그로 인한 이기심까지 완전하게 버릴 수가 없었다. 뭐가 이래. 서영은 허무한 웃음이 났다.

돌아서 있는 그의 뒷모습을 보다 발걸음을 돌렸다. 진절머리 나게 반복되는 도돌이표에 질릴 만도 했다. 그를 만나면 모든 게 동화처럼 풀릴 것이라 단정 지었던 그녀에게 정신 차리라며 뒤통수를 치는 것만 같았다.

문을 닫고 나와 어두운 복도 가운데 섰다. 아무것도 보이지 않았다. 눈물만 줄줄 흘러내렸다. 그를 찾았지만 결국 잃은 것과도 같았다. 모두 뒤늦게 깨달아 버린 그녀의 어리석음 때문이겠지. 또 한 번의 자책을 하고 만다. 서영은 크게 숨을 들이쉰 후 발을 옮겼다.

버너에 올려 둔 물이 시끄럽게 끓는 소리가 들렸다. 태욱은 아무렇지 않게 다가가 컵라면에 물을 부어 넣었다. 배는 고팠다. 살아 있는 것을 증명하는 것처럼. 조리 도구 안에 든 물을 남김없이 모두 다 넣은 후 숨을 고르던 그는 내팽개치듯 그릇을 내려놓았다.

눈가로 뜨거운 기운이 몰렸다. 다가와 자신을 붙잡으려는 서영의 손길을 외면한 이후, 아무것도 들리지 않았다. 고해 성사 하듯 꺼내 놓은 말들을 가슴이 받아들이지 못했다. 예전 같았다면 모른 척 서영을 안아 버렸겠지. 그 순간만 생각하며 그녀를 그의 옆에 데려다 놓았을 것이다. 하지만 이젠 그럴 수가 없었다. 그녀의 부모님. 피할 수 없는 진실. 끝내 터뜨려 버린 복수심이 그에게 욕심부리지 말아라, 그렇게 경고하는 것만 같았다.

그럼에도 그리웠고, 보고 싶었으며, 안고 싶어 미칠 것 같았다. 태욱은 넋이 나간 채로 뛰쳐나갔다. 문을 열자 거짓말처럼 어둠 속에서 한 여자가 그를 노려보고 있었다.

"……."

"……."

억울함에 눈물을 뚝뚝 흘리면서도 입술을 깨물며 울음을 참아 내려 하고 있었다. 태욱이 그녀의 앞으로 다가갔다. 서영이 그를 올려다봤다. 그가 손을 올려 그녀의 눈가의 눈물을 훔쳐 냈다. 왜 이제 와 이러느냐며 서영이 얼굴 위의 손을 차갑게 털어 냈다.

"왜 그렇게 사람이 못됐……."

더 듣지 않고 태욱이 서영을 와락 끌어안았다.

"언제까지 쳐다볼 거야?"

랜턴 불빛 아래에서 태욱이 컵라면을 두 개째 먹었다. 그 모습을 서영이 가만히 지켜봤다. 식탁이 없어 맨바닥에 빈 상자를 놓고 식탁 대용으로 썼다. 그런 것은 아무래도 상관없다는 것처럼 둘은 붙어 앉았다.

서영은 몸을 접고 두 다리를 끌어안은 채 얼굴을 무릎 위에 비스듬히 올려놓고선 그를 바라보고 있었다. 같이 먹자는 말에도 고개만 저었다. 미안하다, 잘못했다, 태욱이 갖은 사과를 했지만 그의 차가웠던 태도가 아직까지 가슴에 남아 있는 것인지 눈가가 여전히 젖어 있었다.

태욱은 그나마 할 수 있는 게 라면을 먹는 거였다. 서영이 그것만은 적극적으로 나서서 지금 당장 하지 않으면 다시 울어 버릴 것 같은 태도를 보였기 때문이다. 무슨 마음인지 안다. 얼굴이 상해 있겠지. 며칠째 수염을 깎지 않았고, 입고 있는 옷마저 평소의 태욱과는 거리가 멀어 있었으니. 그가 보기에도 지금 자신은 엉망이었다.

"씻는 건…… 어떻게 해요?"

그제야 이성이 돌아왔는지 서영이 걱정스러운 눈빛으로 물었다.

"물만 다시 나오게 해 달라고 했어. 뭐, 씻는 게 귀찮아서 그렇지만."

태욱이 멋쩍다는 듯 자신의 수염을 한 손으로 쓸었다. 늘 각 잡힌 슈트에, 머리카락 한 올 흐트러지지 않던 남자였다. 살던 오피스텔 역시 먼지 한 톨조차 없이 깨끗하게 청소해 놓았던 걸 분명 기억했다. 서영은 정말 다른 사람을 보는 것 같아 갑자기 웃음이 났다. 그녀가 웃자 태욱은 이유도 모르면서 안심이 된다는 표정으로 따라 웃었다.

"왜 웃어요?"

"네가 웃으니까."

또 강아지 같은 웃음. 서영은 가슴이 찌르르, 타 버리고 만다. 언제나 설레던 웃음이었는데 이젠 통증처럼 아픈 것이 되어 버렸다. 우린 어쩌다 이렇게 되어 버렸을까. 그런 생각을 하고 싶지 않아도 할 수밖에 없었다. 입 밖으로 꺼내 묻고 싶은 말이 백 가지도 넘었지만 그걸 묻는다고 해서 달라질까 싶었다. 잠시 침묵이 흐르자 태욱이 먼저 입을 열었다.

"왜 안 물어?"

"……."

"사람들이 떠드는 일."

덤덤하게 다 먹은 컵라면 그릇을 치우며 태욱은 남의 일처럼 말했다. 필성을 그렇게 만든 사람이 태욱이라고 해도 서영은 달라질 게 없었다. 만약 그가 죄를 지었고 벌을 받아야 한다면 그것 또한 그녀가 받아들여야 하는 시간들이라 여겼다. 그녀의 마음은 이미 그가 사라진 이후부터 완전하게 무장되어 있는 상태였다.

"진실이 뭐든, 난 당신 편이에요."

"……."

"난 당신이…… 살아 있는 것만으로 감사해요."

서영 또한 덤덤하게 대답했다. 그녀의 태도에 태욱은 웃음이 났다. 이렇게 서로가 곁에 있다는 것만으로도 만족하는데. 무엇을 더 증명해야 할까. 그녀의 첫 번째가 될 수 없다는 질투심에 어린아이처럼 그녀를 못살게 군 스스로가 부끄러워지는 순간이었다.

"그럼 내일 당장 경찰서 가도 괜찮겠어?"

태욱이 자리에서 일어나자 놀란 서영은 따라 몸을 일으켰다. 다 괜찮다, 받아들이겠다고 했으면서 당장이라도 사건을 해결하려 나서겠다는 그의 행동에 덜컥 겁부터 났다. 서영은 뒤돌아서서 봉투에 쓰레기를 넣고 있는 그의 등을 와락 끌어안았다. 태욱은 놀라 몸을 일으켜 세웠다.

"잠깐…… 아직은 안 돼요."

장난이 지나쳤다. 태욱은 곧장 반성했다. 윤서영을 놀리는 게 이젠 그만의 자연스러운 표현 방식이 되어 버린 것 같아 아차 싶었다. 얼른 몸을 돌려 그녀를 마주 안았다. 서로를 꽉 붙잡은 채 심장 소리를 들었다. 키스를 퍼붓고 끝도 없이 몸을 탐하고 싶은 마음도 들었지만 이대로 안고 있는 것만으로도 모든 게 충족되는 듯한 충만한 감정도 들었다.

"내가 널 두고 어디를 가."

태욱이 안심할 수 있도록 확답을 내놓았다.

"……진짜죠?"

서영은 믿을 수 없어 또 한 번 물었다.

"응. 진짜야."

태욱은 번쩍 그녀를 안아 침대 쪽으로 향했다. 서영은 갑작스러운 그의 행동에 눈을 제대로 맞추지 못했다. 이러는 게 당연한 수순임에도 매번 부끄럽고, 심장이 뛰는 건 어쩔 수가 없었다. 태욱은 발개진 서영의 볼을 바라보며 얄밉게 웃었다.

"무슨 생각 하는 거야? 잠깐 누워서 쉬라고."

그가 침대에 서영을 내려놓았다. 하여튼 아무렇지 않게 사람 심장을 들었다 놓는 건 여전했다. 괘씸해 노려보자 태욱이 짧게 입맞춤을 해 버린다. 서영은 또 스르르 마음이 녹고 말았다.

"잠깐 나갔다 올게."

"네?"

안심한 순간, 그는 다른 말을 했다. 서영이 벌떡 일어나 앉았다.

"내가 가란다고 가진 않을 거고, 나도 보내기 싫으니까. 필요한 것들 좀 사 와야 할 거 아니야. 요 밑에 마트는 빨리 문 닫아서 지금 가야……."

서영은 태욱의 말을 다 듣지도 않고 와락 그를 안았다.

"아무것도 필요 없어요."

"……."

"당신만 있으면 돼."

서영은 태욱의 옷을 꽉 붙잡았다. 그가 사라진 이후, 그녀의 마음이 어땠을지 생각해 보지 않은 게 아니었다. 또 이렇게 그녀에게 불안감과 상처를 남겨 버린 걸까. 태욱은 죄책감에 마음이 무겁게 가라앉았다. 지금 그가 할 수 있는 건 그녀를 더 꽉 안는 것밖에 없었다.

그렇게 둘은 꼭 붙어 잠이 들었다. 어느 누구도 꿈속으로 찾아오지 않는 단잠이었다. 서영이 태욱의 품으로 파고들수록 그의 표정이 따듯하게 밝아졌다. 서로 주고받는 체온이 서공간의 서늘한 공기마저 잊게 만들었다.

○◆○

세 번째 소원이요. 그게 뭐야? 당신 연극에 따라 주는 대신 소원 세 가지 들어주기로 했잖아요. 그랬나. 그 마지막 소원 아직 안 썼어요. 그걸 지금 쓰겠다고? 네. 그래, 그렇게 아껴 둔 소원이 뭔데? 들어나 보자.

"경주 두 장 주세요."

표를 끊고 값을 치른 서영이 뒤를 돌아봤다. 3초도 안 되는 짧은 시간이었지만 그녀는 태욱이 사라졌을까 봐 초조한 시선으로 발을 동동거렸다. 태욱은 안심하라는 듯 주머니에 손을 꽂은 채 느긋한 표정으로 서영을 바라보고 서 있었다.

터미널 안에 놓인 티브이에서 흘러나오는 뉴스에 귀를 기울이지 않으려 했지만 쉽진 않았다. 유신건설 사건에 대해서 심층적으로 다룬 코너였다. 필성의 현재 상태와 그가 과거에 저질렀던 일. 터널 사고의 책임 시공사에서 이름을 지우기 위해서 벌였던 갖은 비리들로 인해 당시 사고의 유가족들이 다시 언론에 아픈 과거를 꺼내 올리는 모습까지. 뒤늦게 밝혀진 내막에 대중들의 분노가 들끓었고, 그 손 회장을 쓰러지게 만든 인물로 떠오른 손태욱 이사의 비밀 연애에 얽힌 안타까운 사연이 커뮤니티에 떠돌면서 동정 여론도 형성되었다. 철민이 계획한 시나리오에 그 부분까지 있었을 리는 없겠지만 어쨌든 그는 유력한 가해자가 되어 자취를 감춘 상태였다.

"가요. 출출한데 간식거리 좀 살까요?"

어느새 다가온 서영이 그에게 팔짱을 꼈다. 머리 아픈 이야기는 신경도 쓰지 말라는 것처럼 시선을 자신 쪽으로 돌리게 만들었다. 턱 아래에서 이리저리 그의 표정을 살피며 장난스럽게 웃는 여자가 심장을 뜨겁게 했다. 태욱은 무장 해제 된 것처럼 웃었다.

"호두과자 먹을까?"

그의 말에 서영이 잠깐 흐린 미소를 지어 보였다. 이젠 두 사람만의 추억으로 남은 간식이었다. 여기는 터미널이고, 그건 안 팔아요. 짧게 대꾸한 서영은 달걀과 사이다를 사서는 태욱과 함께 버스에 올랐다.

"이건 기차 탈 때 먹는 거 아닌가?"

태욱이 봉지 안에 든 간식을 내려다보며 물었다.

"그게 뭐가 중요해요. 우리가 같이 있는데."

그러면서 달걀 하나를 태욱의 머리에 가져다 댄 뒤 탁, 하고 깠다. 불시에 날아든 공격에 그가 서늘한 눈빛을 쐈지만 서영은 쫄지 않고 웃었다. 이제 그녀에게 뭐가 무서울까 싶었다. 사랑하는 남자가 연락도 없이 일주일 동안 사라지면 여자는 더 이상 겁이 나는 게 없다는 걸 그녀가 몸소 보여 주는 것만 같았다.

"집에는…… 연락 안 드려도 돼?"

"이해하실 거예요. 괜찮아요."

서영과 다르게 태욱은 이제 무서운 게 생겨 버렸다. 그가 만난 서영의 어머니는 생각보다 더 단단한 사람이었고, 서영이 부모님의 어떤 부분을 닮았는지 깨닫게 되기도 했다.

"걱정하실……."

말을 맺기도 전에 깐 달걀이 입 안으로 들어와 버렸다.

"맛있죠?"

어쩌면 해답은 이미 서영의 행동에 나와 있는지도 모른다. 걱정한들 어쩌겠는가. 사랑만큼 용감하고 대책이 없으며, 미래가 아닌 현재에 집중하게 하는 것도 없었다.

"……좀 짠데?"

태욱이 서영의 손을 내려다보며 장난을 쳤다. 당황한 서영이 버스에 오르기 직전 손을 씻었다고 강조했다. 그럼, 다행이고. 태욱이 얄밉게 대답하자 서영은 또 속았다며 그의 입에 껍질을 까 놓은 달걀 두 개를 더 넣어 버렸다. 캑캑, 목이 막혀 하는 그를 보고는 사이다를 딴 후, 그녀 혼자 시원하게 마셨다.

"아, 맛있다."

서영의 복수에 태욱이 어이없는 웃음을 터뜨렸다. 이겼다 생각하고 경계를 풀고 있던 그녀의 볼에 갑자기 그의 입술이 날아들었다. 놀란 서영은 주변을 둘러본 뒤 운전하는 버스 기사의 눈치를 봤다. 이럴 거냐며 그를 노려봐도 태욱은 반성 없이 더 대범하게 이번엔 입술 쪽으로 고개를 내리려 했다. 서영이 가까스로 손을 뻗어 막자 그는 뻔뻔하게 그녀의 손을 끌어당겨 잡았다. 태욱의 시선이 창가로 옮겨지자 서영은 뒤늦게 안도의 한숨을 내쉬었다.

평일 오전의 고속버스 안은 그와 그녀, 버스 기사 셋뿐이었다. 이런 행운이 아무에게나 찾아오는 것이 아니니 그들은 충분히 즐길 필요가 있었다. 태욱은 창밖으로 지나치는 들판을 보는 게 이렇게 행복할 일인가 싶기도 했다.

"나도 이런 게 해 보고 싶었어."

한참을 창밖만 보던 태욱이 입을 열었다.

"……응?"

서영도 같이 밖을 구경하다가 그를 돌아봤다.

"남들처럼 연애하는 거."

연애가 뭐 별거냐, 우리가 그전에 했던 건 연애가 아닌 것이냐, 따져 물으면 할 말이 없지만 어쩐지 지금은 좀 다르게 느껴졌다. 그가 모든 걸 내려놓고 서영에게만 집중하고 있는 시간이라서 그럴지도 모르겠다. 태욱은 그녀와 있는 지금만이라도 앞으로의 일은 생각하지 않기로 했다. 사랑만 하기에도 아까운 시간들이 흐르고 있었다. 더 이상 후회하고 싶지 않았다. 그 누구보다 행복하고 싶었다. 그러기 위해서 그에게 꼭 필요한 사람이 윤서영이었다.

○ ◆ ○

경주 터미널에 도착해 주변을 구경하지도 못한 채 택시에 올라탔다. 서영이 핸드폰을 꺼내 기사에게 주소를 보여 주는 모습에서 태욱은 어느 정도 눈치를 채기 시작했다. 아무 연고도 없는 경주를 콕 집어 가자고 했을 때도 이상하다는 생각은 들었다.

그는 아무것도 묻지 않고 그녀가 하는 대로 따라 주었다. 그래야만 서영의 마음이 편할 테니, 지금으로선 이게 그가 그녀에게 해 줄 수 있는 최선의 선물이었다.

낮은 건물들을 지나쳐 간 택시가 무덤 근처를 천천히 돌아 빠져나갈 땐 두 사람 모두 바깥 구경에 빠져 있었다. 도시에서 쉽게 볼 수 없는 풍경이었다. 특히나 태욱의 인생에서 이런 소박하고 충만한 여행은 어릴 적 이후론 처음이었다.

"외할머니가 여기 사셨어요."

서영의 말에 태욱은 잠깐 그녀를 바라봤다. 어쩌면 그의 추측이 정답이 아닐 수도 있을 것 같았다. 서영에게 잊을 수 없는 추억이 남아 있는 장소라면 이번 여행의 행선지로 충분했기 때문이다.

"지금 거기 가는 거야?"

태욱이 묻자 서영이 고개를 저으며 흐리게 웃었다.

"동생 사고 나고 바로 돌아가셨어요. 그때 이후론 온 적 없어요."

서영은 다시 창가 쪽을 바라봤다. 어릴 적 뛰어놀았던 공간이 변함없이 그대로인 것 같아 신기하기도 했다. 경주가 오랜 역사를 간직한 장소이기도 했지만 이렇게 하나도 달라진 게 없을 줄은 몰랐다. 당장이라도 동생이 그녀에게로 달려올 것만 같았다.

"동생…… 생각나겠네."

태욱은 잡고 있는 그녀의 손을 쓰다듬듯이 매만지며 자연스레 과거의 이야기를 꺼냈다. 모든 걸 금기시하고 싶지는 않았다. 그녀가 그 일의 진실을 궁금해하면 그가 파헤쳐 알려 줘야 할 의무가 있다는 생각을 했다. 그래야만 그들은 극복하고, 또 나아갈 것이라고. 죄책감 때문에 외면하는 일은 더 이상 없어야만 했다.

"그러네요. 안 날 줄 알았는데."

"너처럼 착했어?"

그가 묻자 서영이 작은 웃음을 터뜨렸다.

"내가 착해요?"

"내 눈엔."

"맞아. 내 눈에도 당신은 착한 사람이니까."

졸지에 칭찬을 받고 나니 태욱은 할 말이 없었다. 그가 착하다고 생각하는 사람은 윤서영뿐일 것이다. 그렇기 때문에 그녀가 그를 사랑하게 된 것일 테고, 태욱 또한 그녀를 알아볼 수 있었겠지. 어쩔 수 없이 오글거리는 운명론으로 이야기의 결론이 나고 말았다.

"근데…… 다른 사람한텐 안 착했으면 좋겠어요."

서영이 사랑 고백하듯 말했다. 태욱은 그 의미를 안다. 그가 손을 뻗어 서영의 뺨을 다정하게 쓰다듬었다. 백미러로 뒤쪽을 힐끔 바라보는 택시 기사와 눈이 마주쳤지만 멈출 수가 없었다.

그들이 도착한 곳은 작은 시골 마을이었다. 낡은 한옥의 문을 열자 집보다 넓은 마당이 보였다. 그 광경을 보자 태욱은 문득 예전이 떠올랐다. 이제껏 자신이 상상으로 만들어 낸 추억이라고 생각했는데 어쩌면 진실일지도 모른다는 확신이 들었다. 그때가 되살아날 것만 같아 차마 눈을 감지 못한 채 잡고 있는 서영의 손을 더욱 움켜쥐었다.

"……계세요?"

서영이 조심스럽게 마당 안으로 들어서며 인기척을 냈다. 집주인의 목소리가 들려온 곳은 집 안이 아니라 마당 뒤였다. 호미를 들고 앞마당으로 나온 여인은 두 사람을 보자 눈빛에 강한 경계심을 드러냈다.

"누군교?"

억양 센 사투리를 뱉으며 둘을 노려보던 여인이 갑자기 표정을 바꾸더니 들고 있던 호미를 떨어뜨렸다. 그녀의 시선은 태욱에게 꽂혀 있었다. 별안간 달려온 여인이 불쑥 태욱의 손을 붙잡았다.

"니 태욱이제? 태욱이 맞제?"

목소리가 낯설지 않았다. 일 모자로 가려져 있던 얼굴을 보는 순간 어쩐지 익숙한 느낌이 들었다.

"아이고, 니가 여기 우에 알고 왔노? 보자, 옆에는 누고? 니 색시가? 그래, 그래. 잘 왔다. 괜찮다, 마. 이래 멀쩡하면 됐지. 뭘 더 바라겠노."

여인은 태욱을 끌어안으며 등을 쓸어 내 주었다.

"잘 지내셨어요?"

이모님이란 말은 쉽사리 나오지 않았다. 어릴 적 잠시 이곳에 내려와 있었던 적 이후로 본 기억이 없었다. 그렇게 어머니는 아버지를 잃고 서울로 상경해 유신으로 들어간 후 경주에 있는 친정과 모든 인연을 끊었다. 밉고 서운해도 행복하길 바랐을 것이다. 하지만 이런 상황이라면 아무리 죄가 없는 태욱이라도 죄송한 마음이 들 수밖에 없었다.

"내야 잘 있지. 못 있을 게 뭐 있노? 정애가 문…… 아고, 아니다. 내 무슨 헛소리를 하노. 잘못 말했다."

시선을 피하며 웃는 이모의 모습을 보는 순간 태욱은 자신의 추측을 확신했다.

"어머니…… 여기 계세요?"

"……아니, 그게…… 그니까네…… 뭐, 그래. 이까지 왔는데, 숨겨서 뭐 하노. 정애 내랑 같이 산다. 내가 절에 있는 거 알고 몇 날 며칠을 찾아가서 안 빌었나. 피붙이가 없는 것도 아니고, 언니가 멀쩡히 살아 있는데 왜 거기서 그카노. 내 너거 친할배 다시는 입에도 올리기 싫었는데 사람이 진짜 그러는 거 아니라. 도대체 얼마나 해……."

"……그만해요."

불쑥 뒤쪽에서 단단한 목소리가 들렸다. 세 사람이 뒤를 돌아보자 마당으로 들어오는 정애가 보였다. 절에 다녀온 것인지 그녀의 옷차림이 정갈했다. 그녀는 태욱이 아닌 서영에게 먼저 시선을 맞췄다. 잘 왔다며 웃어 주는 모습을 보자 결국 감정이 울컥하고 말았다.

"왔으면 들어가자. 밥은 먹은 거야?"

정애는 오늘 만나기로 약속이라도 한 것처럼 그들을 맞았다. 절에서 마지막으로 만난 날, 그녀는 서영에게 주소가 적힌 종이 한 장을 말없이 건넸다. 분명 아무도 찾지 못하는 곳으로 떠난다고 했었다. 그럼에도 그녀가 최후의 보루처럼 힌트를 남겨 준 건 아마 지금을 위해서가 아닐까, 서영은 생각했다. 그녀가 정말 그곳으로 내려간 건지, 간 게 맞는다면 아직까지 그곳에 있는지, 확실한 건 아무것도 없었지만 무작정 경주로 왔다. 그래야만 태욱을 다시 제자리로 되돌릴 수 있을 것 같았다.

"장을 못 봐가 차린 게 없다, 마. 그래도 마이 묵으소, 아가씨."

"아, 아니에요. 너무 진수성찬이에요."

안방으로 들어간 서영은 태욱과 함께 큰 밥상을 받았다.

"그리고 이렇게 불쑥 찾아와서 죄송해요."

그녀가 계속해서 고개를 숙이자 이모 정숙은 아니라며 손사래를 쳤다. 어쩌면 이렇게 말도 예쁘게 하고 얼굴도 고우냐며 서영의 얼굴이 붉어질 정도로 칭찬을 건네기도 했다. 태욱은 그 옆에서 가만히 앉아 있을 뿐이었다. '무슨 말이라도 건네는 게 어떻겠습니까? 말 잘하는 이사님.' 눈빛으로 눈치를 줘도 작게 웃음만 지을 뿐이었다.

이런 상황에 익숙한지 정애는 아들에게 별다른 신경을 쓰지 않았다. 세 사람만의 시간을 주기 위해 정숙이 방을 나선 뒤에도 그녀의 태도는 별반 다를 게 없었다. 이렇게 눈앞에 나타나 준 것만으로도 감사한 마음인 걸까. 서영은 정애가 자신의 밥 위에만 생선을 발라 살을 올려 주자 죄송스럽고 먹먹한 마음이 들었다. 사연을 속속들이 알진 못했지만 은림에게 들은 얘기도 있고, 지금 태욱과 정애의 태도를 보니 이 모자가 이제껏 어떻게 살아왔을지 그려지기도 했다.

"저만 주지 마시고, 어머니도 드세요."

서영은 자신의 밥 위에 있던 생선 살을 정애의 밥 위에 올렸다. 늘 보살님이라 불렀는데 너무도 자연스럽게 어머니란 말이 튀어나와 버렸다. 그녀의 호칭에 정애도 만족한 웃음을 보였다.

"내가 태욱이 엄만 거 알고 많이 놀랐어요?"

정애가 묻자 서영은 짧게 고개를 끄덕였다.

"근데, 그럴지도 모른다는 생각은 했어요. 고모님이랑 가야산에 가려고 했다가 못 갔거든요. 그래서…… 한번 가 보고 싶었어요. 근데…… 보살님을 볼 때마다 자꾸 이 사람 얼굴이 보이더라고요."

태욱은 서영의 말을 그저 듣고만 있었다. 외적으론 전혀 닮은 구석이 없다고 생각하며 살아온 모자였다. 태욱은 아버지인 인주를 빼다 박은 듯 닮았기에 정애는 그걸 알아차린 서영이 신기했다.

"분위기 같은 거, 그런 게 닮았다고 느껴졌어요."

"그만큼 이 녀석 생각을 많이 했다는 거네요."

정애가 놀리듯 태욱에게로 시선을 옮겼다.

"그게…… 그렇게 되나요. 하하."

"이런 얘기는 나 없을 때 해야 하는 거 아닌가."

결국 민망한 마음을 참지 못하고 태욱이 무뚝뚝한 말을 내뱉었다. 이곳에 오는 내내 다정히 굴었던 게 거짓말인 것처럼 태욱의 태도는 건조했다. 그는 이 자리가 불편한 듯 밥도 제대로 먹지 못했다. 정애에 대한 미안함 때문인 걸까. 지금 벌어진 상황을 모르지 않을 테니. 결국 태욱은 담배를 핑계로 자리에서 일어났다.

서영의 시선이 그에게서 떨어지지 못하는 걸 보며 정애는 안타까운 눈빛으로 웃을 뿐이었다.

담뱃갑에 담배가 몇 개 남아 있지 않은 걸 보고 마을 근처의 작은 구멍가게에 다녀온 태욱은 집 안에서 끊이지 않고 흘러나오는 세 여자의 웃음소리를 들으며 어이없는 미소를 지었다. 이렇게 자신의 핏줄과 잘 어울릴 수 있는 여자였나. 둘만의 여행을 떠나자고 내려와 놓고 그에겐 관심이 없었다. 그게 섭섭하기도 했지만 모두 다 태욱 자신을 위한 것임을 안다.

먼저 다가가 따뜻하게 손이라도 잡아 주는 아들이었다면 달랐을까. 그랬다면 어머니가 부처님이 아니라 그에게 기대어 두 사람 모두 덜 외롭고, 더 행복했을까. 태욱은 아직도 그 해답을 찾을 수가 없었다. 가족은 늘 그에게 아픔일 뿐 버팀목이 아니었다.

결국 태욱은 방 안으로 들어가지 못하고 평상에 앉아 줄담배를 피웠다. 그때 갑자기 문이 열리고 한 여자가 등장했다. 태욱이 입을 삐죽이자 서영이 그의 옆으로 쪼르르 다가와 자리를 잡고 앉았다. 희미하게 알코올이 섞인 인삼 냄새가 나는 걸 보니 담금주까지 얻어 마신 것 같았다.

"재밌나 보네."

"그래서 삐진 거예요?"

술이 오른 서영은 평소보다 대범해졌다. 볼을 발그레 물들인 채 그를 정면으로 바라보며 눈웃음을 쳤다. 그날도 그랬다. 가져 보고 싶다고. 몇 년을 존재감 없이 멀찍이 앉아 시선만 보내던 여자가 맞는가 싶기도 했다. 술이 이 여자를 위험하게 만드는 것 같아 태욱은 걱정이 하나 더 늘었다.

"오늘부터 윤서영은 술 금지야."

"에?"

"뭐?"

"치……. 알았어요. 그러라고 하면 그래야지. 내가 별수 있나. 원래 더 사랑하는 사람이 지는 거래요. 난 아무래도 이번 생에 계속 져야 할 것 같아요."

서영이 괜스레 평상 아래로 내린 발을 이리저리 흔들며 체념하듯 말했다.

"뭐라고 했어, 방금?"

"뭐가요?"

"중간에 시옷이 들어간 말이 나온 것 같은데?"

능구렁이처럼 묻는 태욱이 얄미워 서영은 모른 척을 했다. 그녀는 흥, 거리며 다시 방 안으로 들어가 버렸다.

태욱은 정말 미칠 노릇이었다. 담배를 한 갑 더 사 왔어야 했나, 잠시 후회가 들기도 했다.

뒤늦게 방 안으로 들어선 태욱은 후회를 절감했다. 서영은 안방 한쪽에 이불까지 펴고 잠들어 있었다. 술을 과하게 마셨고, 여행의 피로도 느껴졌을 테지만 태욱은 아쉬움이 들 수밖에 없었다. 그사이 방은 이미 깨끗이 치워져 있었고, 그와 그녀의 잠자리만 놓인 상태였다.

새근새근 자고 있는 서영의 얼굴을 한참 동안 내려다보다 입을 맞추려는데 이불 옆에 놓인 그녀의 핸드폰이 울렸다. 화면에는 은림의 이름이 떠 있었다. 태욱은 무언가를 직감하며 통화 버튼을 눌렀다.

"……나예요."

— ……너, 강태욱!

"걱정 말아요. 잘 있으……."

태욱이 말을 맺기도 전에 울음을 터뜨린 은림이 조용히 필성의 부고를 전했다. 태욱은 대답하지 않고 전화를 끊었다. 그는 서영을 한 번 더 내려다본 뒤 옷과 가방을 챙겨 방을 빠져나갔다. 마당으로 나오자 정애가 달을 보며 서 있었다. 그녀는 그의 눈을 보고 모든 걸 알아차린 것처럼 다가와 손을 붙잡아 주었다.

"저 사람 좀…… 부탁드려요."

정애가 알겠다고 고개를 끄덕였다.

22.

당신을 원하는 나에게

필성의 장례는 조용하게 치러졌다. 그럴 수밖에 없었다. 그가 저지른 죄가 그의 죽음마저 초라하게 만들었다. 자신의 마지막이 이럴 줄 그는 알았을까. 태욱은 상주의 역할을 하며 장례식장을 지켰다.

인국은 끝내 본인의 의사로 가석방 신청을 하지 않았다. 결국 그의 자리는 아들 철민이 대신했다. 이혼 절차를 밟고 있는 마당에 한때 맏며느리였다고 미연이 얼굴을 내비칠 이유도 없었다. 정애 역시 태욱이 올 필요가 없다고 나서서 말릴 일이었다. 결국 자식들 중 은림만이 온전하게 아버지를 떠나보낼 수 있게 되었다.

태욱이 나타난 순간부터 장례식장은 졸지에 삼엄한 경비를 받아야 했다. 어쨌든 그는 필성이 돌연사한 일의 유일한 증인이자 증거인 셈이니 경찰에서도 사실 확인을 위해 그를 데려가야만 했다. 철민이 만들어 놓은 지뢰에 대중들의 목소리, 거기다 한동안 자취를 감춘 행동까지. 모두가 그를 주목하고 있었기에 어느 쪽으로든 빠져나갈 수 없는 상황이었다.

"노인네가 그렇게 꼴 보기 싫었나 보지."

핏발 선 눈으로 철민이 시비를 걸었다.

"누가 보면 죽을 때까지 기다린 줄 알겠어?"

태욱은 대답 없이 철민을 바라봤다. 피로한 눈과 떨리는 손을 보니 아무래도 막다른 길에 서 있는 듯 보였다. 유린의 과거사에 관한 서류를 보내면서 미연과 관계된 이들의 탈세 증거를 동봉했다. 둘 중 누구 하나가 죽을 때까지, 상대의 목을 죄고 있는 손을 놓을 수 없는 싸움이었으니.

그렇다면 누가 이긴 걸까. 태욱은 이 승부가 모두 자신의 선택에 의해 결정된다고 생각했다. 그가 보낸 증거물을 확인한 철민이 반격을 할 생각이었다면 이미 어떤 행동이라도 취했을 것이라 여겼다. 그가 아는 손철민은 분명 그랬다. 한 끝을 내다보지 못해 중요한 순간, 밥그릇을 놓치고 마는 영원한 2인자.

건양의 지 회장은 장례식장에 도착해 철민이 아닌 태욱을 비밀리에 만났다. 철민을 바라보며 태욱은 동정의 눈빛을 흘릴 수밖에 없었다. 어쩜 이리도 멍청한가. 그가 회사를 비운 시간이 얼마인데. 그가 가져가라고 내어 준 회장 자리를 자신의 손으로 내쳐 버리는 인간이라면 애초에 그 자리에 앉을 자격이 없는 건 아닐까.

“네가 죽였지?”

끝내 철민은 태욱의 멱살을 잡았다.

“…….”

“뭐야? 너희들, 왜 이래!”

휴게실에서 나오던 은림이 재빨리 다가가 두 사람을 말렸다. 태욱은 아무런 표정 변화 없이 삐뚤어진 넥타이를 바로 맸다. 그 모습을 보는 순간 은림은 모든 게 허무하게 느껴졌다. 누구 하나 제대로 자란 인간이 없었다. 그녀 또한 마찬가지였다. 돈이 가져다준 축복 따윈 끝없는 욕심 앞에서 무용지물이었다.

“태욱아, 진실을 말해 봐. 그날 어떻게 된 건지.”

이젠 바로잡아야 했다. 그게 그녀 혼자만의 노력일지라도. 필성이 저지른 일들이 그의 죽음으로 정당화될 순 없었다. 태욱 또한 마찬가지였다. 죄를 죄로 대갚음했다고 편을 들 수 있는 일이 아니었다. 그날의 진실이 철민의 추측대로라면 태욱 또한 그에 대한 죗값을 치러야만 이 지옥 같은 전쟁을 제대로 끝낼 수 있을 것이다.

“태욱아.”

은림이 한 번 더 그를 불렀지만 태욱은 입을 다물고 있을 뿐이었다. 머릿속으론 모든 걸 바로잡아야 한다고 생각했지만 가슴은 아니었다. 그녀에게 태욱이 더 아픈 손가락인 건 어쩔 수가 없었다. 은림은 답답했다. 이럴수록 그에게 더 불리하다는 걸 모를까.

"거봐, 이렇게 말 못 하는 거 보면 몰라요?"

철민이 한마디를 덧붙였다. 그도 이제야 태욱이 범인이란 걸 실감했다. 그렇지 않다면 이렇게 입을 다물 이유가 없었다. 어떻게 해서든 이 상황에서 벗어나기 위해 온갖 술수를 다 쓰고도 남을 인간이었다.

그렇게 확신하며 돌아서는 순간, 철민은 장례식장 안으로 들어서는 창수를 발견했다. 예의를 갖춰 인사한 그가 뚜벅뚜벅 걸어와 세 사람 앞에 서자 철민은 창수의 모든 것이 거슬렸다.

"……늦었습니다."

창수는 세 사람이 모이는 날을 기다린 것 같았다. 조용히 가방 안에서 서류 하나를 꺼내 은림에게 건넸다. 이것이 무엇이냐고 묻기도 전에 철민이 서류를 빼앗아 가 확인했다.

"뒤늦게…… 발견한 유서입니다."

하하하. 철민이 폭소를 터트리자 장례식장 안에 있던 모든 사람들의 시선이 한 곳으로 모였다. 은림은 털썩 바닥에 주저앉았고, 태욱은 그저 멍하니 벽 쪽을 바라보다 잠시 눈을 감았다.

"손태욱 이사님이 쓰러지신 회장님을 발견하고 별채로 구급차를 부른 건 119에 신고가 접수된 시간과 CCTV를 통해 확인했습니다. 부검 결과 사인은 약물 과다 복용이었습니다. 평소 드시고 계시던 그 약물이 뇌출혈의 원인이었고, 서랍장에서 약통 또한 확인되었습니다. 그러므로 회장님께서 스스로 목숨을 끊으신 걸로 추측됩니다. ……죄송합니다."

"이 새끼, 무슨 헛소리를 지껄이는 거야?"

흥분한 철민이 테이블 위에 놓여 있던 술병을 집어 들어 창수에게 던졌다. 날카로운 굉음을 내며 맥주병이 깨지고, 미처 피하지 못한 창수의 얼굴에 상처가 나고 피가 흘렀다. 놀란 경호원들이 장례식장 안으로 들어와 우선 철민의 몸부터 붙잡았다. 그럼에도 그는 멈추지 않았다.

"강태욱이 이러라고 시켰어? 너희들 짜고 이러는 거 내가 다 알아! 돈에 미친 새끼들. 그 노인네가 스스로 죽었다고? 뭐라는 거야, 지금. 길 가던 사람도 다 웃어. 얼마나 독한 인간인데, 자기 목숨을……."

창수에게 향해 있던 철민의 시선이 태욱에게로 옮겨 갔다.

"그래서 숨었어? 이렇게 완벽한 알리바이 만들어서 뒤통수치려고? 와……. 너도 진짜 대단한 새끼다. 그래, 진실은 죽은 사람만 알겠지. 복수가 이렇게 무서운 건 줄 이제 알았네. 내가 졌어, 강태욱. 너 하고 싶은 대로 다 해 봐. 얼마나 대단하게 하는지 한번 보자."

철민은 경호원들의 제지를 제 손으로 뿌리치고 스스로 장례식장을 빠져나갔다. 은림은 구급상자를 가져와 다친 창수를 살폈고, 그는 치료를 마친 뒤 은림과 태욱에게 또 다른 서류를 내밀었다. 유신건설의 부실시공으로 인해 터널 사고가 발생했다는 증거였다. 자료의 맨 밑에는 필성과 창수의 이름이 책임자로 적혀 있었다.

"회장님은 떠나셨으니 모든 책임은 제가 지겠습니다."

창수는 이미 결말을 예상한 듯 덤덤하게 고했다. 은림은 창수에게서 시선을 돌렸고, 태욱의 눈동자는 여전히 창수에게 꽂혀 있었다. 수많은 이들의 기나긴 상처와 억울함, 울분과 회한들이 쌓여 있는 그 터널 너머엔 시시함만이 남아 있었다. 태욱은 고개를 돌려 빛바랜 서류들을 가만히 내려다보았다.

○ ◆ ○

물건들이 처박히듯 상자 안에 두서없이 담겼다. 철민은 완벽한 패배를 인정해야만 했다. 이 지긋지긋한 싸움에서 그만 벗어나고 싶었다. 며칠째 미연에게서 전화가 걸려 왔지만 받지 않았다. 어머니라고 완전한 그의 편일까. 모든 게 진절머리가 나고 그의 뜻대로 되는 것이 없었다. 눈앞에 명패가 보이자 참았던 화가 더욱 치밀어 올랐다. 잠긴 서랍을 열어 서류들을 꺼내던 그는 그것들을 상자 안에 내동댕이치곤 의자에 털썩 주저앉았다.

서류는 모두 태욱에 관한 것이었다. 사랑하는 사람이라 해도 이만큼 관심을 가질까. 스스로의 미련한 자격지심에 신물이 나 그는 속까지 역해지는 기분이었다. 테이블 위에 놓인 위스키 잔을 들어 원샷하고 고개를 들자 집무실 정면 티브이 화면으로 익숙한 얼굴이 보였다.

죄수복을 입은 지유린이 포승줄에 손이 묶인 채 엄청난 플래시 세례를 받으며 기자들의 질문을 받아 내고 있었다. 그녀는 '죄송합니다.' 만연발했다. 철민은 코미디보다도 더 재미있는 상황에 웃음이 터질 수밖에 없었다.

아이를 지우라고 종용했으나 유린은 말을 듣지 않고 잠적했다. 그리고 며칠 후 경찰에 붙잡혀 연행되었다. 음주 뺑소니 사망 사고와 더불어 운전자를 바꿔치기한 범인 도피 죄까지 적용되어 실형이 유력해 보였다. 철민은 경찰에게 양팔이 결박된 채 포토 라인에 서 있는 유린의 아랫배로 눈을 내리다 아예 티브이 화면을 꺼 버렸다.

"걱정 마요."

철민이 외국 지사로 발령받으며 비워 뒀던 이사실 입구로 누군가 들어섰다.

"애는 처음부터 없었으니까."

태욱이 팔짱을 낀 채 서 있었다. 철민은 녀석을 노려봤다. 그가 건넨 말이 무슨 뜻인지 뒤늦게 이해한 건 몸속으로 점점 퍼져 나가고 있는 알코올 때문이라 생각했다. 이게 누굴 병신으로 아나. 그가 몇 번이고 친자 검사를 했고, 확인서까지 받아 보았다. 거짓말일 리가 없었다.

"형은…… 아직까지 순진한 구석이 있어요."

"너, 이 새끼……."

철민이 부들부들 떨며 자리에서 일어났다. 그는 믿지 않았지만 아니라 부정하지도 못했다. 돌이켜 보면 결국 모든 게 태욱의 말대로 되었다. 자신은 늘 스스로가 만든 함정에 빠졌고, 녀석의 그늘 아래에서 어쫍잖은 복수심만 키웠다. 뭐가 달랐던 걸까. 무엇이 그를 평생 동안 패배감에 휩싸이도록 만든 것인가.

“날 이기려 했던 거. 그 목표가 잘못된 겁니다. 아직도 모르겠어요?”

태욱은 천천히 걸어와 철민의 앞에 섰다. 그가 손에 들고 있던 서류 봉투를 철민의 책상 위로 떨어뜨렸다. 철민은 얼른 그것을 집어 들고 안의 내용물을 확인했다.

“이게…….”

“지유린 사건 증거물. 지 회장이 나한테 보낸 거야. 형을 시험해 보고 싶었던 거겠지. 한자리 차지하고 앉은 양반들, 얼마나 비겁하고 잔인한지 형도 겪어 봤으니 알 거 아닌가? 있던 죄도 없애고, 없던 죄도 만들어 내는 사람들인데 이런 가짜 확인서쯤은 손쉽게 만들어 내지 않겠어? 이건 형도 잘하는 짓이잖아.”

태욱의 입은 웃고 있었지만 눈은 어느 때보다 서늘했다.

“그래, 애야 그렇다 치고. 그럼…… 너랑 나랑 저울질하려고 자기 딸을 감방에 처넣었다는 소리야? 그걸 나한테 믿으라는 거야? 그렇게까지 할 이유가…….”

“그러니까. 그럴 수 있다고. 자식보다도, 가족보다도 더 중요한 게 생기면…… 무서운 괴물로 변하는 거야. 어차피 사고만 치는 막내딸, 저렇게 해서라도 제정신 차리도록 만드는 게 그 집안 룰이라면 할 말 없지. 이해하려고 하지 마요.”

책상에 놓인 명패를 쓸어 내며 말하던 태욱이 행동을 멈추고 철민을 정면으로 바라봤다.

"그것부터가…… 싸움에서 지고 들어가는 거니까."

누가 이긴 것인가. 애초에 그 물음부터 잘못되었다는 것을 태욱은 깨달았다. 필성이 몰아넣은 싸움터 안에서 미친 말처럼 자라나면서 그는 제정신으로 사는 법을 잊어버렸다. 평범하게 웃을 줄 몰랐고, 누군가를 지키기 위해서 무언가를 포기하기도 해야 한다는 걸 받아들이지 못했다.

그의 아버지는 알았던 걸까. 자신의 뿌리까지 내려놓고 선택한 삶이 그때는 최선이라는 것을. 끝내 스스로를 내려놓은 죽음까지 받아들이진 못해도 태욱은 이제 아버지를 꿈에서 만나도 예전처럼 원망스럽진 않을 것 같았다. 어쩌면 그를 이해하려 했던 것이 잘못일 수도 있었다. 누군가를 이해한다는 건, 내 자신에게 주는 아주 가혹한 벌이 아닐까. 태욱은 거기까지만 생각하기로 했다.

태욱이 사무실을 빠져나간 뒤 철민은 어둠이 찾아온 창가 앞에 섰다. 그는 손에 쥐고 있던 위스키를 한 번에 입 속으로 털어 넣고선 핸드폰을 꺼냈다. 망설임 없이 통화 버튼을 누르자 곧 상대방에게서 대답이 날아왔다.

"진행시켜."

그는 간단하게 말하고 다시 창을 바라봤다. 노을이 내린 하늘은 아름답기 그지없었다.

○ ◆ ○

"밥은? 고기가 왜 없어? 나 안 보고 싶어?"

태욱의 말에 맞은편에 앉은 두 사람이 얼굴을 일그러뜨렸다. 그러거나 말거나 태욱은 핸드폰을 든 채 자신의 말을 이어 갔다. 다시 돌아왔을 때 몰골이 상해 있어 이젠 정신을 좀 차린 줄 알았는데, 주변 사람에 대한 배려가 없는 건 여전했다.

"누가 있으면 어때? ……그래. 마음대로 시켜도 돼. 그러라고 붙인 거야. 근데 너무 붙어 있진 말고."

은림은 아예 포기하며 들고 있던 서류를 테이블에 내려놓았다. 이런 사적인 통화는 나가서 받으라고 엄포를 놓아야 했지만 지금 있는 장소가 태욱의 집무실이니 그럴 수도 없었다.

"그래, 질투야. 지금 맘 같아선 내 옆에 끼고서 일……."

"야야, 그만! 저기, 서영 씨! 그만 좀 끊어 주세요!"

결국 훈재가 항복하듯 태욱의 핸드폰 쪽으로 소리쳤다. 그가 어떤 상황인지 알지 못했던 서영은 급하게 전화를 끊어 버렸다. 태욱은 황당한 얼굴로 맞은편의 친구를 노려봤다.

"보면 어쩔 건데? 나도 쌓인 거 많으니까 이것부터 처리하고 얘기하자."

그렇게 나온다면 태욱도 할 말은 없었다. 작게 웃음을 흘린 그는 다시 테이블 위에 놓인 서류들에 집중했다. 지금 벌어진 상황에서 제일 머리가 아픈 은림이 이마를 짚고 소파에 거의 눕듯이 앉아 있었다. 태욱이 닭 털을 날려도 그녀의 귀에는 제대로 들리지 않았다.

"뭘 고민해요?"

태욱이 간단하게 말하며 은림을 바라봤다.

"남 일이라 이거지?"

은림이 태욱을 향해 날카롭게 눈을 떴다. 태욱의 입가엔 여전히 웃음기가 남았다. 은림은 이 상황이 이상하게 느껴졌다. 그렇게 원하던 자리 아닌가. 평생 품어 왔던 복수심을 그 자리를 차지함으로써 보상받으려던 녀석인데, 이렇게 쉽게 포기하고 웃고 있다니.

"내가 볼 땐 고모도 아트센터 해낸 거 보면 아예 감이 없진 않아요. 나도 옆에 있을 거고. 박 변도 잘 도와줄 겁니다. 정 안 되겠으면 전문 CEO를 쓰는 것도 방법일 거예요."

필성이 남긴 유언장이 공개되면서 한동안 유신건설 사내 채팅방이 떠들썩했다. 태욱도, 철민도 아닌 은림이라니. 후계자의 후보군에도 없던 인물이었다. 태욱은 상황을 그대로 받아들일 뿐이었다. 조부의 마지막 선택도 그는 상상하지 못했던 결말이었다.

한때는 그 양반을 이겨 보려 했고, 이해해 보려고도 했다. 하지만 모두 의미 없는 짓들이었다. 복수라는 핑계에 감춰진 욕심일 뿐이었고, 그걸 필성 또한 모르지 않았으니 그를 이용했을 것이다. 모두 그가 자초한 일이었다.

"내가 너한테 넘길 수도 있다는 건 왜 고려 안 하는 건데?"

은림은 처음부터 그럴 생각이었다. 그녀가 갑자기 이 큰 회사를 떠맡는 것도 우스웠고, 그러고 싶다는 욕망도 가지고 있지 않았다. 필성에게서 유산을 받는 것조차 남의 일처럼 생각했었다. 이미 그녀의 몫으로 아트센터와 리조트를 받았다. 그 이상을 원할 만큼 필성과 그녀의 관계가 돈독하다고 생각하지도 않았다.

"그래. 관장님 생각에 나도 동의해. 현재 상황에서 그 자리에 앉아야 할 사람은 너야. 직원들도 그걸 원하고. 죽어도 회장이 될 것처럼 굴더니 갑자기 왜 마음이 바뀐 건데?"

훈재 역시 태욱의 지금 행동을 납득할 수 없었다. 지금까지 수많은 일들을 겪었고, 필성까지 떠나 버렸으니 허무함이 드는 것은 이해하는 바이지만 잠조차 반납하고 몸 바쳐 지켜 온 유신을 완벽하게 차지할 수 있는 기회를 제 손으로 놓아 버리는 건 그가 아는 강태욱답지가 않았다.

그 자리를 차지하기 위해서 철민과 피 터지는 싸움을 한 것 아닌가. 마지막까지 철민에게 패배감을 안겨 주며 물러나게 만든 것은 도대체 무슨 연유 때문이었는지. 언제나 완벽하게 이해할 수 없는 녀석이었지만 이번만큼은 훈재도 가만히 있을 수가 없었다.

"가질 이유가 없어졌어."

태욱은 짧게 답했다.

"뭐?"

"솔직하게 말하면 두렵기도 하고. 그 자리에 앉는 순간, 많은 걸 포기해야 할 테니까. 그렇게 사는 인생이 얼마나 외로운지 누구보다 잘 알아. 내가 가진 게 얼마나 있다고. 그것마저 포기하면서 살고 싶지 않아."

속마음을 다 내비친 태욱의 진지한 고백에 두 사람은 더 이상 강요할 수가 없었다.

"행복해지고 싶어."

훈재는 친구의 말을 듣자 울컥하고 말았다. 그건 은림도 마찬가지인지 그녀는 자리에서 일어나 이사실 안의 냉장고 문을 열었다. 생수병만 놓여 있는 태욱다워 은림의 입가엔 편안한 웃음이 번졌다.

행복해지고 싶다니. 태욱에게서 그런 말을 들을 줄은 몰랐다. 새언니 정애가 늘 바라던 것이었다. 태욱이가 행복이란 감정을 알았다면 좋겠다고. 은림은 이제 오빠 인주의 꿈을 꿔도 전처럼 막막할 것 같지 않았다. 모든 것이 감사했고, 그녀가 지금보다 더한 책임감을 가져야 한다고 해도 아버지의 회사를 잘 지켜 내고 싶은 마음이 생겨났다. 그게 그녀가 필성에게 할 수 있는 마지막 도리였기 때문이다.

○ ◆ ○

"……오리야. 까꿍! 이모, 해 봐."

"자기, 바라는 게 많다. 아직 엄마 소리도 못 들었는데?"

응접 트레이에 서영이 사 온 케이크와 음료 세 잔을 담아 내오던 지선이 참지 못하는 성격답게 가만히 넘어가지 못하고 한 소리를 했다. 서영은 민망한 웃음을 보이며 그녀에게서 트레이를 건네받아 테이블에 내려놓았다.

"회사는 어떻게 할 거야?"

지선이 묻자 서영은 얼른 대답했다.

"다음 주부터 출근하기로 했어요."

"유신으로 갈 줄 알았더니?"

간다고 해도 절대 보내지 않겠다는 표정으로 지선이 물었다.

"그 정도로 의리 없진 않아요."

서영은 미안한 웃음을 흘리다 지선이 가져온 커피 잔을 의아한 눈으로 내려다봤다. 그 시선을 눈치챘는지 지선에게서 대답이 곧장 날아왔다.

"저기 잘생긴 비서님도 한 잔 드려야 할 거 아니야?"

"아……."

서영이 괜찮다고 했지만 주한은 기어이 지선의 집 안까지 들어와 그녀를 경호했다. 그렇다고 편하게 있는 것도 아니었다. 선을 지키듯 현관에 놓인 의자에 정자세로 앉아 있었다. 그것도 지선이 억지를 부려 가능한 일이었다. 비서보다 보디가드가 더 잘 어울리는 주한을 보며 지선은 잠시 흐뭇한 미소를 지었지만 곧 오리를 보며 제정신을 차렸다.

"이렇게까지 과보호하는 이유가 있을 거 아니야?"

주한의 몫으로 내려 온 커피를 그의 손에 쥐여 주고 다시 자리로 돌아온 지선은 여전히 자신의 아들에게 빠져 있는 서영에게 궁금증을 참지 못하고 물었다.

"……있겠죠. 근데, 안 물었어요."

그가 어떤 마음으로 그러는지 모르지 않았다. 태욱이 이러는 이유가 분명 있을 것이고, 그것을 듣게 된들 그녀가 할 수 있는 일은 없을지도 모른다. 지금 서영이 바라는 건 그저 그가 없는 지옥 같은 시간 속으로 되돌아가지 않는 것뿐이었다.

"참, 거기도 쉽지 않은 인생이야."

서영은 공감했지만 남 얘기를 듣는 것처럼 고개를 끄덕일 순 없었다. 태욱이 처한 삶이 평범하지 않다고 해서 그와 헤어질 것인가. 그럴 수 없다는 걸 서영은 이미 뼈아프게 경험하고 깨달았다. 그런 태욱의 삶까지 받아들이는 게 사랑이라는 결론에 이르렀고, 그러자 모든 게 편안해졌다.

"그래도 좀 괘씸한 건 있잖아. 정작 본인은 감쪽같이 사라져서 사람 마음고생 시키고. 내가 그때 오리 아빠 얼굴만 생각하면 아직도……. 아니다. 잘 돌아왔으니 됐지, 뭐."

훈재가 어땠을지 서영도 그려졌다. 그녀 또한 은림과 훈재에게 제대로 상황을 보고하지 않고 그와 짧은 여행을 떠났었다. 당시엔 어느 누구에게라도 그의 행방을 알리면 태욱이 곧장 경찰에 붙잡혀 갈 것만 같았다. 서영은 그 당시를 떠올리면 지금도 아찔했다.

"저도 공범이에요."

"그래. 아주 눈물 나는 사랑이야."

지선의 농담에 둘은 동시에 웃음을 터뜨렸다. 엄마가 웃는 걸 아는 것처럼 잠들어 있는 오리도 같이 웃었다. 서영은 무언가에 홀린 듯 오리를 내려다봤다. '수호' 라는 진짜 이름이 생기긴 했지만 그녀는 여전히 오리란 태명이 더 좋았다. 옆에 선 이가 태욱인지도 모른 채 태명의 뜻을 설명해 주던 예전 기억이 되살아났다.

"그렇게 예뻐?"

"네. 완전 천사 같아요."

서영은 고개도 들지 않고 대답했다.

"자기도 청혼해."

"네?"

지선의 갑작스러운 말에 서영은 정신을 차리듯 시선을 들었다.

"뭘 놀래? 결혼 안 할 거야? 이렇게까지 전 국민적으로 로미오와 줄리엣이 됐는데?"

어쩌다 보니 두 사람의 러브 스토리는 영화보다 더한 현실이 되어 온라인을 달궜다. 태욱이 그녀를 지키기 위해서 했던 행동들. 그리고 두 사람에겐 잘못이 없다는 가슴 아픈 사연까지 더해지며 곤두박질치던 유신건설의 주가가 조금 오르기도 했다.

"그래서 말인데요. 두 분은 어떻게 결혼하신 거예요?"

서영이 멀찍이 있는 주한의 눈치까지 살피며 조심스럽게 물었다. 돌연 결혼 발표를 한 지선은 여태껏 프러포즈에 관한 이야기만은 그녀에게 해 주지 않았기 때문이다.

"우리? 내가 소주 두 병 먹이고 자는 그이 손에 반지 끼워 버렸어."

"네?"

지선은 그날 일이 아직도 생생하다는 듯 입꼬리를 올렸다.

"아주 철저한 작전이었다? 그 인간, 아니, 오리 아버지가 또 얼마나 빈틈없는 계획주의자인 줄 알아? 나 모르게 반지 맞추고 청혼 낭독서까지 작성해 놨더라고. 근데 나도 무슨 청개구리 심보인지 그 사실을 알고 나니까 내가 먼저 해 버리고 싶은 거야. 두고두고 우려먹으려고. 그래서 그날 바로 반지 맞춰서 만나자고 했지."

남의 프러포즈 이야기가 이렇게 흥미진진할 줄 몰랐다. 서영은 갑자기 손에 땀이 나기 시작했다. 어쩐지 그녀가 청혼하는 것처럼 가슴이 간질거리기도 했다.

"술 먹자니까 싫대. 내일 아주 맑은 정신으로 할 일이 있다는 거야. 그래서 알겠다고 하고 나 혼자 소주를 마시기 시작했지. 회사 부장 얘기를 하면서 눈물도 조금 보이고."

지선이 연기였다는 것처럼 찡긋 눈짓을 보였다.

"그러니까 옆에 앉아서 위로를 해 주는 거야. 내가 오늘은 같이 취해 주면 안 되냐고 했지. 망설이더라. 그래서 이때다 싶어 볼에 뽀뽀를 해 줬지. 내가 밖에선 절대 애정 표현을 안 했거든. 그랬더니 정신을 못 차리면서 술을 마시는데 두 병에 게임 끝. 그 틈을 타서 반지 끼우고 택시에 태워서 우리 집으로 끌고 갔지. 새벽에 벌떡 일어나더니 자기 손에 끼워져 있는 게 뭐냐고 묻는 거야."

서영은 당황해하는 훈재의 모습이 눈앞에 그려지는 듯했다.

"그래서 내가 청혼 반지라고 했어."

"그게…… 끝이에요?"

"그럼 무슨 말을 더 해?"

"아……."

"자기도 먼저 해 버려. 나한테 아주 좋은 아이디어가 있는데."

지선이 주한의 눈치를 살피며 서영의 귓가에 속삭였다. 그녀의 계획을 듣고 있으니 서영은 벌써부터 심장이 쿵쾅거렸다. 그게 먹힐 남자가 아닐 것 같으면서도 또 한 번쯤은 그에게 놀랄 만한 이벤트를 만들어 주고 싶기도 했다.

"알겠지? 그럼, 일단 화장실부터 가."

지선의 지령을 받은 서영이 조용히 화장실로 향했다. 핸드폰 전원을 끄고 가방 안에 넣었다. 잠시 후 문이 열렸다 닫히는 소리가 들렸다. 주한을 따돌린 지선은 서영을 얼른 집 밖으로 내보내며 파이팅을 외쳤다. 서영은 서둘러 택시를 잡아타고 목적지로 향했다.

○ ◆ ○

"네, 알겠습니다. 감사합니다. 이 은혜는……."

태욱이 말을 끝맺기도 전에 지선은 얼른 예쁜 조카 보게 해 달라고 말하며 그의 얼굴이 붉어지도록 만들었다. 여전히 상대하기 어려운 사람이었다. 하지만 그런 인물이 하나뿐인 친구의 와이프이자 사랑하는 사람의 둘도 없는 지인이라면 그도 받아들여야 하는 게 맞았다.

— 다시 한번 강조하지만 하트 안에 들어가 계셔야 해요. 러브가 나고, 내가 러브다. 사랑 이즈 전부. 오케이?

"오……케이."

태욱은 또 무슨 말이 나올까 싶어 얼른 대답했다. 안심이 되었는지 지선은 그제야 통화를 종료할 수 있게 해 주었다.

솔직히 태욱도 상황이 이렇게 될 줄은 몰랐다.

청혼. 그 단어를 생각하고, 머리를 굴리다가 지선에게까지 코칭을 받게 된 건 모두 훈재 녀석의 프러포즈 에피소드를 전해 들은 때문이었다. 선수를 뺏겼다고 두고두고 억울해하던 친구의 얼굴이 아직도 기억에 남았다. 박훈재가 어떤 놈인지 누구보다 잘 알고 있는 태욱이었기에 지선의 아이디어가 궁금하지 않을 수 없었다.

"후아……."

그래도 하트 촛불에 LED 플랜카드는 너무하지 않나. 명색이 건설회사 이사인데. 태욱은 자신이 꾸며 놓고도 지금 눈앞에 펼쳐진 현장을 바라보고 있는 게 쉽지 않았다. 손발은 이미 벚꽃 잎으로 'LOVE'를 만들 때부터 오그라든 지 오래였다.

사실 이 모든 걸 주문한 것도 그였다. 남들처럼 평범한 프러포즈를 해주고 싶었다. 그래서 요즘 사람들은 어떻게 청혼하는지 지선에게 먼저 물었다. 그렇다고 또 너무 흔한 건 싫었다. 좋은 작전이 없겠냐고 묻자 지선은 탁월한 아이디어를 내어 그들의 프러포즈를 이중 비밀 작전으로 진행하게 만들었다.

서영이 먼저 청혼하겠다고 마음먹도록 분위기를 만든 후, 그 현장에 태욱이 더 빨리 도착하는 것이었다. 마음의 준비를 하지 않고 있던 서영이 두 배로 감동할 수 있을 것이라 지선은 예상했다. 태욱도 그 편이 더 극적이고, 영화 같아 마음에 들었다.

하지만 꽃다발과 청혼 반지를 든 채 하트 촛불이 켜진 꽃길 안에 들어가 있는 자신이 어색한 건 어쩔 수가 없었다. 모든 준비를 마친 태욱은 서영에게 건넬 말을 연습하며 목을 가다듬었다. 업무 때문에 수없이 프레젠테이션을 하면서도 단 한 번도 떨지 않았던 그이건만 이상하리만치 심장이 뛰었다. 그 순간 다시 핸드폰이 울렸다. 비서 주한이었다.

"접니다. 보고하세요."

— 네. 지금 택시 타고 계획 장소로 가시는 중입니다.

"주변은? 이상한 낌새는 없습니까?"

— 네, 별다른 특이점은 없습니다. 그리고 방금 연락을 받았는데 손철민 이사 쪽에서 건양 지 회장을 찾아갔다고 합니다. 업체까지 동원한 걸로 봐선 큰 소란이 예상됩니다.

이쪽이 아니라 그쪽이었나. 태욱은 그제야 한시름 놓게 되었다. 생각해 보면 예상되는 수순이었다. 결국 철민의 목적은 태욱이 아니라 필성의 자리였으니까. 그곳을 제 발로 걷어찬 태욱의 소식을 누구보다 빠르게 접수했을 것이고, 마지막 기회를 잡고 싶었을지도 모른다. 그래서 철민이 안타까우면서도 태욱은 그를 온전한 제 편으로 생각할 수가 없었다. 어쩌면 그것은 영원히 변하지 않을 감정일지도 몰랐다.

"그럼, 도착 5분 전에 문자 주세요."

— 네, 알겠습니다. 이사님.

전화를 끊고 태욱은 잠시 핸드폰을 내려다봤다. 필성이 붙인 인물인데 어째서 주한을 믿고 서영의 경호까지 맡기게 된 것일까. 자신이 왜 그런 선택을 했는지 지금도 또렷하게 설명하기 어려웠다. 필성에게로 전달되는 태욱에 관한 보고가 하나둘 빠지기 시작했을 때부터였을까. 급기야 창수가 서영의 어머니를 만났다는 사실을 가장 먼저 전달해 온 사람도 다름 아닌 주한이었다. 그때 태욱이 곧장 이영희 여사를 만나지 않았다면 어떻게 됐을까. 반대의 뜻을 듣긴 했지만 주한 덕분에 너무 늦지 않게 누구의 죄든 모든 것을 사죄하고 자신이 서영을 얼마나 사랑하는지 그 마음을 전할 수 있었다. 그 덕분에 태욱은 서영을 완전히 보내주고 다시 붙잡을 용기를 얻을 수 있지 않았을까 되돌아본다.

[도착 5분 전입니다.]

생각에 잠겨 있던 사이, 문자가 도착했다. 태욱은 다시 긴장한 태도로 꽃다발을 들고 하트 촛불 안에 섰다. 멀리서부터 계단을 오르는 익숙한 발자국 소리가 들렸다. 그런데 뭔가 이상했다. 소리가 여러 개였다. 그 순간, 현관 비밀번호가 눌리고 문이 열렸다.

"그러니까 내가 하트로 꽃길을 만들…… 태, 욱아?"

문을 연 사람은 은림이었다. 그리고 뒤따라 들어오던 서영이 양손에 잔뜩 들고 있던 포장 봉투를 떨어뜨렸다. 태욱의 얼굴은 곧장 흙빛으로 변했다. 이건 시나리오에 없던 상황이었다. 지선도 언급하지 않았고, 주한 역시 보고가 없었다.

"태욱아, 뭐 해? 꽃밭에 서서. 푸하하."

상황이 어찌 됐든 웃긴 건 웃겼다. 은림이 일단 웃어 버렸다.

"그만 웃죠?"

태욱이 날카롭게 노려봐도 그녀는 멈출 생각이 없었다.

"미안. 미안해, 태욱아. 네 서프라이즈 프러포즈를 이렇게 망칠 의도는 없었다. 하하하. 나는 서영 씨가 도와 달라고 해서 빌라까지 달려온 죄밖에 없어. 근데, 하하하. 천하의 강태욱도 프러포즈는 오글거려야 제 맛인 거지?"

"……관, 관장님."

이 상황을 미안해하는 게 우습긴 하지만 태욱의 표정을 보고선 그럴 수밖에 없었다. 서영은 그가 지선과 짠 후 이런 일을 벌일 거라곤 꿈에도 생각하지 못했다. 알았다면 절대 은림에게 도와 달라고 하지 않았을 것이다. 그래. 프러포즈는 원래 혼자의 힘으로 하는 것인데. 서영은 또 자신을 반성하게 되었다.

"뭐 하고 섰어? 얼른 이리 와."

태욱이 꽃다발을 바닥에 던져 놓고 서영부터 자신 쪽으로 당겼다.

"그리고 고모는 상황 파악 됐으면 나가 주시죠."

태욱은 야멸차게 등을 밀며 은림을 쫓아냈다. 닫힌 문 너머에서 여전히 쩌렁쩌렁한 은림의 목소리가 들려왔다.

"어? 야, 나는 증인 할게. 너 프러포즈하는 거 너무 보고 싶다. 이왕이면 영상 촬영도 하면 좋잖아. 내가 찍어 줄게. 어? 태욱아, 문 좀 열어 봐."

진짜 고모만 아니면. 태욱은 깊은 화를 한숨으로 쏟아 내며 현관문을 이중으로 잠갔다.

그 모습을 지켜보던 서영 또한 웃음을 참지 못했다. 아무리 그래도 꽃밭은 좀 심하지 않아요? 그런 말이 목 끝까지 차올랐지만 참았다. 참아야만 했다. 그 뒷감당을 하는 건 그녀도 힘이 들었으니까.

"무력을 사용해요. 내가 책임지겠습니다."

베란다에 서서 바깥을 내려다보며 태욱이 주한에게 전화로 지시했다. 뒤늦게 사태 파악을 한 주한에게서 여러 번의 부재중 전화와 문자가 남겨졌지만 긴장한 태욱은 미처 확인하지 못했다. 그렇다고 손 놓고 당할 그가 아니었다.

"야, 강태욱! 너, 진짜 이럴 거지!"

빌라 아래에서 은림이 큰 소리로 5층을 향해 소리쳤다. 그 옆에서 곤란한 표정을 짓고 있던 주한은 어쩔 수 없다는 듯 은림의 입을 막고 그녀를 둘러멨다. 그 모습을 같이 지켜보던 서영은 놀라서 입을 막았다. 은림은 그저 자신을 도와주러 온 것뿐인데 어쩐지 방해꾼이 되어 쫓겨나는 것 같았다.

"진짜 뒷감당 어떻게 하려고 해요?"

은림을 짐짝처럼 태운 주한의 차가 떠나자 서영이 태욱을 바라봤다.

"너는?"

이제야 태욱은 본론으로 들어가겠다며 서영에게 한 발짝 더 다가왔다.

"아…… 이사님. 그게……."

왜 사과해야 하는지 모르겠지만 서영은 태욱의 얼굴을 정면으로 바라볼 수가 없었다. 아직 방 안엔 꽃밭이 펼쳐져 있었고 청혼 반지 케이스는 그의 바지 주머니를 불뚝 솟아오르게 만들며 제 존재감을 당당하게 뽐냈다.

"내가 언제까지 이사님이야?"

그건 왜 갑자기 걸고넘어지는지. 서영이 조용히 눈을 맞추고 태욱을 노려봤다.

"이제야 좀 보네."

태욱이 다행이라며 웃었다. 어쩐지 둘 다 청혼 준비를 했다고 생각하자 분위기는 더 어색해졌고 마치 첫 키스를 나누는 연인처럼 떨렸다. 그가 이런 준비를 하려고 했다는 것만으로도 서영은 감사했다. 지선의 부추김을 받아 얼떨결에 청혼할 생각을 했지만 결혼은 또 다른 문제일지도 모른다는 현실적인 마음도 들었다. 그렇다고 그와 연애만 할 것인가. 그것도 싫었다. 서영은 태욱을 닮은 아이를 낳고 안정적인 가족을 이루고 싶었다. 그를 사랑하는 마음의 끝에는 평생을 함께하고 싶은 욕심이 자리 잡고 있었다.

"윤서영."

태욱이 생각에 빠진 서영의 뺨을 붙잡아 자신을 바라보게 했다.

"나랑 결혼할래요?"

폼은 태욱이 잡고 말은 서영에게서 먼저 튀어나와 버렸다. 태욱은 잠깐 당황한 표정을 지었지만 이내 웃음을 터뜨렸다. 훈재의 마음이 어땠을지 조금은 이해가 되기도 했다.

"맨입으로?"

"아."

서영이 뒤늦게 자신이 사 온 청혼 반지를 가지러 가려고 하자 태욱이 그녀를 더 꽉 붙잡아 꼼짝할 수 없게 만들었다. 심술부리는 건가. 서영이 작은 한숨을 내쉬며 웃었다.

"놔줘요."

"반지는 나도 있어. 그게 중요한 게 아니잖아?"

그럼 뭐냐고 물으려니 태욱이 서영의 허리를 휘감고 있는 팔을 좀 더 당겼다. 거리가 너무 가까웠다. 아니, 아예 서영이 태욱에게 매달린 꼴이었다. 무엇을 원하는지 이제야 알게 된 서영은 하는 수 없이 그의 입에 입술을 맞췄다. 잠깐 부딪쳤다 떨어지던 입술이 어김없이 거칠게 삼켜졌다. 오랜만의 키스이기도 했고, 청혼이라는 생각이 들자 기분이 또 달랐다.

"으읏. 잠깐, 잠깐만요."

그 순간 태욱이 서영을 안아 올렸다. 곧장 이럴 수 있나. 그가 하려고 했던 말도 듣지 못했는데. 서영은 얼렁뚱땅 넘어가려는 그의 태도가 아쉬웠지만 어쩔 수가 없었다. 태욱이 더 이상 참지 못하겠다는 표정으로 침대에 그녀를 내려놓고 달려들었다. 솔직히 그의 몸이 그리웠던 건 그녀도 마찬가지였다.

둘둘 만 이불을 같이 덮어쓴 채 두 사람은 베란다 앞에 앉았다. 어느새 동이 트기 직전인 새벽이 찾아왔고, 창밖은 천천히 밝아지고 있었다. 이렇게 평온한 마음으로 하루를 맞았던 적이 언제였던가. 이젠 제대로 기억나지 않았다. 그와 함께한 이후부터 그를 빼놓고는 생각할 수가 없었다.

"여기 집은 언제 지어요?"

서영이 궁금해 물었다.

"언제든지 내가 짓고 싶으면."

태욱이 또 얄밉게 대답했다.

"집 다 지으면 나랑 같이 살래?"

쿵. 다 알고 있었으면서도 갑작스러운 프러포즈에 심장이 반응해 버렸다. 서영은 귓가에 속삭이는 그의 목소리가 좋아 좀 더 태욱의 품에 기댔다. 그리고 그를 가만히 올려다봤다.

"싫어요."

"……뭐?"

예상치 못한 답이었다.

"짓기 전에 살 거야."

하. 이렇게 마음에 드는 말만 한다 이거지? 태욱이 그녀의 입술을 찾았다. 밤새 괴롭혔으면서도 그는 성에 차지 않았다. 서영이 부은 입술이 아프다며 그를 밀어 내려 했지만 그는 그녀를 더 꽉 끌어안았다.

"근데 나 진짜 마음에 걸리는 거 있어요."

서영이 가까스로 그에게서 빠져나와 말했다.

"뭔데?"

도망가지 못하게 그녀를 품에 가두고 태욱이 되물었다.

"그때 메모에 뭐라고 썼어요?"

그게 항상 마음에 걸렸다.

"뭐였을 것 같아?"

그가 묻자 서영은 잠시 고민하다 대답했다.

"……사랑해?"

"드디어 그 말을 들어 보는군."

서영이 노려보자 태욱이 웃어 버렸다.

"고마워……. 그렇게 썼어. 그 말이 하고 싶었거든. 너를 만나서 나란 놈이 웃을 수 있고, 편히 잘 수 있고, 조금이라도 여유란 걸 알게 됐으니까. 또 뭐가 문제인지도 깨달았고, 사랑이란 게 뭔지도 알았고, 그리고 또 미치도록 행복했어. 그래서 아주 고마웠어."

그의 고백에 저절로 눈물이 차오르고 말았다. 서영이 울음을 머금은 채 웃었다.

"앞으로 더 행복할 거예요."

"그래. 그럴 거야."

태욱이 다시 서영의 뺨을 끌어와 조심스럽게 키스했다. 이번엔 서영도 피하지 않고 그의 목에 팔을 둘렀다. 밖의 풍경은 눈에 들어오지 않았다. 이제 그것보다 더 좋은 것이 생겨 버렸으니까. 당연한 수순처럼 태욱이 서영을 번쩍 들어 올려 방 안으로 들어섰다. 열어 둔 문으로 봄과 여름 사이의 바람이 스며들어 왔다. 이미 벚꽃은 졌다. 이제 뜨거운 여름이 시작된다는 걸 예고하는 것이겠지. 그것이 어느 때보다 자연스러운 날이었다.

— *fin*

에필로그

behind story - 태욱

걸음을 뗄 때마다 눈앞이 하얘졌다. 어지러움까지 더해지는 걸 보니 이번 두통은 강도가 심했다. 그럴 수밖에 없었다. 아버지 기일을 앞두고 손 회장이 본가로 부르는 일이 잦아졌다. 뭘 더 해낼 수 있을까, 반문하면서도 그는 그 이상의 결과물을 만들어 내고 있었다.

그러기 위해선 당연히 포기하는 게 필요했다. 잠은 애초부터 그의 인생에서 친해질 수 없는 욕구였다. 병처럼 불면증을 달고 살다 보니 얻어지는 건 시간이었고 남들보다 더 오래 깨어 있는 덕분에 해낼 수 있는 게 배가되었다.

"후……."

태욱은 또 한 번 바늘도 찌르듯 관자놀이를 쑤시는 두통에 숨을 삼키고 내쉬었다. 복도에 선 채 두통이 잦아들길 기다렸다. 어차피 늦은 밤이었고 사무실 불은 모두 꺼져 있었다. 누구에게도 들킬 염려가 없다는 소리였다.

굳이 감출 것도 없었지만 먼저 약점을 내보일 필요도 없었다. 사내에서 이미 태욱은 감히 따라 할 수 없는 철인이었고, 인간이 아니라 기계일지도 모른다는 진지한 소문까지 퍼져 있었다. 그 말을 들을 때마다 태욱은 잠시나마 보상받는 기분이 들기도 했다. 그 누구도 대체할 수 없는 사람이 되어야만 한다. 그였기에 지금의 모든 것을 이뤄 냈다는 걸 증명하리라. 하나의 목표만을 가지고 아버지가 제 발로 떠난 손 회장의 곁에서 현재를 살아 냈다.

재벌가의 감춰 둔 손자. 그리고 후계자가 되기 위한 능력 검증. 모두가 진실을 알면 고개를 끄덕이고 드라마처럼 비현실적으로 여길 사연. 그 주인공이 태욱 자신이었다. 그 또한 스스로가 그런 인생을 살아가게 될 줄은 몰랐다.

어차피 태어나는 것은 그의 선택이 아니었다. 살아가기 위해, 살아 내기 위해 정한 하나의 목표가 한 번씩은 안개에 휩싸인 것처럼 흐릿해져 그를 주저앉게 만들 때도 있었다. 머리가 뜨거운 물에 담긴 것처럼 끓어오르며 터져 버릴 것만 같을 땐 약이 아니라, 다른 무언가가 필요하지 않을까 반문해 보기도 했다.

하지만 그때뿐이었다. 약을 먹으면 되돌아가게 되어 있었다. 아주 쉽고 간단한 방법이었다. 태욱은 사무실 안으로 들어서 곧장 자신의 책상으로 향했다. 두 번째 서랍을 열자 두통약들이 꽉 들어차 있었다. 그중 제일 약효가 강한 약통을 집어 올렸으나 빈 통이었다. 나머지들도 마찬가지였다.

"하아……."

한숨 같은 웃음이 새어 나왔다. 이 많은 약들을 어느새 다 집어 먹었던가. 이 정도면 약물 중독이 아닌지 의심해 봐야 할지도 모른다. 그는 탁, 서랍을 닫고 탕비실 쪽을 바라봤다. 사무실로 들어설 때만 해도 눈치채지 못했는데 불이 켜져 있었다.

아직 누군가 남아 있는 건가. 빽빽하게 붙어 있는 책상들을 훑어보는데 맨 끝 지점에서 작은 스탠드 불빛이 새어 나왔다. 홍보 팀 신입 자리였던가. 태욱은 잠시 추측을 하다가 다시 두통이 몰려오자 더 이상 참지 못하고 탕비실로 걸어갔다.

문을 열자 내부는 조용했다. 아마도 마지막 퇴근자가 깜박하고 불을 끄지 않은 것 같았다. 태욱은 망설임 없이 상비약이 구비된 쪽으로 다가가 약을 꺼내고 입에 털어 넣었다. 물과 함께 약이 내려가는 순간에도 통증은 그의 머리를 더욱 강하게 조였다. 하는 수 없이 태욱은 바닥에 주저앉아 냉장고에 기댔다. 머리를 젖히고 눈을 감은 채 관자놀이를 문지르자 그제야 조금씩 숨이 쉬어졌다.

그리고 은은하게 풍겨 오는 프리지아 향에 감각이 곤두서고 말았다.

그렇다고 함부로 눈을 뜨진 않았다. 언젠가 맡은 적 있는 냄새였다. 어릴 적, 세 식구가 함께 살았던 좁은 아파트 베란다에서부터 퍼지던 섬유유연제 향기였다.

태욱은 그 시절로 돌아간 것처럼 스르르 눈을 떴다.

"……."

"……."

테이블 아래 도둑고양이처럼 몸을 웅크리고 있는 한 여자에게로 그의 시선이 정확히 향했다. 그와 눈이 마주치자 여자의 눈동자가 파도에 휩쓸린 것처럼 뒤흔들리는 게 보였다. 새로 들어온 신입이라며 그에게 90도로 허리를 숙여 인사하던 모습이 어렴풋이 떠올랐다. 입가에서 웃음이 새어 나왔지만 그는 간신히 참아 냈다.

그러고는 여자와 대치하듯 눈싸움을 했다. 당연히 몸을 일으키고 상황을 변명할 줄 알았던 신입은 그대로 얼음이 된 채 그를 바라보기만 했다. 이해는 되었다. 이 여자도 지금 얼마나 황당할까. 이 회사에서 가장 잘난 놈이라던 상사가 두통약을 집어 먹고는 바닥에 주저앉아 있으니 얼마나 실망이 클까. 태욱은 시시한 웃음을 지으며 그 자리에서 일어났다. 신기하게도 두통은 모조리 가셨다. 아무래도 상비약이 그에게 아주 잘 듣는 종류인 것 같았다.

문을 열고 나온 그는 자리로 돌아가 가방을 챙겨 집무실을 나섰다. 그때까지도 탕비실은 여전히 불이 켜진 채로 시간이 멈춰 있었다. 아무 일 없었던 것처럼 벌컥 문을 열고 말을 걸어 볼까. 태욱은 그쪽으로 걸음을 옮기려다 여자의 겁먹은 눈동자를 떠올리고 말았다. 그와 동시에 주머니에선 진동음이 울렸다. 손 회장의 호출이었다. 태욱은 몸을 돌려 사무실을 빠져나갔다. 그의 입가가 어느새 서늘하게 가라앉아 버렸다.

○ ◆ ○

"그 집 샌드위치 진짜 맛있죠?"

"너 간식으로 먹게 하나 더 살 걸 그랬나."

"됐어요. 배불러요. 그리고 선배는 빵 종류 싫어하잖아요."

"네가 먹고 싶으면…… 어, 팀장님. ……안녕하십니까."

1층에 멈춰 선 엘리베이터 안으로 사원들이 우르르 들어섰다. 지하 주차장에서 먼저 올라타 제일 뒷자리로 물러난 태욱이 얼굴만 익숙한 홍보 팀 남자 직원의 인사에 고개를 끄덕인 뒤 다시 숫자판을 올려다봤다. 금방 점심을 먹고 들어온 사람들에게선 갖가지 음식 냄새들이 섞여서 풍겨 왔다. 그런데 그 틈 사이를 비집고 기어이 그의 코를 자극하는 프리지아 향. 태욱은 천천히 시선을 내려 누군가를 찾아냈다. 이젠 어쩐지 익숙하게 다가오는 얼굴이었다.

'윤서영'이라고 했던가. 공교롭게도 탕비실 사건 다음 날 아침, 인사팀에서 가져온 신입 평가 보고서가 그의 책상 위에 올려져 있었다. 특별한 것 없는 이력과 외모. 거기다 이름도 흔하다면 흔했다. 태욱이 눈여겨볼 만한 건 아무것도 없었다. 업무 평가는 입사 동기들보다 양호했으나 특출하게 뛰어난 건 아니었다.

책상에 서류를 내려놓은 태욱은 고개를 들었다. 시선이 정면으로 향하는 곳에 신입의 자리가 배치되어 있었다. 두통을 앓을 때면 먼 곳을 바라보는 습관이 있기는 했지만 이제껏 그 자리에 앉은 사람들과 눈빛을 교환한 적은 단 한 번도 없었다. 팀장인 태욱을 대하기 불편해하는 사람들이 대부분이었으니까. 결국 분기별로 바뀌는 자리 배치도에서 그 위치는 늘 신입의 몫이었다. 그리고 갓 들어온 신입들은 곧 자신에게 맞는 부서로 발령을 받아 자리를 옮겨 갔고, 태욱의 기억에 남는 사람들이 있지도 않았다.

하지만 서영은 달랐다. 신입 딱지를 떼고 홍보 팀으로 발령을 받았음에도 지금의 그 자리를 유지했다. 어쩌다 시선이 느껴져 고개를 들면 그녀는 곧장 고개를 숙이며 어리숙하게 행동했다. 이리도 티가 날 수 있을까. 아무래도 탕비실에서 마주친 일이 그녀로 하여금 그를 의식하게 만든 것 같았다.

태욱은 조금 지나면 사라질 관심이라 여겼다. 그 시선을 신경 쓸 만큼 그는 한가하지 않았다. 한 달의 절반은 외근과 출장 스케줄이 잡혀 있었다. 근무 시간에 자신의 책상에 앉아 있는 시간보다 자리를 비울 때가 더 많았다. 그런 만큼 그에게 야근은 필수적이었다.

그러나 여자는, 그러니까 서영은 그 이후로도 수시로 불쑥, 그의 눈에 들어왔다. 단순히 그에게 소중한 기억으로 남은 섬유유연제 향기를 풍긴다는 이유로 관심이 간다는 건 이제껏 그가 살아온 상식으로는 이해하기 힘들었다.

'마음에 드는 여자 없어? 자꾸 눈에 들어오고, 생각나는…… 그런 사람.'

종종 갖는 술자리가 끝나 갈 무렵, 친구 훈재가 늘 건네는 물음을 태욱은 언제나 비웃어 버렸다. 생각나는 이와 사랑을 그렇게 아무렇게나 이어 붙이다니. 그것은 아무렇게나 정의 내릴 수 있는 흔한 마음이 아니었다. 아버지는 어머니를 위해서 자신의 핏줄을 버렸다. 그가 아는 사랑이란 그렇게 위대하고 고귀했으며 다른 어떤 것보다 신중해야 하는 큰 감정 덩어리였다.

태욱은 자꾸만 일 외적으로 신경을 쓰고 싶지 않았다. 아직 자신이 목표한 지점에 도달하려면 멀었고, 손 회장을 만족시키기 위해선 지금보다도 더 많은 결과물을 그의 눈앞에 보여 주어야 했다. 그러나 자신의 집무실로 돌아온 태욱은 언제나처럼 고개를 들어 서영의 자리를 바라봤다. 일종의 습관이 되어 버린 행동이었다. 그녀의 자리는 비어 있었다. 다행이라고 해야 할까.

시선을 내리고 컴퓨터를 켜려는데 속이 쓰렸다. 아침, 점심 모두 걸렀나. 무엇이라도 입에 넣기 위해 탕비실로 향했다.

"오늘 저녁에 후문 앞에서 떡볶이 먹을까?"

"아, 그 파란 집이요?"

우연의 연속이었다. 탕비실 안에는 엘리베이터에서 만났던 두 사람이 이미 자리를 잡고 있었다. 다정하게 마주 보고 앉아 커피를 마시는 중이었는데 방해꾼처럼 태욱이 등장한 것이다. 그의 얼굴을 보자마자 곧장 얼어 버린 서영이 얼른 고개를 숙인 뒤 커피를 싱크대에 버리고선 짧은 인사를 남긴 채 순식간에 공간을 빠져나갔다. 곧이어 남자 직원이 그에게 목 인사를 건넸다. 서 대리였던가. 서지훈. 그제야 이름과 얼굴이 매치가 되었다.

"두 사람이…… 친한가 보죠."

지훈이 탕비실을 나서려 하는 순간 태욱이 커피머신에 컵을 올려놓고 물었다. 바쁜 팀장과 말을 제대로 섞어 본 적이 없었던 지훈은 조금 놀라서 그렇다, 짧게 대답했다. 뭔가 더 대답을 바라는 것처럼 그를 바라보기에 어쩔 수 없이 대학교 후배라는 말을 덧붙였다.

"……그랬군요."

태욱이 언제 질문을 했냐는 것처럼 무관심하게 단답으로 받아쳤다. 민망해진 지훈은 찜찜한 마음이 들었지만 곧 인사를 건네고 탕비실을 빠져나갔다.

홀로 남은 태욱은 커피머신에서 추출된 에스프레소를 가만히 내려다봤다. 속이 쓰려 간식이라도 집어 먹으려 이곳에 들어왔으면서 무의식적으로 커피를 내리고 있었다. 곧이어 작은 웃음이 그의 입가에서 흘러나왔다. 아무래도 조만간 사무실 자리 배치도를 바꿔야겠다는 생각을 했다.

○◆○

"타. 가는 길에 내려 줄게."

본가를 빠져나와 골목길을 내려가는데 은림의 스포츠카가 빵빵 크게 클랙슨을 울렸다. 지방 출장을 마치고 서울로 올라오던 중 간단한 접촉사고가 났다. 차를 수리점에 맡기며 대여할 생각도 했으나 하루 이틀이면 수리가 가능하다기에 번거로운 일을 만들기 싫어 잠시 뚜벅이를 자처했다.

그가 지내는 오피스텔은 회사에서 두 정거장 거리였기에 급박하게 외부 출장을 가는 경우가 아니면 크게 불편할 건 없을 거라고 생각했다. 하지만 그 상황을 어찌 아는 것인지 아침부터 손 회장이 그를 호출했다. 이유는 허무하게도 같이 아침 식사를 하자는 것이었다.

택시를 타고 본가로 넘어가 이른 아침부터 꾸역꾸역 밥알을 삼켰다. 어머니 정애는 늘 그 자리에서 걱정 가득한 눈으로 그를 바라봤다. 태욱은 더욱더 수저를 힘차게 놀릴 수밖에 없었다. 아무래도 출근 전, 소화제를 사 먹고 들어가는 게 좋을 것 같다는 생각을 하며 자리를 버텨 냈다.

아침 식사를 하는 동안 입을 연 사람은 은림뿐이었다. 화제는 언제나 태욱이었다. 본가에 자주 좀 들르라는 협박성 잔소리. 필성은 늦둥이 딸의 오지랖에 굳이 말을 보태지도, 그렇다고 태욱의 편을 들지도 않았다.

필성은 평소와 같은 양의 밥을 먹고 언제나와 같은 시간에 정확히 자리에서 일어났다. 그가 별채로 향하는 것을 본 태욱이 재킷을 챙겨 일어나자 정애는 기어이 준비해 둔 다과를 그의 앞에 내놓았다. 이것까지 먹게 되면 정말 오늘 아침 회의 일정을 제대로 소화하지 못할 것 같아 태욱은 정애의 어깨를 다정하게 쓰다듬어 주며 바쁘다고 거절하곤 현관을 빠져나왔다.

그렇게 정애와 그가 작은 실랑이를 벌이는 동안 외출 준비를 마친 은림은 어느새 차까지 몰고 나와 있었다. 아예 그를 태워 가기로 작정하고 기다리고 있었던 것 같았다.

"언니 내려다보고 있어. 얼른."

정애가 두 사람을 지켜보고 있을 것이란 추측은 당연했다. 태욱은 어쩔 수 없이 새빨간 스포츠카에 몸을 실었다. 곧 차가 거대한 모터 소리를 내며 동네 어귀를 빠른 속도로 빠져나갔다.

"거기, 콘솔 박스 열어 봐. 소화제 있을 거야."

은림은 태욱의 표정만 보아도 다 안다는 얼굴이었다. 하긴, 눈칫밥이 몇 년인데. 태욱은 씁쓸하게 웃으며 조수석 앞의 콘솔 박스를 열었다. 갖가지 약들이 즐비하게 들어 있었다. 이 집 안에서 살게 되면 어쩔 수 없는 것인가. 문득 그런 생각이 들 정도였다.

"요새 잠은 좀 자니?"

태욱이 마시는 소화제 한 병과 알약을 꺼내자 은림이 연이어 물었다. 그의 불면증은 어머니 정애의 가장 큰 근심거리였다. 그걸 고모인 은림이 모를 리 없었다. 유별난 두 여자의 관심이 아주 싫은 건 아니었지만 때론 부담이 되기도 했다.

"알아서 해요."

"잘도."

은림이 곧장 받아쳤다. 태욱은 소화제를 먹고는 흐리게 웃을 뿐이었다.

"사람이 어떻게 일만 하고 살아? 그건 잘못된 인생이야. 어디 놀러도 좀 가고, 좋아하는 취미도 가지고, 마음 가는 사람도 만나고. 응? 그렇게 살아야……."

"고모나 그렇게 하시죠."

불쑥 이혼하고 다시 본가로 들어온 지 얼마나 되었다고. 서로가 잔소리할 처지는 아니란 눈빛으로 태욱이 그녀를 바라봤다. 은림은 '하여튼 강태욱.' 이라면서 '하하하' 웃어 버렸다. 그 뒤로 차 안엔 정적이 흘렀다.

태욱은 소화제를 먹어도 가슴의 답답함이 가시지 않아 창을 내렸다. 거리를 지나치는 사람들의 바쁜 발걸음이 어째선지 그를 위로해 주는 것 같기도 했다. 잠시 생각을 내려놓고 멍하니 거리의 풍경을 바라보던 태욱의 시선에 한 여자가 걸렸다.

"뭐야, 왜 갑자기 막히지? 앞에 사고 났나?"

회사 근처에서부터 차가 거북이걸음을 하며 앞으로 나아가질 못했다.

그 덕에 태욱은 작은 샌드위치 가게 앞에 줄을 선 서영을 구경할 수밖에 없었다. 길게 늘어선 줄 뒤에서 자꾸만 시간을 확인하며 빼꼼, 앞으로 고개를 내미는 모습이 어쩐지 귀엽기도 했다.

"난 여기서 내릴게요."

"어?"

태욱이 가방을 챙기고 문을 열었다. 어차피 걸어가도 되는 거리니 차 안에서 시간을 죽일 이유가 없었다. 대충 인사를 건넨 뒤 빠르게 걸음을 옮기는 태욱을 향해 은림이 서운해하는 목소리를 냈지만 그의 귀에는 들리지 않았다.

마침 신호가 바뀐 횡단보도를 뛰듯이 건너간 태욱이 샌드위치 가게에 다다랐다. 그의 시선은 여전히 서영에게 꽂혀 있었다. 그녀는 출근 시간에 늦을까 봐 연신 줄의 길이를 확인하며 남은 시간을 계산하는 표정이었다.

그 정도로 꼭 사 먹고 싶은 음식인 건가. 태욱은 도통 이해할 수가 없었다. 음식은 그저 몸을 움직이게 하는 영양소로만 여겨 왔다. 제시간에 밥을 챙겨 먹으면 그나마 다행이었다. 그에게 일보다 우선인 건 없었다.

"아, 여기 서세요. 먼저 받으셔도 돼요."

그렇게 한참을 기다리고 서 있던 서영이 지팡이를 짚으며 걸어오는 할아버지에게 선뜻 자신의 자리를 양보했다. 노인이 고맙다며 그녀에게 여러 차례 인사를 건넸다. 이러면서 제시간에 출근하길 바라는가. 태욱은 그녀가 하는 행동들을 여전히 이해하기 힘들었다.

'다른 세계의 사람이잖아. 그래서 빠졌던 거 아닐까?'

어느 날인가 혼자서 와인 한 병을 마신 은림이 태욱의 아버지와 어머니의 사랑에 대해 추리했다. 그게 이제 와 무슨 소용이 있는가. 너는 사랑으로 태어난 아주 귀한 사람이란 걸 굳이 가슴에 박히도록 세뇌시키고 싶었던 걸까.

태욱은 대답 없이 웃기만 했다. 그의 어머니는 유신 일가와 접점을 찾을 수 없는 평범한 여인이었다. 볕이 좋은 날, 집 안의 모든 침구들을 꺼내 발로 차곡차곡 밟으며 빨아 내야만 스트레스가 풀렸고, 새하얀 이불보가 보송보송하게 말라 가는 걸 보면 행복해진다고 말하는 사람이었다. 은림조차 정애의 행동을 이해하지 못할 때가 많았다. 누구는 그것을 사서 하는 고생이라 했으나 그녀 자신은 보람된 수고라고 여겼다.

'태욱아. 사람은 몸을 움직이면서 살아야 해. 밥을 먹을 수 있다는 것에 감사해야 하고 또 제가 먹은 그릇은 스스로 치울 줄 알아야 해. 어떤 것도 당연한 건 없어. 열심히 노력해야 후회가 생기지 않아. 엄마는 항상 네가 노력해서 행복해지는 사람이 되었으면 한다.'

어릴 땐 어머니가 하는 말이 무슨 뜻인지 이해하기 어려웠다. 그가 일곱 살 이후 보고 자란 유신 일가의 모습들은 그 말들과 정반대였으니. 그 사이에서 중심을 잡는 게 우습기도 했다. 한 번씩은 어머니가 스스로 깨달은 인생의 정의가 정답이 아닐 수도 있다는 위험한 추측에 다다를 때도 있었다.

"어, 아빠. 나, 지금 출근 중이에요. 어디, 벌써 설악산이야?"

다행히 늦지 않게 샌드위치를 산 서영이 재빠르게 걸음을 옮기면서 통화를 시작했다. 태욱은 천천히 그녀가 눈치채지 못하게 거리를 두며 따라 걸었다.

"규철이 아저씨는 스틱 사셨대요? 아하, 아빠랑 갔어요? 오, 맞아요. 그 브랜드 좋아요. 내가 첫 월급 탔을 때 사 드렸던 거잖아. ……응. 나? 이번 주말도 안 될 것 같아요. 일도 좀 남았고, 모처럼 이불 빨래도 해야 하고. ……누구? 남자 친구?"

서영이 놀란 듯 갑자기 멈춰 섰다. 그 바람에 태욱도 따라서 발걸음의 속도를 줄였다. 이상하게 마지막 말이 거슬렸다. 남자 친구가 있다는 건가. 그게 지금 그와 무슨 상관이 있을까만, 그래도 뒷말의 사실 여부를 제대로 파악하고 싶기도 했다.

"이불이 내 남친인데. 몰랐지, 아빠? 얼마나 따뜻하고 포근한지. 하루라도 안 끌어안고 자면 큰일 나. 그래서 나 매일매일 행복하다? 하하하."

서영이 멋쩍게 웃는 지점에서 태욱도 같이 웃고 말았다. 그게 소리로 나왔던 걸까. 그녀가 갑자기 핸드폰을 내리고 뒤쪽을 돌아보려고 했다. 태욱이 한발 빠르게 행동하며 건물 뒤로 숨었다. 뒤로 돌아 고개를 갸웃거리던 그녀는 다행히 다시 통화를 이어 가며 걸음을 옮겼다.

태욱은 잠시 뛰는 심장을 다스렸다. 손을 가슴 위에 얹은 채 그는 잠시 멍해졌다. 왜 심장이 뛰는 거지. 그리고 왜 스토커라도 된 것처럼 그녀를 뒤쫓고 있으며, 그 여자의 전화를 엿듣고 싶은 건데. 가장 문제는 그의 얼굴이었다. 태욱은 뒤늦게 건물 외벽 유리에 비친 모습을 발견했다. 상기된 표정의 강태욱이 거기 서 있었다. 그는 도대체 누구일까. 태욱은 그걸 본인에게 묻고 싶었다.

○ ◆ ○

"네? 자리 배치도, 말씀입니까?"

담당 직원이 재차 물었다. 태욱은 이미 결재가 넘어간 일을 다시 가져와 수정하거나 없던 일로 만든 적이 단 한 번도 없었다. 그만큼 신중했고, 뒤를 돌아보는 성격이 아니었다. 그런 줄 알았는데 아주 시시한 자리 문제로 일부러 내선 전화기를 들어 직원을 호출한 것이다.

"네. 다시 고치는 데, 무슨 문제 있습니까?"

그는 오히려 되묻는 담당이 이상하다는 눈빛이었다.

"아, 아뇨. 바로 올리겠습니다."

직원이 집무실에서 나가고 태욱은 보던 서류를 내려놓고 안경을 벗었다. 오전 내내 집중을 했던 터라 눈가를 풀어 주지 않으면 저녁쯤엔 두통이 더욱 심해졌다. 그는 습관적으로 관자놀이를 누르며 그의 자리에서 먼 곳을 내려다봤다.

서영이 보였고, 그녀는 정신없이 업무 통화를 하고 있었다. 늘 그에게 시선이 닿아 있을 줄 알았는데 태욱이 고개를 들 때 눈이 마주치는 경우는 의외로 흔하지 않았다. 어쩌면 그녀의 시선이 그에게 닿아 있는 것보다 그가 그녀를 바라보는 때가 더 많을지도 모르겠다.

태욱이 한참 동안 멍하니 그녀를 바라보고 있는데 서영의 자리로 한 남자가 다가왔다. 예외 없이 서지훈이었다. 그녀의 파티션 위에 여유 있게 팔을 걸친 그는 간단한 농담을 건네는 것 같았다. 서영은 고개를 들어 그의 말에 맞장구치듯 웃어 주었다.

그러다 잊고 있었다는 듯 태욱이 있는 쪽으로 시선을 옮겼다. 그 순간 두 사람의 눈이 정확하게 마주쳤다. 태욱은 피하지 않았다. 어째선지 그가 그녀를 지켜보고 있다는 걸 숨기고 싶지 않았다. 하지만 곧 푸른색 와이셔츠를 입은 등이 둘의 시야를 막았다. 지훈이 서영의 책상 아래에 놓인 물건을 들어 올리느라 자리를 옮기는 바람에 자연스레 눈빛 교환은 끝이 나 버렸다.

고개를 내린 태욱에게선 가벼운 웃음이 흘렀다. 도대체 뭘 하고 있는지. 아침부터 계속해서 떠오르던 물음이 그를 유치하고 우스운 인간으로 만드는 것만 같았다. 다시 차갑게 표정을 지우고 책상 위에 던져 놓은 안경을 꼈다. 그와 동시에 핸드폰이 울렸다. 손 회장에게서 걸려 온 전화였다.

태욱은 지체하지 않고 재킷을 챙겼다. 바삐 사무실을 빠져나가는 그의 뒷모습을 바라보는 시선 하나를 눈치챘지만 무시했다. 그는 더 이상 설명되지 않는 감정에 아까운 시간을 낭비하고 싶지 않았다. 단지, 그 이유뿐이었다.

○ ◆ ○

"진짜 결혼하시는 건가? 건양이면 도대체 팀장 집은 얼마나 빵빵……."

"아, 안녕하세요. ……팀장님."

엘리베이터의 문이 열리는지도 모르고 떠드는 직원의 목소리가 태욱의 귀에도 들어왔다. 하지만 그는 당황하는 기색 하나 없이 언제나처럼 차갑고 단정한 걸음으로 무리 속에 들어섰다. 그 안에 서영도 같이 끼여 있었다는 걸 엘리베이터가 신사업 팀이 위치한 층수에 도착해서야 알아챘다.

문이 열리고 태욱이 내리자 서영이 뒤에 따라붙었다. 아주 엄격하게 적정 거리를 유지한 채로. 그게 웃을 일이 아닌데 웃음이 났다.

지금 그의 상황이 그를 제정신이 아닌 상태로 만들어 버렸다. 언제나처럼 손 회장에게 불려 가 회사 업무나 종용받을 줄 알았는데 불쑥 '결혼' 이란 카드가 내밀어졌다. 얼굴도 모르는 여자와 이미 혼인 날짜까지 잡혀 있었다. 정작 당사자의 의견 따윈 중요치 않은 철저히 이해타산에 의한 계약 같은 혼사였다.

'싫습니다.'

그 한마디만 건네고 돌아섰는데 손 회장은 쉽게 물러서지 않았다. 단단히 벼른 일이란 소리였다. 방법을 달리해야 했다. 태욱은 결혼의 당사자인 여자를 한 번 만났다. 그리고 제 뜻을 똑똑히 전했다. 여자는 그의 거절 이유를 듣고 세상에서 가장 재미난 일을 겪은 것처럼 폭소를 터뜨렸다. 오히려 신선하다는 감상을 내놓으며 눈을 반짝이기도 했다.

이미 태욱의 메일함에는 그녀가 다른 남자와 밀애 여행을 다녀온 사진들이 수십 장 들어와 있었다. 그게 무슨 문제냐며 오히려 당당하게 어깨를 으쓱거리는 오만한 태도의 인간들을 경멸해 왔다. 아버지의 피를 좇아 유신으로 기어들었으면서도 단 하나 내려놓을 수 없는 것이 부모님이 가진 올바름이었다.

거기에 부합하는 여자를 만나고 싶었다. 사랑만이라도 그렇게 동화처럼 완성하고 싶은 그의 꿈을 짓밟듯 서서히 목을 죄어 오는 손 회장의 계략들이 역겹고 신물이 나 견딜 수 없는 나날이었다.

회사에 소문이 퍼지고 사람들의 입방아에 오르내리는 건 상관없었다. 그가 자신의 자리에서 고개를 들었을 때, 휴식처럼 윤서영을 바라봤을 때, 언제나 얼굴을 붉히며 고개를 숙이던 여자가 이제는 시선조차 마주치지 않으려고 애쓰고 있다는 게 그를 더 답답하게 만들고 때때로 화가 치밀어 오르게 했다.

한계에 다다른 순간은, 의외로 아주 쉽게 찾아왔다. 평소라면 1차가 끝나기도 전에 회식 자리에서 빠졌을 것이다. 옆자리의 직원이 그가 비운 술잔에 재빨리 술을 따르는 걸 바라보고 있다가 멀찍이 떨어진 자리에서 들리는 작은 웃음소리에 정신을 차리고 고개를 들었다.

언제나처럼 서영과 지훈이 붙어 앉아 있었다. 그녀의 술잔을 독차지하듯 지훈이 연달아 술을 따라 주었고, 서영은 붉게 달아오른 자신의 볼을 연신 쓸어 냈다. 그 모습을 가까이에서 지켜보던 서지훈이 슬쩍 웃는다. 태욱은 자신도 모르게 주먹을 쥐다 심장 안에서 요동치는 무언가를 느껴야 했다.

"팀장님 오늘 잘 드시네요."

술이 이리도 달았던가. 독주를 마시면 금세 뻗어 버리는 터라 태욱은 술을 제대로 즐기지 못했다. 제대로 할 줄 아는 게 대체 무엇일까. 갑작스레 은림의 혀 차는 소리가 어딘가에서 들리는 것만 같았다.

'……잘못된 인생이야. ……마음 가는 사람도 만나고. 응? 그렇게 살아야……'

태욱이 벌떡 자리에서 일어났다.

"담배 좀 피우고 오겠습니다."

그의 말에 주변인들이 얼른 고개를 끄덕였다. 그제야 한숨 돌린다는 듯 긴장을 푸는 게 느껴졌다. 태욱은 이렇게 빠져 주는 것이 그가 해야 할 의무라는 생각으로 가게 옆 흡연 구역으로 향했다. 그때 손 회장에게

서 전화가 걸려 왔고, 태욱은 파혼의 자초지종을 똑똑히 설명하고 자신의 의사를 피력했다. 더는 끌려다니고 싶지 않았다. 더는.

담배를 끄기 위해 돌아선 순간이었다. 눈앞에 한 여자가 서 있었다. 뺨은 달아오르고 눈은 붉게 물들인 채 젖은 입술을 질근 깨문 여자가 작게 웃었다. 그에게는 처음 보인 미소였다. 태욱은 심장 쪽이 뻐근해졌다. 우습게도 허리 아래에 묵직하게 힘이 들어가는 것까지 느껴야 했다.

"……가져 보고 싶어요."

술에 취해, 흔들리는 눈빛으로, 순간의 감정처럼 서영이 고백했다.

"……혹시, 내가 잘못 들은 겁니까?"

마지막 남은 이성이 그를 붙잡았다.

"아뇨. 그러니까…… 좋아했어서, 아니, 좋아해요. 결혼하신단 소리 듣자마자…… 후회했어요. 이런 말도 못 하는 내가, 너무 바보 같아서, 아니, 방금 그 소리를 들었어요. 파혼하신다고. 그러면…… 그런 거면, 고백은 할 수 있으니까……."

"……."

두서없는 말이 끝나기를 기다렸다. 그걸 알아챈 서영이 가만히 그를 올려다봤다. 눈동자가 이렇게 선했던가. 선하다는 것은 또 어떻게 정의 내리 수 있는가. 그 기준을 잡는 것 또한 그가 아닌가. 태욱은 생각이 뒤엉켰다. 뒤늦게 자신도 제정신이 아니란 걸 알아챘다. 그래서 감춰 둔 본심을 입 밖에 꺼낸 걸지도 모른다.

"나랑 자고 싶다는 소린가, 윤서영 대리?"

의도는 단순했다. 놀려 보고 싶기도 하고, 장난을 걸어 반응을 보고도 싶었다. 팀장이라는 위치에 있는 그가 부하 직원에게 해서는 안 될 행동이란 건 안다. 하지만 그런 생각 따윈 하고 싶지 않았다. 당황한 서영의 얼굴이 곧 하얗게 질리더니 뒤늦게 결심하듯 대답한다.

"……네. ……팀장님만 괜찮으시면요."

술의 힘은 대단했다. 눈조차 제대로 맞추지 못하던 여자에게 잠자리를 운운하게 만들었으니. 뭐, 엄격히 말하자면 그가 부추긴 격이었다. 그 말을 뱉음으로써 그는 자신이 그녀를 그런 시선으로 바라봤다는 것을 시인하는 꼴이 되었다.

무례한 것은 누구인가. 태욱은 피우던 담배를 아래에 던지고 구두로 비벼 껐다. 그러곤 늘 그래 왔듯 바르게 담배꽁초를 주워 근처 쓰레기통에 던져 넣었다. 그의 행동을 초조한 얼굴로 가만히 지켜보는 서영이 느껴졌다. 그럼에도 태욱은 더 이상 대화를 이어 가지 않았다. 가타부타 말도 없이 돌아서 회식 장소로 되돌아갔다. 서영을 등진 그의 입가엔 어쩐지 안도한 미소가 걸렸다.

behind story – 서영

태욱이 외국 출장을 떠난 지 일주일째였다. 괜찮다며 잘 있을 수 있다고 씩씩하게 그를 보냈는데 곧 가슴 안에서 모든 게 휩쓸려 나간 것 같은 허전함을 느꼈다. 지선은 훈재가 출장을 가면 휘파람부터 내불었다. 남편이 없는 시간을 어떻게 알차게 보낼까 서영과 함께 머리를 맞댔는데 그때 그녀의 얼굴이 얼마나 행복해 보였는지는 훈재에게 절대 알려 줄 수가 없었다.

— 시간이 왜 이렇게 잘 가?

주말 아침부터 전화를 걸어 온 지선이 대뜸 울분을 토했다. 이번 출장은 태욱과 훈재가 같이 떠났다. 지선은 오리를 친정과 시댁에 공평하게 며칠씩 맡기고 자신만의 시간을 가졌다. 그래야 가정의 평화가 찾아온

다는 게 그녀의 지론이었다.

"전 너무 안 가는데요?"

— 하하하. 큰일이네. 아직도 그렇게 좋아?

지선이 놀려도 상관없었다. 이제 감정을 감출 이유도 없으니.

당장이라도 결혼식을 올릴 줄 알았던 태욱과 서영은 역시나 석완과 영희의 벽에 부딪쳤다. 태욱이 인천 집 마당에서부터 무릎을 꿇고 들어가 그들이 몰랐던 그간의 일들을 자세히 설명하고 고개 숙여 사죄했으나 그것은 그의 죄가 아니라고 분명히 했다. 모두 못난 어른들의 잘못일 뿐 태욱의 죄가 아니라며 석완은 오히려 그의 몸을 일으켜 세워 주었다.

하지만 서영과의 결혼을 쉽게 허락해 주지는 않았다. 아직 제대로 만나 보지도 않았을 텐데 급하게 결정할 일이 아니라고 못을 박았다. 연애와 결혼은 다른 것이라고. 무슨 연유이건 간에 이별까지 선택한 두 사람이었기에 신뢰를 잃은 부분에 대해선 할 말이 없었다.

'같이 살아 봐. 그러고 나서 결정해.'

영희의 마지막 결론에 석완은 눈을 동그랗게 떴다. 아무리 이 집안의 권력이 이영희 여사에게 기울어져 있다고 해도 상의도 없이 이럴 수 있느냐며 불만 섞인 눈으로 아내를 바라봤다. 말했으면 허락해 줄 거였어요? 영희가 뻔뻔하게 묻자 석완은 시선을 피했다.

당연한 것 아닌가. 아직 딸을 결혼시킬 마음도 먹지 못했는데 동거라니. 옛날 사람인 석완에겐 쉽지 않은 일이었다. 영희는 그런 남편을 알기에 파격적인 방법을 선택한 것이다. 딱 1년만 살아 보고 그때도 너무 좋아 죽겠으면 결혼을 하라는 것이었다.

'네, 그러겠습니다.'

태욱은 망설임도 없이 대답했다. 이번엔 서영이 태욱을 바라봤다. 그게 그렇게 쉽게 결정할 일인가. 태욱은 그런 서영을 설득했다. 청혼까지 허락한 마당에 결혼식이 무슨 의미인가. 우리끼리는 그냥 결혼한 것으로 치면 되는 것 아니냐며 말이다.

역시나 말 잘하는 남자를 이길 순 없었다. 서영도 그의 의견에 동의했다. 하지만 그녀가 모르는 내막이 있었다.

정애는 서영이 알려 준 연락처로 영희에게 조심스럽게 연락을 넣었다. 진실이 무엇이고 상황이 어찌 됐든 모든 발단은 유신이었고, 그녀의 남편 또한 관여된 일이었으니 정애 또한 머리를 숙여 사죄하고 싶다는 것이었다.

영희는 남편 석완에게는 말하지 않고 정애를 만났다. 자신이 커피숍에 들어서자 곧장 몸을 일으키고 고개를 숙이는 중년의 여인을 보는 순간 영희는 조금이나마 불안이 남아 있던 서영과 태욱의 관계를 처음으로 온전히 받아들였다. 정애는 드라마에서나 보던 여느 재벌들의 모습과는 완전하게 달랐다. 오히려 그녀보다도 더 속세의 욕망이 묻지 않은 사람 같았다.

정애는 서영을 태욱의 곁에 있게 해 주어 감사하다고, 영희에게 다시 한번 고개를 숙였다. 영희는 솔직해졌다. 처음엔 반대했다고. 태욱에게 모진 말도 건넸다고, 정애는 이해한다며 고개를 끄덕였다. 그래도 두 사람이 서로를 만나 행복하다면 부모가 막을 수는 없지 않겠냐며 그녀가 먼저 둘의 결혼을 입에 올렸다. 그러나 적극적인 영희의 제안에 정애는 오히려 한발 물러섰다.

필성의 죽음과 터널 사고, 거기에 따른 태욱의 사생활까지. 태욱을 만나지 않았다면 서영이 감당할 필요가 없었을 관심이 조금은 사그라졌을 때, 천천히 식을 올리는 것이 어떠냐는 뜻이었다. 어차피 결혼식은 형식일 뿐이고, 서영과 태욱이 함께 살면 그게 부부의 연을 맺은 것이나 다름없는 것이라며 정애는 서영의 가족이 굳이 타인의 수군거림까지 감당하지 않도록 배려해 주었다. 영희도 뒤늦게 그녀의 의견에 동의했다. 그렇게 결혼이 동거로 바뀌게 되었고, 두 사람은 식도 올리기 전에 양가의 동의하에 살림을 차리게 되었다.

태욱이 사 둔 빌라는 순식간에 둘의 첫 보금자리가 되었는데, 건물을 리모델링하면서 태욱은 딱 한 가지만 요구했다. 서영이 매일 동네 나무들을 내려다보던 베란다. 그 위치만 바뀌지 않게 공사해 달라는 것이었다.

"솔직하게 말할까요?"

서영은 아침 루틴대로 언제나처럼 베란다에 앉아 밖의 나무들을 바라보며 지선의 전화를 받았다. 계절은 또 여러 번 색을 바꾸며 봄으로 향하고 있었다.

— 아니. 안 들어도 다 알아.

지선은 닭살은 딱 질색이라며 잘라 말했다.

"음……. 제가 대표님 부부 싸움 할 때마다……."

— 아, 그래, 그래. 알았어. 들어. 듣는다고. 하여튼 강태욱이랑 같이 살더니 점점 닮아 가.

지선의 투덜거림에 서영은 잠시 웃음을 흘렸다. 정말 맞는 말이었다. 못된 것들만 먼저 배운다고, 태욱과 같이 살면서 서영은 좀 더 능글맞아졌고 어쩔 땐 그보다 더 사악해지기도 했다. 태욱이 예전 윤서영은 어디 간 것이냐고 황당해하면 서영은 그거 다 작전이었다고, 너스레를 떨며 그에게서 헛웃음이 터져 나오게 만들었다.

— 자 자, 옆에 토할 봉지도 갖다 놨어. 들을 준비 됐다고.

예전의 서영이었다면 지선의 농담에 화제를 다른 것으로 돌렸겠지만, 이제는 그녀가 한술 더 떠 뻔뻔하게 자신의 감정을 털어놓았다.

"이상해요. 그 사람이…… 점점 더 좋아져요."

— 얼씨구, 야단났네.

"구체적으로 설명해 드릴까요?"

— 하지 말란다고 안 해?

서영이 맞는다며 웃었다. 지선은 맘껏 하라며 아예 부추겼다.

"아침에 일어나면 나부터 찾는 손이 좋아요. 넥타이 매 줄 때마다 내 얼굴만 뚫어지게 보는 것도 좋고, 야근하고 들어와서 자고 있는 내 이마에 뽀뽀하는 입술도요. 제사 때문에 인천 다녀와야 할 때면 혼자 잘 수 있다고 해 놓고 1분에 한 번씩 문자하는 것도요. 그리고……."

— 어, 혹시 자기 강태욱 씨가 첫사랑인가?

불쑥 날아온 지선의 물음에 서영은 간단히 대답했다.

"네."

— 어, 그래. 그래도 도저히 안 되겠다. 나 진짜 입덧할 때처럼 속이 안 좋아. 미안.

지선이 급하게 사과했다. 서영도 뒤늦게 너무했나 싶었다. 그런데 이런 말을 정작 당사자인 태욱에겐 할 수 없었다. 하나 정도 말하고 나면 곧장 그녀를 안아 들고 침대로 직행해 버렸기 때문이다. 그의 반응은 모두 몸을 섞는 일로 마무리되었다. 서영은 자신도 모르게 그때를 상상하며 혼자서 얼굴을 붉히고 말았다.

"계속 속이 안 좋으세요? 혹시 둘째……."

— 어, 오리 깼다. 나중에 통화해!

아기 울음소리가 들리는 순간 지선이 급하게 전화를 끊어 버렸다. 서영은 아쉬운 마음에 핸드폰 화면만 내려다보았다. 오늘은 또 뭘 하지. 태욱과 같이 살지 않았을 땐 어떻게 하루를 보냈던 걸까. 그것이 신기할 정도로 지금의 서영에겐 태욱이 없는 시간들이 무의미하게만 느껴졌다.

이불 빨래나 할까. 잠을 제대로 못 자서 그런지 몸이 찌뿌둥했다. 그리고 잡념을 없애는 데는 집안일이 최고였다. 이미 며칠 전에 빨아 놓은 이불들이 침대 위에 있지만 게스트 룸에 있는 것들도 이참에 빨아 놓으면 좋을 것 같다는 생각이었다. 서영은 얼른 베란다를 나서 몸을 움직였다.

태욱이 없을 때만 쓰는 큰 고무 대야를 꺼내 와 벚꽃나무들이 잘 내려다보이는 곳에 놓고 물을 받았다. 모두 고가의 세련된 살림살이들로만 채워진 공간이었지만 한 번씩 튀는 물건이 나타났다. 그건 모두 서영이 이전 집에서 버리지 못해 가져온 것들이었다.

"와, 오늘 날씨 진짜 좋네."

밖을 내려다보며 서영이 읊조렸다. 이런 날에 태욱과 함께 있지 못하다니. 또다시 아쉬움이 몰려오는 것 같아 그녀는 얼른 물을 받은 고무 대야 안에 이불을 넣고 세제를 풀었다. 그러고는 그 안으로 사뿐히 들어섰다.

발로 이불을 꼭꼭 밟는 기분이 최고였다. 그래서 서영은 언제나 스트레스받는 일이 있으면 이불부터 빨았다. 큰 이불을 하루 종일 밟고 빨아 베란다에 걸어 놓고 말리면 그녀를 괴롭혔던 모든 일들은 이미 저 멀리 날아가 있었다. 지친 몸이 노곤해져 단잠에 빠져드는 행운도 맛봤다.

오늘도 그러리라. 태욱이 없는 동안 그녀는 거의 불면증에 가깝도록 잠을 자지 못했다. 그의 병이 옮은 건가. 한 번씩 그런 생각이 들기도 했다. 태욱은 서영과 함께 살며 이전보다 잠을 잘 자게 되었다. 특히나 매일 밤 침대에서 벌이는 일이 그를 단잠에 빠지도록 한다는 아주 구체적이고 과학적인 설명도 덧붙였다.

'나 잠 좀 자야 할 것 같은데?'

태웅은 몸을 섞고 싶다는 말을 그렇게 표현했다. 그게 밤에만 국한되지 않는다는 것이 문제였지만 서영은 들어줄 수밖에 없었다. 그녀에게도 그와의 잠자리는 최고의 명약이었다. 그를 끌어안고 잔 이후로 나쁜 꿈들이 사라져 버렸다.

그랬는데, 고작 일주일 사이에 무슨 일이 일어난 것인가. 서영은 시든 꽃처럼 활기를 찾지 못하고 있었다. 자주 쓸쓸해져 버렸다. 날 왜 이렇게 만들었어. 그에게 갑작스레 화를 내 버릴까 봐 더 꾹꾹 이불을 밟았다. 그러다 창밖을 내려다본 순간이었다.

익숙한 차가 건물 앞에 세워져 있었다. 서영은 여전히 발을 움직이며 차를 바라봤다. 거짓말. 똑같은 차종이 이 동네에 또 있는가 보네. 그런 생각을 했다. 아니면 잠을 너무 못 자서 헛것이 보이는 걸 수도 있었다. 서영은 고개를 들고 규칙적으로 발을 움직였다. 뽀득뽀득. 그러다 다시 밖을 내려다보자 한 남자가 차에서 내렸다. 이건 꿈일 수가 없었다.

서영은 그대로 고무 대야를 빠져나와 현관 쪽으로 뛰었다. 자신의 발이 지금 어떤 상태인지 생각하지 못했다. 곧장 계단을 뛰어 내려가 태웅에게 안기고 싶었다. 눈물은 왜 차오르는 걸까. 뭔가 감정 호르몬에 이상이 생긴 것만 같았다.

"나 왔어."

1층 현관까지 뛰어 내려와 그가 맞는지 확인하듯 우뚝 멈춰 선 서영을 보고 태욱이 두 팔을 벌려 안을 준비를 했다. 서영이 익숙하게 뛰어올라 그에게 안기려던 순간이었다.

"으아악……!"

실내화 안에서 발이 미끄러지며 서영의 몸이 붕 떠올랐다. 놀란 태욱이 민첩하게 그녀를 안아 들지 않았다면 딱딱한 시멘트 바닥에 머리를 부딪칠 뻔한 위험한 상황이었다.

"괜찮아?"

"아……. 미안해요."

서영은 그에게 안긴 채로 민망한 얼굴을 했다.

"안 다쳤으면 됐어."

태욱에게서 안도의 웃음이 흘러나왔다. 불시에 나타나 깜짝 놀라게 해주려고 작전을 짰다. 출장 기간을 줄이기 위해 그가 얼마나 노력했는지 서영이 알면 기함을 할 것이다. 출장 내내 그와 같은 스케줄을 소화한 훈재는 비행기에서 뻗어 버렸다. 대신 그 대가로 은림에게 보너스 청구서를 올리기로 했다. 다시 말해 그의 머릿속에는 오로지 서영뿐이었다.

"이제 괜찮아요."

태욱은 서영을 안은 채로 집으로 들어섰다. 얼굴이 뜨거워진 서영이 그의 품에서 내려오려 했지만 태욱이 허락하지 않았다.

"내가 안 괜찮아."

유별나다 해도 어쩔 수가 없었다. 잠깐이라도 늦었다면 서영이 다쳤을 것이다. 그 이유가 그가 곁에 있어 주지 못했기 때문이란 걸 안다. 얼마나 보고 싶었으면 거품이 묻은 발로 뛰어 내려왔겠는가. 태욱은 서영을 안은 채 곧장 욕실로 직행했다.

그 공간의 절반을 욕조로 만들었다. 서영은 조금 어이없어했지만 태욱은 이곳에서 도시의 야경을 보는 것이 로망이었다. 당연히 사랑하는 사람과 함께 따뜻한 물속에 들어가 있는 건 필수 조건이었다. 그 뜻을 전하자 서영에게 처음으로 '응큼하다'는 말을 들었다.

'그런가. 그럼, 그런 놈인가 보지.'

자신을 객관화하듯 태욱은 아무렇지 않게 웃어넘겼다. 감정을 속이고 아닌 걸 맞는 척 살아 봤자 돌아오는 것은 자괴감뿐이지 않던가. 내가 원하는 걸 솔직하게 말할 수 있는 사람이 곁에 있는데 무엇이 두려울까. 태욱은 서영이 그렇다 하면 그렇다고 믿고 모든 걸 받아들였다.

"근데, 왜 갑자기 온 거예요? 어제까지도 그런 말 없었잖아요."

태욱이 서영을 욕조에 앉혀 놓고 그녀의 미끄러운 발을 씻겨 주기 시작했다. 재킷은 벗어서 대충 옆에 두고 와이셔츠까지 걷어 올렸다. 넥타이를 셔츠 앞쪽의 주머니 꽂아 넣는 것도 잊지 않았다.

"꿈에 자꾸 나와서."

"또 꿈꿨어요?"

서영이 한순간에 걱정 가득한 얼굴을 보였다. 하여튼 놀리는 재미를 느끼게 하는 여자였다. 잠도 제대로 못 잤는데 꿈을 꾸기나 했을까. 하지만 서영은 태욱이 꿈을 꿨다고 하면 자신의 일처럼 걱정했다.

'또 아버님이 나오셨어요? 왜 그러시지. 요즘 당신 너무 무리해서 그래요. 내 꿈에도 나와 주시면 좋을 텐데. 그럼 당신 아주 잘 있다고, 걱정하지 마시라고 손 꼭 잡아 드릴 거예요. 언제 그럴 수 있을까요?'

나란히 침대에 누워 서영이 그런 말을 해 주면 태욱은 그녀를 가슴으로 꼭 끌어안았다. 네 마음만으로 나는 행복해. 아버지도 다 아실 거야. 꿈 같은 건 아무 상관 없어. 영원히 내 옆에만 있어 줘. 그래 주라, 윤서영. 마지막은 언제나 그의 사랑 고백이었다.

"농담."

태욱이 곧 아니라며 고개를 흔들자 서영은 그를 노려본다. 꼭 고치지 못하는 병처럼 한 번씩 그녀를 놀려 댈 때가 있었다. 그것 역시 이 남자의 사랑 표현이라는 걸 알지만 서영은 거기에 좀처럼 익숙해지지 못하는 성격을 타고나 버렸다.

"잠은 좀 잤어요?"

서영은 거뭇하게 그림자가 진 태욱의 눈가를 쓸어 내며 물었다.

"엄청 잘 잤지."

태욱은 서영의 발을 다 씻은 후 수건으로 꼼꼼히 닦아 냈다.

"이것도 거짓말이죠?"

두 번은 안 속는다, 그런 표정으로 서영이 태욱을 바라봤다. 태욱은 다른 말이 필요했다.

"당신은? 나 안 보고 싶었어?"

치. 서영은 입을 삐쭉였다. 이 남자가 도망가는 수법을 이제는 잘 알았다. 제대로 자지 못했다고 하면 그녀가 걱정할 것을 알기에 말하고 싶지 않은 것이겠지. 그 배려하는 마음까지 닿아 버린 가슴이 먹먹하게 울려왔다.

"뭐, 당신이 출장 간 게 한두 번도 아니고. 나는 잘 지냈어요."

서영이 일부러 크게 웃는 표정을 지었다.

"오. 그렇군."

태욱은 발을 다 씻긴 서영을 안아 올리며 톤이 낮아진 목소리로 대꾸했다.

"진짜 괜찮아요. 혼자 걸어갈 수 있어요."

"……그래?"

그가 그녀를 안은 채 가만히 서 있다가 되물었다. 서영은 태욱이 뭔가 서운함을 느낀다는 걸 알아챘지만 어쩔 수가 없었다. 제대로 옷도 갈아입지 못한 남자를 더 이상 붙잡아 두고 싶지 않았다. 당신을 보낸 뒤 끝도 없는 허전함 때문에 잠도 제대로 자지 못했다고. 내가 하는 사랑이 성숙하지 못한 투정으로 변할까 봐 겁난다고. 이제 당신이 없는 삶은 상상조차 할 수가 없는데, 당신이 나 때문에 무언가를 포기하는 모습은 더 이상 보고 싶지 않다고.

정말 지선의 말처럼 첫사랑이라 그럴지도 모른다. 서영은 모든 감정들이 처음이었다. 그래서 어찌해야 할지 몰랐다. 태욱이 그녀를 내려 두고 돌아서 드레스 룸으로 들어가는 걸 보면서 또 가슴 끝이 아파 오는 걸 어떻게 설명할 수 있을까. 그것은 설명이 되는 감정일까.

태욱이 옷을 갈아입고 샤워를 하는 동안 서영은 점심을 준비했다. 그가 젖은 머리카락을 제대로 말리지 않은 채 주방으로 들어와 그녀의 등을 끌어안았다. 언제나처럼 목 언저리에 입술을 묻는 것만으로도 서영은 만족했다.

출장에서 일어난 소소한 일들을 늘어놓는 그의 이야기를 들으며 웃었고, 그녀의 핸드폰으로 오리의 재롱이 담긴 동영상과 사진을 살펴보며 함께 편안한 미소를 지었다. 배부르게 점심을 먹고 같이 보기로 한 영화 한 편을 켜고 한 몸인 듯 소파에 붙어 앉았다. 그녀의 무릎에 머리를 기대고 누워 있던 그가 스르륵 잠드는, 모든 것이 평온하게 흘러가는 일상이었다.

"오늘 왔습니다. 다시 간다는 게 말이 됩니까?"

두 사람 모두 낮잠을 자고 일어나 저녁을 준비할 즈음이었다. 서재에서 업무 관련 통화를 하고 있는 태욱의 울분에 찬 목소리가 주방에 있는 서영의 귀에까지 들어오고 말았다.

그가 얼마나 많은 업무를 처리하고 출장에서 돌아왔는지 물어보지 않아도 잘 알 수 있었다. 그것은 태욱이기에 가능한 것이었다. 은림이 유신의 대표로 결정되면서 그의 역할이 이전보다 더 커질 것이라 예상은 했었다. 태욱은 회장 자리 따윈 이제 관심 없다고 못을 박았지만 은림을 비롯해 모두가 아쉬워했다.

그건 서영도 마찬가지였다. 그 자리에 오르기 위해서 잠조차 반납하며 가장 많이 노력한 사람이 누구인지 모를 수가 없었다. 그를 지켜보며 짝사랑한 5년의 시간이 그 증명이었다. 유신을 가장 잘 이끌어 갈 사람이 태욱임을 알기에 은림도 그를 놓지 못했다.

"하……. 진짜, 이번이 마지막입니다. 끊어요."

태욱이 핸드폰을 던져 놓고 서재 방을 빠져나왔다. 서영이 이미 모든 걸 들었다고 생각한 그는 식탁에 다가와 앉으며 미안한 웃음을 흘렸다.

"2박 3일 정도만 다녀올게."

서영은 찌개를 식탁 중앙에 놓으며 간단히 대답했다.

"다녀오는 건 괜찮지만 너무 무리는 하지 말아요."

태욱이 알았다며 웃었다. 식사는 시작됐지만 어쩐지 공기가 무겁게 내려앉았다. 그걸 두 사람 모두 모른 척했다. 태욱이 서영의 밥그릇에 다정히 고기반찬을 올려 주었다. 변하지 않는 마음만 있다면 무엇이 문제일까. 서영은 그렇게 또 내일이면 지난 일주일처럼 힘겹게 감당해야 할 그의 빈자리를 애써 모른 척했다.

"……자요?"

서영은 여느 날보다 천천히 샤워를 하고 먼저 침실로 들어선 그의 곁에 누웠다. 그는 눈을 뜨지도 못한 채 습관적으로 그녀를 안았다. 익숙한 손이 잠옷 속으로 파고들어 서영의 가슴을 어루만졌다.

"미안해요."

서영은 불쑥 사과를 건넸다. 태욱은 여전히 눈을 감은 채 그녀의 목에 얼굴을 묻고는 작은 웃음을 터뜨렸다. 이번에도 그가 싹싹 빌어야 할지도 몰랐다.

"당신한테…… 어른인 척 굴었어요."

그녀를 끝으로 내몰아 감정을 쏟아 내게 만드는 나쁜 버릇을 아직도 버리지 못했다. 윤서영이 어떤 사람인지 잘 알고 있었다. 그럼에도 어린아이처럼 그녀의 사랑을 갈구하고 확인받고 싶어 했다. 철없는 아이가 된 것처럼 그는 한없이 부끄러워졌다.

"아니야. 내가 잘못했어."

태욱이 눈을 떠 그녀를 바라봤다.

"당신이 왜요?"

묻는 서영의 눈가가 이미 붉게 물들어 있었다.

"너를 이렇게 만들었으니까."

그가 그녀의 눈물을 다정하게 닦아 내며 입술을 맞췄다. 서영은 또 웃음이 났다. 뭐가 그리도 어려워서. 솔직해진다고 큰일이 나는 것도 아닌데. 마음과 달리 행동은 쉽지가 않았다. 연습이 필요한 것이겠지.

"우리, 속마음 털어놓는 게임 할까요?"

서영은 한 번씩 엉뚱한 행동을 했다. 그래, 해 보지 뭐. 간단히 답한 태욱은 뒤에서 그녀를 끌어안으며 자세를 잡았다. 그의 손은 여전히 그녀의 잠옷 안에 감춰진 부드러운 속살에서 떨어지지 못했다.

"나부터 할게요. 당신 출장 가고, 하루도 제대로 못 잤어요."

자유롭게 움직이던 그의 손이 잠시 멈췄다. 그리고 그녀를 돌려 눕혀 눈 아래를 살펴본다. 서영은 심각한 그의 눈빛에 잠시 웃음이 터지고 말았다.

"당신은?"

"나야 이제 너 없으면 못 자는 거 알잖아."

뭘 묻느냐는 답이었다. 서영 또한 태욱이 했던 것처럼 그의 눈가를 안타깝게 어루만졌다.

"당신이 없어서 모든 게 다 시시했어요. 보고 싶은데 빨리 안 와서 욕하면서 이불 빨래 했어요."

발에 거품이 묻어 있던 게 그것 때문이었느냐며 태욱이 입가에 웃음을 머금었다.

"또?"

"이번엔 당신 차례예요."

"난 윤서영의 모든 게 다 좋아서 문제야."

하여간 말로는 못 이기는 남자였다.

"뭐가…… 좋은데요?"

그게 또 듣고 싶은 게 서영의 마음이었다.

"아침에 일어났을 때 내 손이 닿는 곳에 있는 거. 아직도 내 넥타이 매 주면서 빨갛게 뺨을 붉히는 것도 좋고, 또 뭐가 있더라."

서영은 잠자코 듣다가 뭔가 이상하다는 걸 느꼈다.

"야근하고 들어왔을 때 내가 이마에 뽀뽀할 수 있도록 가만히 눈 감고 있는 것도 좋고……."

"잠깐. 이거……, 대표님한테 들은 거죠?"

"나도 얻어들은 거야."

"어떻게?"

태욱이 서영의 뺨을 다정히 쓰다듬으며 자초지종을 설명했다.

"이 대표 요즘 육아 브이로그 한다며? 그것 때문에 오리 동영상을 찍는데 당신이랑 스피커폰으로 대화하는 게 담겼더라고. 그걸 모르고 훈재한테 보냈고, 그 녀석은 오리 자랑 하겠다고 나한테 보여 줘서 내가 듣게 된 거지."

그런 사연이 있었을 줄이야. 서영은 더욱 부끄러워졌다.

"근데, 왜 이 대표한테는 쉽게 하는 말들이 나한텐 어려운 거야?"

생각하니 또 이유 모를 화가 난다며 태욱이 눈썹을 꿈틀거렸다.

"아니, 그게…… 당신한텐, 암튼 부끄럽고 힘들어요. 나도 노력하고 있어요."

서영이 이해해 달라며 그의 가슴에 얼굴을 묻었다. 그 모습 또한 귀엽기만 한 태욱은 서영의 귓가에 조용히 속삭였다.

"나도 말하기 힘든 게 있어."

"응? 뭔데요?"

궁금하다며 서영이 말간 얼굴로 고개를 들었다.

"이렇게 널 만지고……."

그가 서영의 잠옷 안으로 다시 손을 넣었다. 어째 이야기가 다른 방향으로 흐르는 것 같아 서영의 얼굴은 야릇하게 타오르고 말았다. 태욱은 그녀를 한 팔로 끌어당겨 안으며 아주 큰 비밀인 양 읊조렸다.

"네가 울면서…… 못 하겠다 소리칠 만큼, 밤새 안고 싶다는 건……."

"……."

"절대 말 못 해."

그가 날것 그대로의 욕망을 드러냈다. 그녀를 내려다보는 태욱의 눈빛이 순식간에 색을 달리했다. 서영은 마치 누군가 숨길을 틀어막는 기분이었다. 곧이어 뱃속이 찌르르 울렸다. 그녀의 흥분을 알아챈 듯 태욱이 서영의 아랫배를 느릿하게 어루만졌다.

"아니, 우리 그런 말을 하자는 게 아니라……."

"그게 내 진심이야."

태욱이 귓가에 대고 간단히 말했다. 말은 단정했으나 행동은 완전히 반대였다. 그의 손이 이번엔 서영의 아래로 불쑥 침범했다. 흣. 신음을 터뜨린 서영은 태욱의 목을 끌어안았다. 어쩐지 자신이 더 음탕해진 것 같아 태욱을 밀어 보려 했지만 곧장 그의 완력에 의해 아래에 깔려 버렸다.

"……."

"……."

"윤서영, 사랑해."

태욱이 잠시 간절한 눈빛으로 그녀를 내려다보다가 고백했다. 그러고는 길게 입을 맞췄다. 이러면 어떻게 거절할 수 있나. 서영은 포기하듯 그에게 몸을 맡겼다. 서로를 향한 진심을 허기진 입맞춤으로 채웠다. 그가 내일 다시 떠나야 한다고 해도, 오늘은 서로를 안고 또 안는 수밖에 없었다. 밤이 길길, 둘은 한마음으로 빌었다.

○ ◆ ○

"뭐 해? 밥 먹다가 자는 거야?"

서영은 자신도 모르게 눈이 감기고 고개가 내려간 걸 뒤늦게 알아챘다. 태욱이 동틀 때까지 그녀를 괴롭힐 줄은 몰랐다. 잠은 똑같이 자지 못했는데 왜 그에게서만 그런 체력이 나오는 건지. 손수 아침까지 차려놓은 그가 그녀를 침실에서 안고 나와 식탁 의자에 앉혔다. 그는 더 자도 된다고 했지만 서영이 반대했다. 이대로 잠에 빠져 있다가 그를 보낼 순 없었다.

"안 자요. 눈 감고 아주 중요한 생각 하는 중이에요."

서영의 대답에 식탁으로 다가온 태욱이 그녀의 볼에 쪽, 하고 입을 맞췄다. 서영이 귀여운 행동을 할 때마다 보이는 그의 버릇이었다.

"무슨 생각 했는데?"

그가 옆에 앉으며 모른 척 물었다.

"당신 없을 때 뭐 해야 시간이 빨리 갈까, 그 생각."

서운한 건 어쩔 수 없으니 서영도 그 마음을 표현하고 싶었다. 그게 또 마음에 들었는지 태욱은 그녀의 입에 짧게 키스를 했다. 서영은 밥이 입으로 들어가는지 코로 들어가는지 몰랐다. 더군다나 그녀는 지금 중요한 전화까지 기다리고 있어 제정신일 수가 없었다.

"아까부터 전화는 왜 자꾸 봐?"

그가 단번에 그녀의 행동을 눈치채고 묻자 서영은 아닌 척 자리에서 일어났다. 진짜 잠을 깨야만 했다. 냉장고 문을 열고 잔뜩 사 둔 아이스크림 중 하나를 꺼냈다. 그의 앞에 가져다 놓고 퍼먹으며 잠을 깰 생각이었다.

"어……. 너무 얼었다."

정말 아이스크림까지 도와주지 않았다. 서영이 수저로 쾅쾅 쳐 내도 단단히 얼어 버린 아이스크림은 그녀에게 아주 소량만 먹는 것을 허락했다. 그때 태욱이 자신의 두 손으로 아이스크림 통을 감쌌다. 이렇게라도 녹여 주겠다는 뜻인 거다.

"하지 마요. 손 시려요."

"입이 더 시린데?"

하여간, 말로는 못 이기는 남자였다. 그는 생각지도 못한 부분에서 사람을 감동시키는 면이 있었다. 서영은 그의 손 안에서 녹는 아이스크림을 보다가 갑자기 눈물이 핑 돌고 말았다. 그때 때마침 전화가 울렸고 서영은 얼른 그것을 들고 서재 방으로 달려갔다.

"네네. ……정말요? 진짜죠? 네네, 얼른 준비할게요."

윤서영이 무슨 일을 벌이는지 궁금할 수밖에 없는 한 남자는 결국 참지 못하고 서재 방으로 향했다. 문을 열자 서영이 아주 행복한 표정으로 그의 앞으로 다가와 말했다.

"나, 당신 따라가도 괜찮아요? 대표님이 휴가 주셨어요. 어제 말해두긴 했는데, 안 될 것 같다고 하셨거든요. 그래도 너무 따라가고 싶어서……. 진짜, 방해 안 할게요. 그냥, 옆에만. 아니, 저 멀리서 보기만 할게요. 그것도 힘들……."

태욱이 참지 못하겠다는 듯 그녀의 얼굴을 붙잡고 입술을 맞춰 왔다. 금방 입술을 떨어뜨릴 줄 알았는데 곧 진한 키스로 변해 버렸다. 간신히 숨을 몰아쉰 태욱이 그녀를 안아 들었다. 그러곤 곧장 침대로 직행하는 그를 서영이 말려 봤지만 쉽지 않았다.

"금방 끝낼게."

"아니, 나 짐도 싸야……."

"거기서 사 줄게. 아님, 내 꺼 입어."

정말 못 말리는 남자였다. 순식간에 애써 입은 잠옷이 벗겨지고, 목을 지분거리던 그의 입술이 아래로 내려와 가슴에 닿는 순간이었다. 빵빵! 크게 클랙슨이 울렸다. 마치 그들을 부르는 신호 같았다. 그런 생각을 할 여유 따위 없는 태욱은 자신의 옷까지 벗어 던지려 했다. 그때 돌연 초인종 소리가 들렸다.

"이사님, 계십니까! 태욱아! 강태욱!"

멀리서도 또렷이 들리는 훈재의 목소리였다. 서영은 화들짝 놀라 얼른 이불을 뒤집어썼다. 방금 지선에게서 전화가 왔는데 이렇게 빨리 도착할 수 있단 말인가. 지선은 이미 훈재의 출장 때문에 휴가를 쓴 상태였다. 이렇게 또다시 독박 유아를 연장할 수 없다며 자신도 따라갈 작정이니 출장지에서 혼자 있을 시간은 걱정 말라는 말까지 더해 주었다. 고맙다는 생각만 했는데 이렇게 그들을 같이 태워 가겠다는 뜻일 줄은 몰랐다.

태욱은 누구 하나 죽일 것 같은 표정으로 일어서서 현관 쪽으로 향했다.

"뭐야?"

그가 문을 열자 훈재가 오리를 안고 서 있었다. 애초부터 그의 보복을 차단하겠다는 아주 계산적이고 머리 좋은 작전이었다. 훈재의 잔머리는 이런 상황에서 특히나 잘 발휘되었다.

"오리야. 인사해야지? 안녕하세요, 무서운 아저씨."

훈재는 안고 있는 오리의 고개를 숙이게 만들었다. 오리의 이름은 '박수호' 라고 지었지만 모두들 아직까지는 수호 대신 오리라고 불렀다. 오리도 자신을 그렇게 불러야만 웃으며 돌아봐 주었다.

오리는 태욱의 뒤에 선 사람을 알아보고 짧은 두 팔을 뻗어 안아 달라 표현했다.

"안녕하세요, 제수씨."

"안녕하셨어요."

재빠르게 옷을 갈아입고 나타난 서영이 얼른 태욱의 뒤에 섰다. 두 사람이 인사를 주고받는 사이, 오리는 거의 반쯤 아빠의 품에서 벗어나 서영을 향해 손을 뻗었다. 곧 울 것 같은 표정을 짓기도 했다.

"우리 오리가 서영 씨를 진짜 좋아하네요. 여전히 신세를 많이 지고 있습니다."

훈재가 미안한 표정을 지으며 말했다. 솔직히 아빠인 그보다도 서영이 더 많이 오리를 안아 주었을지도 모른다. 그 품과 향기에 익숙해진 오리의 행동은 어쩌면 당연했다.

"아니에요. 좋아해 줘서 제가 더 고맙죠."

얼른 오리를 넘겨받은 서영이 제 품에 조심스레 안았다.

"아고고, 우리 오리 왔어! 그래, 이모지! 여기가, 이모 집이에요."

서영은 오리를 안고 집 안으로 들어가 녀석을 달랬다. 그 모습을 지켜보던 태욱이 다시 훈재에게로 고개를 돌렸다. 어떻게 된 일이냐는 눈빛으로 그가 친구를 노려봤다.

"다 같이 가자고."

"어디를?"

태욱은 이해할 수 없다는 표정이었다.

"어디긴 어디야, 출장이지. 서영 씨가 너 따라가겠다고 해서 우리 마누라, 그러니까 이지선 여사님도 짐을 싸셨어. 이렇게 또 독박 육아 하는 건 죽어도 안 된다고. 뭐, 올해는 휴가도 제대로 못 갔잖아. 그래서 나도 데려가려고. 네가 이해 좀 해라."

각자 가족을 데려가는데 그가 뭐라 할 텐가. 하지만 오리네 식구들이 함께 간다면 서영과 그가 함께 있을 시간이 줄어들 것은 분명했다. 떨어지기 싫어서 출장까지 따라가겠다는 여자인데 상황이 참 쉽지 않았다.

"저 짐 다 쌌어요. 이제 가요!"

서영은 오리를 안고서 어느새 짐까지 쌌다. 가방이 단출한 걸 보니 태욱의 말대로 없는 건 출장지에서 살 생각인 듯했다. 차에서 기다리는 지선이 여러 번 클랙슨을 울려 집에 있는 사람들을 재촉했다. 태욱은 어쩔 수 없이 자신과 서영의 짐을 들고 집을 나섰다.

훈재는 오리가 태어나면서 차를 대형 SUV로 바꿨다. 오리를 가운데 좌석의 카시트에 앉히고 그 뒷자리에 서영과 태욱이 앉아서 공항까지 향하는 게 가장 완벽한 시나리오이나 언제나처럼 생각대로 될 리가 없었다. 오리는 서영의 품에서 떨어지지 않으려 했다. 카시트에 간신히 앉히긴 했으나, 서영이 잡고 있는 손을 놓으려고 하면 목 놓아 울어 버렸다.

"미안한데, 자기가 오리 옆에 앉아야겠다."

이런 상황을 어느 정도는 예상했기에 지선은 당사자인 서영이 아닌 태욱을 바라보며 미안한 웃음을 흘렸다. 태욱은 감정 없는 얼굴로 고개를 끄덕일 뿐이었다. 제일 뒷좌석에 털썩 앉은 그는 창가 쪽으로 고개를 돌렸다. 그때 오리를 향한 서영의 목소리가 들렸다.

"오리야, 오늘은 진짜 안 돼. 이모가 아주 많이 좋아하는 사람이 같이 탔거든. 이모는 그 사람 옆에 앉아서 가고 싶어. 그래도 괜찮을까?"

오리가 그 말을 이해했는지 모르겠으나 놀랍게도 녀석의 눈물이 그쳐졌다. 서영은 고맙다며 녀석의 볼에 뽀뽀를 하고선 태욱이 있는 뒷좌석으로 향했다. 자리에 앉은 서영은 그의 손을 꼭 붙잡았다. 태욱은 그저 얼음이 된 채 그녀의 행동을 지켜볼 뿐이었다.

"오리 아빠, 난 봉지 챙겼는데. 당신은 괜찮겠어?"

뒷자리의 두 사람을 바라보던 지선이 훈재에게로 고개를 돌렸다.

“우리도…… 저랬나.”

“절대. 네버.”

지선이 세차게 고개를 흔들었다.

“그치? 저보다는 심할 수 없다고 본다.”

옛 기억을 조작하듯 지워 버린 오리 부부가 나누는 이야기는 듣지 않은 채 태욱과 서영은 그저 서로를 바라보았다. 태욱이 그녀의 손을 만지작거리며 아무도 모르게 서영의 볼에 길게 뽀뽀를 할 때도 있었다. 여기까지만 해요. 제정신으로 돌아온 서영이 낮게 경고를 해도 태욱은 그저 웃었다.

“그거 알아?”

그가 뜬금없이 말했다.

“뭘요?”

서영이 그와 함께 밖을 보며 물었다.

“내가 윤서영을…… 당신 생각보다 더 빨리 마음에 담았다는 거.”

“……응? 지금 뭐라고 했어요?”

놀란 얼굴로 서영이 묻자 태욱이 또 눈꼬리를 내리며 한 마리 대형견처럼 웃었다. 그러자 그녀도 같이 녹아 버렸다.

서영은 그의 웃음이 좋았다. 그녀의 앞에서만 풀어지고 온전해지는 이 남자의 행동들. 어쩔 때는 그 모습마저 아팠고, 이제는 그것을 보지 못하면 살아 있다는 걸 느끼지 못했다. 이것이 사랑일까. 아직은 그 감정의 전부를 알지 못할지도 모른다. 하지만 지금만으로도 충분했다. 창밖의 날씨는 너무 좋았고, 그 행복을 함께 느낄 수 있는 한 남자가 그녀의 곁에 있으니까.